MORD DURCH DIE BLUME

EIN COTTAGE-GARDEN-KRIMI

VON

H.Y. HANNA

AUS DEM ENGLISCHEN VON

RITA KLOOSTERZIEL

Die Originalausgabe des Romans erschien 2019 unter dem Titel „Doom and Bloom". Copyright © der Originalausgabe 2019 by H. Y. Hanna

Deutsche Erstveröffentlichung 2022
Copyright © der deutschsprachigen Übersetzung 2022 by H.Y. Hanna
Übersetzung aus dem Englischen: Rita Kloosterziel
Lektorat: Antje Steinhäuser
Korrektorat: Marlies Döring

Inhaltsverzeichnis

Kapitel 1

Poppy Lancaster musterte ihre sechs vor ihr aufgereihten Gegner eindringlich: klein, braun und behaart, mit dunklen Augen und verkniffenem Mund. Sie krallte die Finger um die Holzkugel, spürte die glatte Oberfläche an der verschwitzten Handfläche und korrigierte ihren Griff ein wenig, damit sie besser in der Hand lag. Dann holte sie Schwung und schleuderte die Kugel mit aller Kraft nach vorn.

Sie hielt den Atem an. Einen Moment lang sah es so aus, als würde die Kugel ihr Ziel treffen, doch dann segelte sie zwischen zwei Köpfen hindurch, ohne sie zu berühren, und landete mit einem dumpfen Schlag im Gras hinter der finster dreinblickenden Reihe.

„Oh, Pech gehabt. Fast hätten Sie sie erwischt", grinste der Besitzer der Wurfbude, einer altehrwürdigen Jahrmarktsattraktion, bei der man seine Geschicklichkeit (oder wie in Poppys Fall seine Ungeschicklichkeit) unter Beweis stellen konnte. „Nicht so einfach, wie es aussieht, was? Heutzutage gibt es zwar all diese ausgefeilten Computerspiele und dergleichen, aber ich sage ja immer: Diese traditionellen Spiele sind um Längen besser. Diesmal waren Sie sehr nah dran!" Er hielt ihr drei weitere Holzkugeln entgegen: „Wollen Sie es noch einmal versuchen? Kostet nur ein Pfund."

Poppy zögerte. Wahrscheinlich war es reine Geldverschwendung. Andererseits – was war schon ein Pfund? Außerdem war das Geld für einen guten Zweck bestimmt. Sie warf einen weiteren Blick auf die sechs Kokosnüsse auf ihren Holzstöcken und ihre Miene verhärtete sich - sie war fest entschlossen, eine herunterzuholen, und wenn es das Letzte war, was sie tat!

Kurze Zeit später atmete Poppy schwer, war um etliche Pfund ärmer und hatte sehr schlechte Laune. Sie hatte eine Kugel nach der anderen geworfen und nicht eine einzige Kokosnuss getroffen.

„Es geht doch nichts über ein traditionelles englisches Jahrmarktspiel, um den Blutdruck in die Höhe zu treiben", sagte eine amüsierte Stimme hinter ihr.

Poppy erstarrte. Sie erkannte diese tiefe Baritonstimme, und als sie sich umdrehte, fragte sie sich, wie Nick Forrest es immer schaffte, sie zu ertappen, wenn sie gerade keine gute Figur machte.

Es war fast, als hätte er es geplant, nur um sie auslachen zu können!

„Was machen Sie hier?", fragte sie schnippisch.

Er zog die Augenbrauen hoch. „Alle im Dorf sind zu diesem Fest eingeladen."

„Ja, aber ich … na ja, ich dachte, Sie Schriftsteller seien allesamt ungesellig und introvertiert."

Er grinste. „Oh, selbst wir lassen uns ab und zu aus unseren Höhlen locken. Erst recht für einen guten Zweck. Immerhin ist dies die größte Spendenaktion des Jahres für das South Oxfordshire Animal Rescue, kurz SOAR, das örtliche Tierheim."

Er wies mit dem Kopf auf das kleine Podium, auf dem ein Tisch mit Körben voller Sachspenden stand: von Gläsern mit selbst gemachter Marmelade über handgestrickte Kuscheltiere und Feinschmeckerkäse bis zu geschnitzten Holzornamenten. Und einer dieser Körbe war mit Büchern gefüllt. Poppy konnte die Einbände aus der Entfernung nicht genau erkennen, aber sie ahnte, dass es sich um Krimis des Bestsellerautors neben ihr handelte.

„Normalerweise spende ich Geld, aber dieses Jahr dachte ich, dass ein Korb mit meinen Büchern ein Anreiz für die Leute wäre, noch mehr Tombola-Lose zu kaufen."

„Ich wusste gar nicht, dass Sie die Tierrettung so engagiert unterstützen", sagte Poppy und sah ihn neugierig an.

„Nun ja, nachdem ich meinen verdammten Kater von ihnen adoptiert habe, verspüre ich wohl eine gewisse Loyalität – auch wenn ich es nicht erklären kann. Dabei verfluche ich ständig den Tag vor acht Jahren, an dem ich dieses verdammte Biest mit nach Hause genommen habe."

Poppy lächelte in sich hinein. Nicks abschätzige Worte konnten sie nicht täuschen. Bei dem „verdammten Biest" handelte es sich um Oren, seinen rotgetigerten Hausgenossen, und obwohl die beiden sich die meiste Zeit wie zwei mürrische alte Männer zankten, hatte sie genug gesehen, was auf eine tiefe Zuneigung zwischen ihnen hindeutete. Nick würde es wohl nie zugeben, aber sie war sich sicher, dass er seinen launischen Vierbeiner liebte.

„Wie sieht's aus, brauchen Sie Hilfe?" Nick wies grinsend auf die Kokosnüsse hinter der Theke.

„Äh … nein, nein! Es läuft prima", antwortete Poppy schnell. Sie schob das Kinn vor. „Ich … äh … ich habe mich nur warmgemacht."

Nick warf einen Blick auf die Rasenfläche rund um die Holzpflöcke mit den Kokosnüssen, die beredtes Zeugnis ihrer Fehlwürfe ablegten, und seine Mundwinkel zuckten, aber er sagte nichts. Stattdessen verschränkte er die Arme und trat einen Schritt zurück, um zuzusehen, wobei seine dunklen Augen vor Belustigung funkelten.

Poppy drehte sich um und versuchte, so zu tun, als sei er nicht da, während sie mit einer weiteren Holzkugel zielte. Es war ihre letzte. Sie holte tief Luft und schleuderte sie nach vorne. Ihre Flugbahn sah zunächst vielversprechend aus, doch auch diese

Kugel segelte an einer Kokosnuss vorbei, ohne sie zu berühren. Aus den Augenwinkeln sah sie, wie Nick die Lippen zusammenpresste, als müsse er ein Lachen unterdrücken.

„Geben Sie mir noch einen Satz Kugeln", bat sie den Standbesitzer und schob ihm eine Pfundmünze hin.

Er nahm das Geld und reichte ihr drei Holzkugeln, die sie mit der gleichen Wucht losschleuderte, allerdings ohne Erfolg.

„Noch einen!"

Wieder drei Kugeln. Wieder drei Fehlschüsse.

„Noch einen!"

Der Mann zögerte. „Miss ... äh ... nicht, dass ich das Geld nicht gerne nehme, aber es ist keine Schande, aufzugeben, wissen Sie."

„Nein, ich werde nicht aufgeben!", rief Poppy. Sie griff in die Tasche und zog einen Fünf-Pfund-Schein heraus. „Hier! Fünf Runden bitte."

Der Mann schluckte, dann nahm er den Schein und legte fünfzehn Holzkugeln vor ihr hin. Nick wollte etwas sagen, aber Poppy achtete gar nicht auf ihn, sondern fixierte stattdessen die Kokosnüsse. Sie schleuderte eine Kugel nach ihnen und keuchte: „Nimm das!"

Peng!

„Und das!"

Ein weiterer Aufprall.

„Und das! UND DAS!"

Poppy warf die Bälle immer fester und immer

schneller. Sie sah, wie sich Nick die Hand vor den Mund hielt. Seine Schultern bebten – lachte er etwa über sie? Der Gedanke spornte sie noch mehr an. Dem würde sie es zeigen! Sie begann, noch schneller zu werfen, ihre Bewegungen wurden zu einer Raserei, sie zielte nicht einmal mehr. Die Kugeln flogen wild in alle Richtungen.

„Hoppla, langsam!", rief der Standbesitzer und duckte sich, als eine Holzkugel an seinem Kopf vorbeizischte. „He, Miss, nicht so schnell!"

Keuchend holte Poppy aus und schleuderte ihre letzte Kugel, die eine Kokosnuss streifte. Sie hielt die Luft an. Die haarige braune Frucht wackelte einen Moment und kam dann auf ihrem Holzpflock wieder zur Ruhe. Der Standbesitzer stürzte jedoch nach vorne und stieß die Kokosnuss zu Boden.

„Hurra! Sie haben eine erwischt!", verkündete er strahlend und überreichte Poppy ihren Preis.

„Nein, habe ich nicht - die wäre nicht heruntergefallen. Sie haben sie heruntergeschubst", erwiderte sie. „Ich wollte aber aus eigener Kraft gewinnen!"

„Und das haben Sie, das haben Sie!", plapperte der Budenbesitzer. „Die beste Werferin des Tages! Bitte sehr, hier ist Ihr Preis. Gut gemacht. Wollen Sie jetzt ein anderes Spiel ausprobieren?" Er wischte sich mit einem Taschentuch über die Stirn.

Etwas besänftigt nahm Poppy die Kokosnuss entgegen und warf Nick einen bösen Blick zu, der immer noch so aussah, als könnte er sich nur mit

Mühe ein Lachen verkneifen. „Was ist daran so lustig?"

Er grinste. „Nichts. Mir ist nur bisher nicht aufgefallen, wie stur und stolz Sie sind."

„Was? Ich bin nicht -"

Poppy brach ab, als die Luft von einem gellenden Schrei zerrissen wurde. Sie wirbelte herum und versuchte, das Geräusch zu orten.

„Es kam von dort drüben." Nick deutete auf das Festzelt hinter der Wurfbude. Seine Augen waren plötzlich wach und aufmerksam; mit einem Schlag hatte er sich in den Kriminalbeamten zurückverwandelt, der er einmal gewesen war.

„Oh mein Gott, er ist tot! Er ist tot!", ertönte eine Frauenstimme.

Die Menge teilte sich und gab den Blick auf einen Mann frei, der auf dem Boden zusammengesackt war. Er lag mit dem Gesicht nach unten da und seine Schläfe war blutverschmiert. Poppy hörte, wie neben ihr jemand nach Luft schnappte. Es war die Frau, die eben geschrien hatte. Sie starrte auf die Leiche und hatte eine Hand an den Mund gepresst. Dann sah sie Poppy mit vor Entsetzen geweiteten Augen an.

„Ich wusste, dass etwas Schlimmes passieren würde! Als ich heute Morgen aus dem Haus ging, habe ich einen schwarzen Schmetterling gesehen - das ist ein schreckliches Omen! Es bedeutet, dass der Tod nahe ist ..." Die schrille Stimme der Frau klang immer hysterischer. „Es war Mord!"

Kapitel 2

Oh nein, das durfte doch nicht wahr sein! Poppy schwirrte der Kopf. Erst vor wenigen Wochen war eine Dorfbewohnerin umgebracht worden – und nun hatte sich ein weiterer Mord ereignet? In Bunnington, diesem verschlafenen Nest? Noch während sie grübelte, wie das möglich war, begann sich der Mann auf dem Boden zu regen und ein erleichtertes Raunen ging durch die Menge.

„Er lebt!"

„Schnell! Helft ihm auf!"

Nick kniete neben dem Mann, legte ihm behutsam eine Hand unter den Ellbogen und stützte ihn, als er sich aufrichtete.

„Alles okay?"

„Ja, ich glaube schon - abgesehen von diesen

furchtbaren Kopfschmerzen." Der Mann rieb sich die blutige Stirn.

Er schien etwa Mitte sechzig zu sein, hatte ein verhärmtes Gesicht, schütteres Haar und wirkte dünn und schmächtig, ein Eindruck, der durch seinen altmodischen braunen Anzug noch verstärkt wurde.

„Was ist passiert?", fragte Nick.

„Ich ... ich weiß nicht ..." Der Mann klang immer noch benommen. „Ich ging einfach meines Weges und plötzlich bekam ich etwas Hartes an den Kopf, hier an die Seite." Er wies auf seine Schläfe.

„Etwas Hartes?" Nick sah sich um, dann hob er etwas vom Boden auf. „Könnte es das gewesen sein?"

Poppy warf einen Blick auf den Gegenstand in seiner Hand und stieß einen erstickten Laut aus. Es war eine der Holzkugeln, die sie wild durch die Gegend geschleudert hatte! Sie musste den armen Mann getroffen haben, als er gerade nichtsahnend vorbeiging.

Nick hatte offenbar Mühe, nicht in schallendes Gelächter auszubrechen, während sich Poppy vor Entsetzen und Verlegenheit wand. Sie wollte gerade gestehen, dass sie die Kugel geworfen hatte, als sich eine Frau mittleren Alters mit rundem, freundlichem Gesicht durch die Menge drängte.

„Hier hat es angeblich einen Vorfall gegeben? Ist jemand tot?" Sie keuchte, als sei sie gerannt, und ihre weit aufgerissenen Augen blickten ängstlich.

„Nein, nein, niemand ist tot, nur verletzt", meldete

sich einer der Umstehenden zu Wort.

„Ja, es sieht so aus, als hätte ihn etwas am Kopf getroffen und ihn für einen Moment außer Gefecht gesetzt", fügte ein anderer hilfsbereit hinzu.

„Verletzt?", wiederholte die Frau und fuhr besorgt fort: „Oh je! Das Tierheim hat keine Versicherung für das Fest abgeschlossen; was, wenn - oh!"

Sie blieb wie angewurzelt stehen, als sie in den Kreis trat, den die Festbesucher um den Verletzten gebildet hatten.

„Norman!", rief sie entsetzt. „Was ist passiert? Ihr armer Kopf! So viel Blut!" Mit wenigen Schritten war sie an seiner Seite. „Ist alles in Ordnung? Bewegen Sie sich nicht, ich rufe einen Krankenwagen."

„Du meine Güte – bloß kein Krankenwagen! Mir geht es gut", beteuerte Norman. Mit Nicks Hilfe stand er auf, schwankte zwar leicht, nahm aber zu Poppys Erleichterung allmählich eine normale Gesichtsfarbe an. „Ich war nur einen Moment lang weggetreten, das ist alles."

„Nach einem solchen Schlag auf den Kopf sollten Sie sich unbedingt im Krankenhaus untersuchen lassen. Möglicherweise haben Sie eine Gehirnerschütterung", mahnte Nick.

„Ach was, Unsinn! Es geht mir gut, glauben Sie mir. Gegen eine Tasse Tee hätte ich allerdings nichts einzuwenden." Norman schaute sich hoffnungsvoll um.

Die Frau mit dem freundlichen Gesicht trat vor. „Oh ja, im Festzelt gibt es Tee. Kommen Sie, ich begleite Sie.“

„Ich helfe Ihnen!“, rief Poppy, die unbedingt etwas tun wollte, um ihr Missgeschick wiedergutzumachen.

Während Nick von Fans umringt war, die ihn um Autogramme baten, stützte Poppy den zittrigen Norman auf einer Seite, die freundliche Frau auf der anderen und gemeinsam bahnten sie sich einen Weg zum Festzelt. Im Inneren des großen Zeltes standen Frauen aus dem Dorf hinter einem langen Tisch, schenkten Tee und Kaffee aus und servierten Kuchen und Brötchen auf kleinen Tellern.

Poppy war erleichtert, als ihr Blick auf eine alte Dame mit einem Schopf grauer Locken und runden Apfelbäckchen fiel, die offenbar über den Teeausschank herrschte. Es war ihre Freundin Nell Hopkins, die früher in London ihre Vermieterin gewesen und vor Kurzem zu ihr nach Oxfordshire gezogen war.

„Lieber Himmel, Poppy - was ist passiert?“, rief Nell angesichts von Normans blutverschmierter Schläfe.

Sie eilte um den Tisch herum, gefolgt von einigen Helferinnen, die sofort aufgeregt um Norman herumflatterten. Poppy beobachtete amüsiert, wie Nell die anderen Damen mit knappen Worten anwies, ihr den Erste-Hilfe-Kasten zu bringen und dem Verletzten einen Tee zu reichen. Ihre alte Freundin wohnte zwar noch nicht lange im Dorf, hatte aber anscheinend bereits einen der vorderen Plätze in der örtlichen Hackordnung eingenommen!

Poppy hielt sich zurück, um den fürsorglichen Damen nicht im Weg zu sein. Die freundlich aussehende Frau, mit der sie Norman ins Festzelt gebracht hatte, sprach derweil in ein Walkie-Talkie.

„Ich weiß, dass Norman kein Aufsehen erregen will, aber ich habe trotzdem die Sanitäter informiert", sagte sie genervt zu Poppy, als sie das Gespräch beendet hatte. „Er sollte sich unbedingt untersuchen lassen." Sie musterte den verletzten Mann besorgt, der Mühe hatte, die zahlreichen wohlgemeinten Angebote für noch mehr Tee und Kuchen abzuwehren. „Ich hoffe, er erholt sich bald. Wie konnte das bloß passieren?"

„Ich fürchte, es war meine Schuld", gestand Poppy beschämt. „Eine der Holzkugeln, mit der ich an der Wurfbude auf die Kokosnüsse gezielt habe, muss Norman getroffen haben. Ich ... äh ... ich war etwas zu enthusiastisch."

„Oh! Ich verstehe." Die Frau sah etwas erleichtert aus. „Nun, Unfälle lassen sich nicht immer vermeiden. Zumindest wissen wir nun, was passiert ist. Es hätte viel schlimmer ausgehen können. Als ich hörte, es habe einen Vorfall gegeben, einen Mord sogar ..."

„Ich glaube, die Dame mit den orangefarbenen Haaren war ein bisschen hysterisch und hat die Situation falsch eingeschätzt", erklärte Poppy mit einem schiefen Lächeln.

Die Frau seufzte. „Ja, Sonia neigt zu

Überreaktionen. Sie ist sehr abergläubisch, wissen Sie, und regt sich leicht auf. Aber bei öffentlichen Ereignissen wie einem Dorffest kann man nie wissen. Natürlich versucht man, sich auf alle Eventualitäten vorzubereiten, doch gerade Veranstaltungen im Freien stellen eine besondere Herausforderung dar."

„Haben Sie mit der Festorganisation zu tun?", fragte Poppy neugierig.

Die Frau nickte und streckte ihr lächelnd die Hand entgegen. „Ja, mein Name ist Ursula Philips. Ich bin im Vorstand des Tierheims und außerdem gehöre ich dem Ausschuss an, der die alljährliche Spendenaktion auf die Beine stellt. Dieses Fest ist wahrscheinlich das ehrgeizigste Projekt, das wir je in Angriff genommen haben – allerdings scheint es bisher auch das erfolgreichste zu sein." Sie sah durch die Zeltöffnung auf die elegant gestaltete Gartenanlage. „Wir haben natürlich großes Glück, dass wir einen so schönen Ort zur Verfügung haben. Dieses Anwesen gehört meiner Tante, Muriel Farnsworth, und wir dürfen das Gelände kostenlos nutzen. Duxton House ist normalerweise nicht für die Öffentlichkeit zugänglich, daher ist das allein schon ein Anreiz für viele Besucher."

Poppy folgte ihrem Blick. An den Ständen und Buden auf der Wiese drängten sich die Menschen, die sich alle prächtig zu amüsieren schienen. Es herrschte die wunderbare, heitere Atmosphäre eines typischen englischen Dorffestes. Die bunten Wimpel an den Verkaufsständen flatterten im leichten Wind, in das lebhafte Stimmengewirr mischten sich Musik und gelegentlich aufbrandender Beifall. Einige Leute versuchten sich mit Begeisterung an den traditionellen Spielen wie Ringewerfen und Entenangeln und an der berüchtigten Wurfbude, andere bewunderten die Kandidaten im Wettbewerb um den größten Kohlkopf, die schwerste Zucchini und die schönsten Äpfel.

„Die Dorfbewohner sind so großzügig", sagte Ursula mit einem dankbaren Lächeln. „Einige haben selbst gemachte Kuchen, Marmeladen und andere Köstlichkeiten mitgebracht, andere haben sich freiwillig für die Betreuung der Spielebuden gemeldet, und alle haben sich bereiterklärt, den Erlös aus ihren Verkäufen dem Tierheim zu spenden. Wir hoffen, dass wir bald einen neuen Transporter anschaffen können, um die Tiere zu ihren Pflegestellen zu bringen."

„Mit dem Geld, das ich an der Wurfbude gelassen habe, haben Sie sicher schon die Hälfte Ihres Transporters finanziert", scherzte Poppy. „Aber es war jeden Penny wert. Ich wohne noch nicht lange in Bunnington, das ist also mein erstes Dorffest hier - und ich finde es hinreißend!"

„Vielen Dank. Für mich ist es auch eine Premiere – ich war noch nie für eine Veranstaltung in dieser Größenordnung verantwortlich und bin begeistert, wie gut alles klappt. Wohltätige Organisationen sind auf Spendenaktionen angewiesen, daher ist es wichtig, dass man Erfahrung in diesem Bereich vorweisen kann, wenn man einen permanenten Posten in einem wichtigen Ausschuss anstrebt." Sie warf Poppy einen neugierigen Blick zu. „Sie sagten, Sie sind erst kürzlich nach Bunnington gezogen?"

„Ja, ich habe Hollyhock Cottage und die dazugehörige Gärtnerei geerbt -"

„Oh! Sie sind Mary Lancasters verschollene Enkelin!", rief Ursula.

Poppy errötete leicht. „Ja, ich nehme an -"

„Was für ein Zufall! *Sie* hatte ich gesucht! Ich habe gehört, dass Sie zum Fest kommen, und gehofft, Sie zu treffen - ich bin so froh, dass ich Sie endlich gefunden habe."

„Sie haben nach mir gesucht?", fragte Poppy überrascht.

„Ja, ich -" Ursula verstummte, als zwei Sanitäter mit einer Trage und allerlei medizinischem Gerät ins Festzelt eilten.

Norman protestierte lautstark, als sie versuchten, ihn auf die Bahre zu bugsieren, und weigerte sich kategorisch, sich ins Krankenhaus bringen zu lassen, egal wie eindringlich Ursula ihn darum bat.

„Das ist doch lächerlich! Ich habe einen leichten Schlag auf den Kopf bekommen, das ist alles - dafür muss ich nicht ins Krankenhaus", beharrte er. „Ich muss mich nur ein bisschen ausruhen, bis die Kopfschmerzen nachlassen."

Schließlich einigten sie sich auf einen Kompromiss: Die Sanitäter untersuchten Norman so gut es ging, gaben ihm ein starkes Schmerzmittel und verabschiedeten sich mit der Anweisung, sich zu schonen und sich sofort in ärztliche Behandlung zu begeben, falls er Symptome einer Gehirnerschütterung wahrnehmen sollte. Sobald sie weg waren, stand Norman auf und machte Anstalten, das Festzelt zu verlassen.

„Norman! Wo wollen Sie hin?", sagte Ursula und legte ihm eine Hand auf den Arm.

„Ich muss die Sachen für die Tombola aus meinem Auto holen", erklärte Norman. „Ich habe einige Stücke aus meinem Antiquitätengeschäft mitgebracht, die ich spenden möchte."

„Oh nein, Sie gehen nirgendwo hin, außer ins Herrenhaus, um sich hinzulegen." Ursula duldete keinen Widerspruch. „Sie haben gehört, was die Sanitäter gesagt haben. Sie sollen sich ausruhen – von Kistenschleppen war nicht die Rede."

„Aber -"

„Wenn Sie wollen, hole ich die Sachen für Sie", bot Poppy an. „Sie müssen mir nur sagen, wo Ihr Wagen steht."

Norman kramte in der Tasche seiner Anzugjacke und reichte ihr einen Satz Autoschlüssel. „Das Auto steht am Rand des Feldes, unter der Ulme. Es sind ein paar Porzellanfiguren dabei, also ..."

„Keine Sorge, ich bin vorsichtig", versprach Poppy, nahm die Autoschlüssel und verließ das Festzelt.

Kapitel 3

Kurze Zeit später steuerte Poppy mit einem Karton den Tisch neben dem Podium an, wo die Tombolapreise aufgebaut waren. Darunter befand sich auch ein großer Strauß mit Blumen, die sie am Morgen in ihrem Garten geschnitten hatte und die gerade von einigen Damen bewundert wurden.

„Er ist wunderschön! Ich freue mich immer, wenn ich einen Strauß aus traditionellen Gartenblumen sehe", meinte eine.

„Ja, ich habe mittlerweile genug von dem exotischen Grünzeug, das man heutzutage in Blumenläden bekommt", bestätigte eine andere. „Monstera und Eukalyptus und dergleichen ..."

„Mir ist es wichtig, heimische Produkte zu kaufen, und das ist genau das, was mir gefällt: ein schöner, schlichter Strauß mit bewährten Favoriten aus dem Bauerngarten", sagte eine dritte Dame. Sie drehte das Arrangement, um es von allen Seiten zu betrachten. „Dieser ist wirklich fabelhaft. Seht nur – die Zusammenstellung der Farben - und hier an den Seiten ist sogar noch etwas Efeu dabei."

„Oh ja, der macht sich dort sehr gut."

„Ich finde es hübsch, wie natürlich das Arrangement wirkt", sagte die Erste. „Nicht wie diese perfekten, steifen Sträuße, die man beim Floristen bekommt. Dieser hier sieht aus, als habe jemand die Blumen einfach im Garten gepflückt und ein Band darum gebunden."

„Mmm … ja, wunderschön!"

Bei so viel Lob errötete Poppy vor Freude. Sie überlegte kurz, ob sie den Damen sagen sollte, dass sie den Strauß zusammengestellt hatte, doch bevor sie sich dazu entschließen konnte, wandten sich die drei ab und gingen davon. Dabei gaben sie den Blick auf eine stämmige Mittsechzigerin frei, die gerade die Sachspenden auf dem Tisch neu ordnete. Es handelte sich um Mrs Peabody, eine der schlimmsten Klatschtanten des Dorfes, die ihre Nase immer wieder ungefragt in anderer Leute Angelegenheiten steckte. Poppy wollte sich eilig davonmachen, aber es war zu spät: Die Frau hatte sie entdeckt.

„Poppy … Sie habe ich ja lange nicht gesehen. Sie hatten sicher in Ihrem Bauerngarten zu tun, wie?"

„Äh … ja, Sie wissen ja, dass der Garten meiner

Großmutter fast völlig zugewuchert war. Es hat eine Weile gedauert, bis ich das in den Griff bekommen habe, und eigentlich bin ich immer noch nicht ganz fertig", erklärte Poppy mit einem schiefen Lächeln. „Es sieht alles schon viel besser aus als vorher, aber für die riesige Kletterrose im hinteren Teil des Gartens und die Efeuranken an den Mauern hatte ich noch keine Zeit."

„Und wie ich höre, ist Ihre Freundin Mrs Hopkins bei Ihnen in Hollyhock Cottage eingezogen?" Mrs Peabody rümpfte die Nase. „Sie hatte es ganz schön eilig, sich im Dorf bekannt zu machen."

Poppy musste insgeheim grinsen. Oh je. Mit ihrem Anspruch auf einen prominenten Platz in der Hackordnung hatte sich Nell offenbar nicht nur Freunde gemacht.

„Stimmt es, dass Mrs Hopkins früher in London Ihre Vermieterin war?", fragte Mrs Peabody.

„Ja, das ist richtig."

Mrs Peabody zog die Augenbrauen hoch. „Ihre Vermieterin? Und jetzt wohnt sie bei Ihnen?"

„Nun, Nell war wunderbar - sie hat mir geholfen, meine Mutter zu pflegen, als sie so krank war, und nach deren Tod hat sie sich rührend um mich gekümmert. Sie ist wie ein Familienmitglied für mich."

„Aber natürlich müssen Sie Ihre leibliche Familie erst noch finden, nicht wahr?" Mrs Peabodys Augen glitzerten gefährlich. „Sie werden doch die Suche nach Ihrem Vater nicht so schnell aufgeben!"

Poppy seufzte innerlich. Sie hätte wissen müssen, dass Mrs Peabody davon anfangen würde. Die Frau ließ wirklich keine Gelegenheit aus, sie auszuhorchen.

„Nun, es war nie eine richtige Suche, schließlich weiß ich kaum etwas über ihn", erwiderte sie. „Ich meine, das ist wie mit der berühmten Nadel im Heuhaufen. Ich wüsste nicht einmal, wo ich anfangen sollte."

Allerdings verschwieg sie, dass sie sich immer wieder die einschlägigen Illustrierten kaufte und beim Durchblättern die Gesichter der männlichen Rockstars musterte, in der Hoffnung, eine Ähnlichkeit mit ihren eigenen Gesichtszügen zu entdecken. Zu ihrer Erleichterung ließ Mrs Peabody das Thema jedoch fallen und widmete sich erneut Poppys Gärtnerei.

„Ich freue mich schon auf die Neueröffnung der Gärtnerei. Dann kann man Pflanzen endlich wieder in Bunnington kaufen." Mrs Peabody rieb sich begeistert die Hände. „Also - wann ist es so weit?"

„Oh, ähm, das weiß ich noch nicht", murmelte Poppy. „Ich muss erst noch ... ein paar grundlegende Dinge klären."

Es fiel ihr schwer, sich einzugestehen, dass ihr die praktischen Aspekte eines Gartenbaubetriebs arge Probleme bereiteten. In der Dorfbibliothek hatte sie sich nicht nur einen Stapel Bücher zum Thema ausgeliehen und sie pflichtbewusst von vorne bis hinten durchgelesen, sondern hatte auch stundenlang im Internet über Anpflanzung, Pflanzenzucht und den „Aufbau und Betrieb einer Gärtnerei" recherchiert. Sie hatte sich bemüht, sich all die Informationen über Geschäftspläne und Saatlizenzen, fachliche Qualifikationen und Gartengeräte, Stratifikation und Bodenwärme, Pflanzenerde und Bodenverbesserung zu merken, doch eigentlich machten ihr die Recherchen ihre Unwissenheit nur noch deutlicher bewusst. Mittlerweile war sie wie gelähmt vor Angst, etwas falschzumachen oder überhaupt den ersten Schritt zu wagen.

Und selbst wenn sie die kaufmännischen Aspekte in den Griff bekommen sollte, stellte alles, was mit den Pflanzen zu tun hatte, eine weitere Herausforderung dar. Ihre Großmutter hatte sich auf Blumen, Kräuter und Sträucher für den typischen englischen Bauerngarten spezialisiert und das war es, was die Leute von der wiedereröffneten Gärtnerei erwarteten. Nach einem holprigen Start hatte Poppy inzwischen Übung im Aussäen und Aufziehen von Pflanzen. Ihre selbst ausgesäten Setzlinge machten einen vielversprechenden Eindruck, sie schienen sich prächtig zu entwickeln, doch bei den meisten handelte es sich um zweijährige Gartenblumen, die frühestens im kommenden Frühjahr in voller Blüte stehen und groß genug für den Verkauf sein würden. Nun stand der Herbst vor der Tür, dann kam der Winter und damit eine Zeit, in der man sich ins warme Haus zurückzog und der Garten nur wenig

Aufmerksamkeit erforderte – und Poppy hatte keine Ahnung, wie sie die kommenden Monate finanziell überbrücken sollte.

Als sie von ihrer unerwarteten Erbschaft erfuhr, hatte Poppy nicht damit gerechnet, dass sie sich in das kleine Häuschen und den wildromantischen Garten verlieben würde, den ihre Großmutter ihr hinterlassen hatte. Sie hatte spontan beschlossen, in Oxfordshire zu bleiben und die Gärtnerei, die seit Generationen im Familienbesitz war, wieder aufleben zu lassen - obwohl es vernünftiger gewesen wäre, alles zu verkaufen und das Geld auf die hohe Kante zu legen. Seitdem war kein Tag vergangen, an dem Poppy nicht an ihrer Entscheidung zweifelte. Sie hatte noch nie einen Garten besessen und konnte sich leider nicht auf einen angeborenen grünen Daumen verlassen, außerdem hatte sie keinerlei Erfahrung in der Leitung eines Unternehmens und ihre Ersparnisse waren kaum der Rede wert. War sie naiv und leichtsinnig, wenn sie glaubte, die Gärtnerei ihrer Großmutter weiterführen zu können? Diese Sorge hatte sie in den letzten Wochen immer öfter nachts wachgehalten, und nun wand sie sich voller Unbehagen unter Mrs Peabodys scharfem Blick.

„Es ist keine Schande, sich einzugestehen, dass man sich überfordert fühlt, vor allem, wenn man noch nie in einer Gärtnerei gearbeitet oder eine geleitet hat. Nehmen Sie sich kein Beispiel an Ihrer Großmutter, meine Liebe", meinte Mrs Peabody schroff. „Sie war eine großartige Gärtnerin, aber ihr Stolz stand ihr immer im Weg. Sie konnte keine Hilfe oder Ratschläge annehmen, und war zu stur, zuzugeben, dass sie vielleicht einen Fehler gemacht hatte - und das kostete sie am Ende sowohl ihre Familie als auch ihre Gesundheit."

Poppy schluckte und dachte an den Auftrag, die sie gerade für John und Amber Smitheringale erledigt hatte, ein wohlhabendes junges Paar, das vor Kurzem ein Anwesen am Dorfrand gekauft hatte. Beinahe hätte es in einer Katastrophe geendet, weil sie sich ihre Unerfahrenheit nicht hatte eingestehen wollen und zu stolz gewesen war, um Hilfe zu bitten, als sie nicht weiterwusste. Zum Glück war alles gut ausgegangen, aber sie hatte eine wertvolle Lektion gelernt.

Sie holte tief Luft und sagte mit einem verschämten Lächeln: „Sie haben recht, ich habe ein paar Probleme – eigentlich sogar eine ganze Menge Probleme. Ich weiß nicht, was ich tun soll - ich möchte die Gärtnerei wiedereröffnen, aber ich habe nichts zu verkaufen! Für die Aufzucht von Sommerblühpflanzen ist es zu spät in der Saison; bis sie groß genug sind, ist es Herbst, und dann braucht niemand mehr diese Gartenpflanzen -"

„Doch, winterharte zweijährige Gartenblumen gehen auch in der kalten Jahreszeit."

„Winterharte?"

„Ja, so etwas wie Stiefmütterchen und Primeln, die bei kälterem Wetter und im frühen Frühling blühen. Und Sie könnten Alpenveilchen pflanzen - die sind im Winter immer sehr beliebt. Die Leute holen sie gern ins Haus, als Farbklecks in den dunklen Wintermonaten."

„Oh, das wusste ich nicht. Ich hatte mich auf den traditionellen Bauerngarten mit Stockrosen, Fingerhut, Wicken und dergleichen konzentriert, also die Blumen, die ich im Sommer in meinem Garten sehe."

„Ah, aber Sie wissen doch, dass sich Gärten verändern?", bemerkte Mrs Peabody wohlwollend. „In einem Monat sieht alles ganz anders aus, dann blühen andere Pflanzen wie Dahlien und der Gemeine Sonnenhut. Gärten sind nichts Statisches, denken Sie daran. Sie verändern sich im Laufe des Jahres. Sie können also zu unterschiedlichen Jahreszeiten unterschiedliche Pflanzen anbieten."

„Ah, gut zu wissen." Poppy spürte, wie sich ihre Laune besserte und ihr Optimismus zurückkehrte. „Sobald ich nach Hause komme, säe ich winterharte Pflanzen aus. Danke für den Tipp", fügte sie begeistert hinzu.

Mrs Peabody legte ihr besänftigend die Hand auf den Arm. „Aber wissen Sie, meine Liebe, ich persönlich finde, Sie versuchen, zu viel auf einmal zu erreichen. Rom wurde auch nicht an einem Tag erbaut. Vielleicht ist Ihr Plan zu ehrgeizig, mit der Gärtnerei da weiterzumachen, wo Ihre Großmutter aufgehört hat. Sie verfügte über jahrelange Erfahrung und ein immenses Wissen. Sie dagegen müssen erst einmal lernen, wie man Pflanzen richtig aufzieht, und das braucht Zeit. Außerdem werden Sie zwangsläufig manchen Rückschlag erleiden. Aber Sie können es sich leichter machen, wissen Sie. Zum Beispiel müssen Sie nicht alles aus Samen ziehen."

„Aber ... aber so macht man es doch in einer Gärtnerei, oder?", fragte Poppy verwirrt.

„Nun, theoretisch schon - Gärtnereien ziehen Pflanzen aus Samen und Keimlingen. Aber viele Betriebe kaufen auch Setzlinge an, lassen sie bei sich wachsen und verkaufen sie dann. Damit erspart man sich das Keimen und Pikieren und den ganzen Aufwand." Mrs Peabody verzog das Gesicht. „Die Hälfte der Samen geht sowieso nicht an, und die Keimlinge sterben ohne ersichtlichen Grund ab oder entwickeln sich nicht so, wie sie sollen."

„Ja, das ist mir auch passiert!", rief Poppy. „Jetzt ist es mir endlich gelungen, ein paar Samen zum Keimen zu bringen, sie wachsen auch ganz ordentlich, aber sie sind noch sehr klein und ich habe Angst, dass sie es nicht schaffen."

Mrs Peabody nickte nachdrücklich. „Deshalb rate ich Ihnen, sich Setzlinge zu besorgen."

„Setzlinge?"

„Jungpflanzen mit Wurzelballen, die erst im nächsten zeitigen Frühjahr blühen. Sie kosten nicht viel; ich habe selbst schon ein oder zwei Paletten im Gartencenter gekauft. Auf diese Weise können Sie für wenig Geld ein Blumenbeet bepflanzen. Und vermutlich gibt es sie im Großhandel noch günstiger", fügte sie hinzu. „Ich bin sicher, dass Ihre Großmutter ein paar Lieferanten hatte, bei denen sie ihre Setzlinge bekommen hat. Auch sie hat nicht alle ihre Pflanzen selbst aus Samen gezogen."

„Aber ist es nicht das, was die Leute erwarten, wenn sie in einer Gärtnerei einkaufen?", fragte Poppy. Sie war noch nicht ganz überzeugt.

Mrs Peabody winkte ab. „Wer merkt das schon? Die wenigsten Leute interessieren sich für solche Details, meine Liebe. Die meisten wollen etwas Unkompliziertes und Hübsches, das sie gleich in ihren Garten pflanzen können. Natürlich könnten sie sich die Setzlinge selbst besorgen, so wie ich, aber kaum jemand will warten, bis die Pflanzen angehen. Heutzutage sind die Menschen furchtbar ungeduldig – gerade junge Leute wollen immer alles sofort haben und können es nicht ertragen, auf etwas zu warten! Ich bin sicher, sie bezahlen nur zu gerne für größere, robustere Pflanzen, die sie direkt in ihr Beet setzen können, statt sie auf der Fensterbank angehen zu lassen."

Poppy nickte nachdenklich. Mrs Peabodys Worte hatten ihr plötzlich eine neue Perspektive aufgezeigt. *Mit Setzlingen anzufangen ist wie Fahrradfahren mit Stützrädern zu lernen*, sagte sie sich mit einem Lächeln. *Wenn ich Übung mit größeren Pflanzen habe, kann ich versuchen, alles von Grund auf selbst zu machen!*

Sie sah Mrs Peabody an und verspürte auf einmal einen ungewohnten Anflug von Dankbarkeit, aber auch von Scham, weil sie sich insgeheim oft über sie lustig gemacht hatte. Mrs Peabody mochte eine neugierige alte Schachtel und eine furchtbare Klatschtante sein, aber sie war auch freundlich und unerwartet klug. Poppy kam jedoch nicht dazu, sich bei ihr zu bedanken, denn Mrs Peabody hatte sich schon dem Karton zugewandt, den Poppy auf dem Tisch abgestellt hatte.

„Hmm, mal sehen ... was haben Sie denn da? Ah, das ist aus Norman Smalles Antiquitätengeschäft, nicht wahr?" Interessiert begutachtete sie die Gegenstände, die Poppy nun einen nach dem anderen aus dem Karton nahm. „Oh, eine schöne alte Uhr ... und Briefbeschwerer aus Glas sind immer beliebt ... wie schön, er hat ein Paar Buchstützen beigelegt - und diese kleinen Porzellanfiguren sind auch sehr hübsch ..."

Als Letztes holte Poppy ein seltsam geformtes Messer mit einem klobigen Holzgriff und einer gebogenen Klinge mit hakenförmiger Spitze hervor. Es sah fast wie eine kleine Sichel aus, und als sie es in der Hand drehte, stellte sie fest, dass sich die Klinge in den Holzgriff einklappen ließ.

„Ist das ein Taschenmesser?", fragte sie.

„Oh nein, meine Liebe, das ist ein Gartenmesser", erklärte Mrs Peabody. „So etwas sieht man heute nicht mehr oft - ich glaube, die Leute benutzen jetzt eher eine Gartenschere oder eine Astschere -, aber als ich klein war, hatten die meisten Gärtner und Bauern ein solches Messer. Man kann damit so viel machen - Rosen schneiden, Zweige von Bäumen und Sträuchern stutzen, Gemüse vom Beet ernten, welke Blüten entfernen, Jutefaden zerteilen ..."

„Wow, das alles kann dieses Messer?" Poppy betrachtete es erstaunt.

„Oh ja, es ist sehr scharf, daher ist es bei der Gartenarbeit so nützlich. Sehen Sie mal ..." Mrs Peabody drückte die Schneide sanft gegen eine Holzspule, auf der eine bunte Borte aufgewickelt war. Man hätte meinen können, das Holz sei aus Butter, so mühelos glitt die Klinge durch den Rand der Spule.

„Damit muss man sehr vorsichtig sein! Mein Vater hat sich einmal fast einen Finger mit seinem Gartenmesser abgetrennt", hörten sie jemanden hinter sich sagen.

Es war die hysterische Frau, die Norman voreilig zum Mordopfer erklärt hatte. Sonia - ja, so hatte Ursula Philips sie genannt, erinnerte sich Poppy. Sie war sehr blass und auffallend schlank, fast hager, und hatte krauses orangefarbenes Haar. Ihre Stirn schien permanent in Sorgenfalten gelegt zu sein. Jetzt betrachtete sie händeringend das Messer und fügte atemlos hinzu:

„Es bringt Unglück, ein Messer zu verschenken - dieses Messer als Tombolapreis ist ein schlechtes Omen! Es könnte Schmerz und Unglück über alle bringen, die ein Los kaufen!"

Kapitel 4

„Was für ein Unsinn!" Mrs Peabodys Lachen klang ein wenig gezwungen, als sie sich rasch umsah, ob jemand zugehört hatte. Sie senkte die Stimme und zischte: „Wirklich, Sonia, Sie müssen aufhören mit diesem dummen Aberglauben. Und davon reden sollten Sie schon gar nicht!" Sie betrachtete die hagere Frau stirnrunzelnd. „Als Mitglied des Festkomitees sollte Ihnen klar sein, wie wichtig Spenden sind. Mit der Tombola erzielen wir fantastische Summen, und das Letzte, was wir brauchen, ist, der Öffentlichkeit irgendwelche negativen Assoziationen mit -"

„Was für negative Assoziationen?"

Ursula Philips war unbemerkt zu ihnen getreten.

„Ach, nichts Wichtiges - Sonia hat wieder einmal

überreagiert." Mrs Peabody seufzte gereizt.

Ursula bedachte Sonia jedoch mit einem geduldigen Lächeln. „Was ist los?", fragte sie.

Bevor Sonia antworten konnte, schaltete sich Mrs Peabody ein: „Es ist nur ein Gartenmesser, das Norman aus seinem Antiquitätengeschäft gespendet hat. Sonia benimmt sich einfach albern und -"

„Ich benehme mich überhaupt nicht albern!", rief Sonia entrüstet.

Ursula räusperte sich und streckte die Hand aus. „Darf ich das Messer mal sehen?"

Mrs Peabody reichte es ihr, aber Ursulas Finger bekamen es nicht zu fassen und das Messer fiel zu Boden. Im Fallen klappte die Klinge auf und fuhr beim Aufprall in den harten Boden, sodass der Griff in den Himmel ragte.

Sonia stieß einen Schrei aus. „NEIN! Nein, das ist ein schlechtes Omen! Ein Messer fallen zu lassen bringt Unglück, und wenn es in der Erde stecken bleibt, ist es noch schlimmer!" Sie sah sich mit wildem Blick um. „Es ist ein Todesomen - jemand, den Sie kennen, wird bald sterben!", jammerte sie.

„Nicht so laut!", fauchte Mrs Peabody und sah die völlig aufgelöste Frau finster an. Sie schaute sich besorgt um. Inzwischen waren einige Besucher aufmerksam geworden und sahen neugierig herüber. „Das reicht, Sonia! Sie lösen noch eine Massenpanik aus, wenn Sie so weitermachen!"

Ursula tätschelte Sonia den Arm und sagte sanft, als würde sie zu einem verängstigten Kind sprechen:

„Es ist alles in Ordnung, Sonia. Beruhigen Sie sich - es wird nichts Schlimmes passieren."

„Aber das Messer ist auf den Boden gefallen!"

„Ich bin sicher, das hat nichts zu bedeuten", beruhigte Ursula sie. „Wissen Sie, Aberglaube hat nur dann Kraft, wenn man ihn für bare Münze nimmt. Wissen Sie was? Norman hat noch so viele andere wunderbare Dinge gespendet. Sicherlich macht es nichts, wenn das Messer nicht dabei ist." Sie hob das Messer auf. „Ich gebe es Norman zurück, wenn ich ihn sehe."

Sonia stieß einen theatralischen Seufzer der Erleichterung aus, woraufhin Mrs Peabody verärgert die Lippen zusammenpresste.

„Warum packen Sie nicht die restlichen Spenden von Norman in einen Korb?", schlug Ursula ihr vor.

Sonias Miene hellte sich auf, sie befüllte einen Korb und ging fröhlich zum anderen Ende des Tisches. Kaum war sie außer Hörweite, beugte sich Mrs Peabody vor und zischte wütend: „Sie sollten sie in ihrer Verrücktheit nicht noch unterstützen, Ursula – Sie machen alles noch schlimmer. Sonia braucht jemanden, der sie einmal ordentlich durchschüttelt und ihr sagt, sie soll aufhören, sich so affig aufzuführen. Sie wie ein Kleinkind zu beruhigen, ist der falsche Weg."

Ursula presste die Lippen aufeinander. „Sie tut mir einfach leid ..."

„Genau das ist Ihr Problem", meinte Mrs Peabody sorgenvoll. „Sie haben immer Mitleid - mit allen. Wie sagte meine Mutter früher? ‚Keine gute Tat bleibt ungestraft.‘ Nächstenliebe ist schön und gut, aber eines Tages werden Sie es bereuen, so nett zu allen gewesen zu sein.“

„Ja, aber -“ Ursula verstummte, als sich eine ältere Dame zu ihnen gesellte, die einen Zwergpudel unter einem Arm trug. „Ah! Tante Muriel ...“ Zu Poppy gewandt sagte Ursula freundlich: „Darf ich Ihnen meine Tante vorstellen? Mrs Muriel Farnsworth.“

Die beiden Frauen hätten kaum unterschiedlicher sein können. Ursula wirkte ruhig und bescheiden in ihrem pastellfarbenen Blümchenkleid, das braune Haar zu einem lockeren Dutt hochgesteckt und das rundliche Gesicht nur leicht geschminkt. Ihre Tante trug eine teure Seidenbluse und eine kostbare Perlenkette und hatte trotz ihres fortgeschrittenen Alters – sie mochte in den Siebzigern sein – mehrere Schichten Make-up und einen leuchtend pinkfarbenen Lippenstift aufgetragen, der sich auf ihren schmalen, missmutig geschürzten Lippen seltsam ausnahm. An ihren knorrigen Fingern funkelten juwelenbesetzte Ringe. Passend dazu war das Halsband des Pudels mit Glitzersteinen besetzt.

„Ich sagte ja, dass ich nach Ihnen Ausschau halten wollte“, fuhr Ursula fort. „Nun, eigentlich geht es um Tante Muriel. Sie sucht jemanden, der ihr bei einem Gartenprojekt hilft.“

Poppy spitzte interessiert die Ohren. Ein weiterer Auftrag würde ihre Geldsorgen lindern und ihr eine kleine Atempause verschaffen, bis sie einen ausreichenden Pflanzenbestand für die Gärtnerei aufgebaut hatte.

Sie streckte der alten Dame mit strahlendem Lächeln die Hand entgegen. „Wie schön, Sie kennenzulernen, Mrs Farnsworth -"

„Sagen Sie Flopsy Hallo", befahl Muriel.

„Oh! Äh ..." Poppy betrachtete den weißen Pudel, der sie misstrauisch beäugte. „Hallo, Flopsy!" Sie streckte vorsichtig einen Finger aus.

Der kleine Hund knurrte plötzlich, fletschte die Zähne und schnappte nach Poppys Finger.

„Huch!" Poppy riss ihre Hand gerade noch rechtzeitig zurück.

„Was haben Sie gemacht?", fragte Muriel ungehalten.

„N-nichts", stotterte Poppy. „Sie hat versucht, mich zu beißen."

„Blödsinn! Flopsy beißt nicht! Nicht wahr, Flopsylein?" Mit süßlicher Fistelstimme fuhr sie fort: „Hat dich die dumme Frau geärgert?"

Der Pudel zappelte in ihren Armen und Muriel setzte ihn auf den Boden. Flopsy schüttelte sich, dann sah sie sich um, ließ die Zunge aus dem Maul hängen und hechelte leise.

Muriel schnappte entsetzt nach Luft. „Oh! Dem armen Schatz ist zu warm! Flopsy braucht Wasser." Sie sah sich um. „Kirby? KIRBY? Wo ist dieser Mann denn bloß?"

Ein Mittdreißiger kam mit großen Schritten herbei

und holte eine Flasche Mineralwasser hervor, deren Inhalt er in eine zierliche Keramikschüssel goss. Flopsy schnupperte nur daran, bevor sie sich abwandte und davonstolzierte.

„Das ist Evian!" Muriel sah den Mann strafend an. „Sie wissen doch, dass Flopsy nur Perrier trinkt."

„Na ja, ich dachte, sie würde den Unterschied nicht bemerken ..."

„Natürlich bemerkt sie den Unterschied!", schnauzte Muriel. „Sie hat einen unglaublich feinen Gaumen und gibt sich mit nichts Geringerem zufrieden. Sie als ihr Hundesitter sollten das wissen."

„Ja, natürlich, entschuldigen Sie, Ma'am", murmelte Kirby unterwürfig. „Ich gehe sofort zurück ins Haus und hole eine Flasche Perrier."

Poppy hatte Mühe, Mrs Farnworth nicht mit offenem Mund anzustarren. Natürlich wusste sie, dass manche Leute ganz vernarrt in ihre Hunde waren, aber das war lächerlich! Dann erstarrte sie, als Flopsy auf sie zugelaufen kam. Mit seinem wolligen Fell, das an Schwanz und Pfoten zu Bommeln gestutzt war, und der hübschen rosa Schleife auf dem Kopf sah der Zwergpudel so harmlos und kuschelig aus, dass Poppy sich fast fragte, ob sie sich seine Attacke eingebildet hatte. Dennoch hielt sie den Atem an, als der kleine Hund misstrauisch an ihren Beinen schnüffelte.

„Gut, dass Sie kühle Farbtöne tragen." Muriel musterte Poppy anerkennend von oben bis unten. „Flopsy mag keine warmen Farben, sie tun ihren

Augen weh. Und synthetische Stoffe mag sie auch nicht. Ihre Hundetherapeutin sagt, das liege daran, dass sie eine so sensible Seele habe und die chemischen Schadstoffe in den Fasern spüren könne. Ist das nicht erstaunlich?"

„Äh, ja, ganz außergewöhnlich", antwortete Poppy. Hundetherapeutin? Mit einem argwöhnischen Blick auf die alte Dame fragte sie sich, ob sie sich über sie lustig machte, aber Muriel meinte es offenbar ernst.

„Die Therapeutin ist überzeugt, dass sie die Verbindung mit Mutter Natur aufnehmen muss, um die heilenden Energien der Erde zu absorbieren und ihren inneren Welpen wiederzufinden", fuhr die Hundebesitzerin fort. „Deshalb möchte ich ihr einen Duftgarten anlegen lassen."

Poppy starrte sie verständnislos an.

Muriel runzelte die Stirn. „Haben Sie schon mal von Duftgärten gehört?"

„Ähm ... nun, ich ..."

Ursula kam ihr zu Hilfe: „Die Forschung zeigt, dass Düfte von Blüten, Kräutern und Blumen gegen Depressionen und Ängste oder sogar gegen körperliche Leiden eingesetzt werden können, wie Kopfschmerzen oder hohen Blutdruck. Außerdem helfen Sinnesgärten bei psychischen Problemen oder Autismus ..."

„Ja, ja, aber ich meine einen Sinnesgarten für Hunde", schaltete sich Muriel ungeduldig ein. „Ich möchte Flopsy einen eigenen Duftgarten anlegen lassen, damit sie ein wunderbares Buffet an Düften genießen kann, von Pflanzen, die ihre Nerven beruhigen und ihre kreativen Energien anregen." Sie warf Poppy einen prüfenden Blick zu. „Ich habe neulich mit Amber Smitheringale gesprochen, und sie sagte, Sie hätten sehr gute Arbeit für sie geleistet und ihr geholfen, an ihrem neuen Haus einen typischen Bauerngarten anzulegen. Solch ein persönlicher Service schwebt mir auch vor. Ich suche jemanden, der Flopsy und ihren Betreuerstab als ihr persönlicher Gärtner unterstützt und ihre Freude an der Natur fördert. Können Sie das?"

Poppy beäugte den Pudel, der gerade an ihren nackten Zehen in den Sandalen schnupperte. Sie hatte das ungute Gefühl, dass sie eher Flopsys Freude an menschlichen Gliedmaßen fördern würde als alles andere, aber sie erinnerte sich rechtzeitig daran, dass sie das Geld brauchte. Also zauberte sie ein strahlendes Lächeln auf ihr Gesicht, während sie vorsichtig einen Schritt zur Seite ging, und sagte:

„Ähm … ja, natürlich. Ich würde mich sehr freuen, Flopsys … äh … persönliche Hundegärtnerin zu werden."

„Gut. Sie können gleich morgen anfangen. Kommen Sie um zehn." Muriel wies auf das Herrenhaus. „Der Duftgarten soll seitlich am Haus entstehen. Zurzeit gibt es dort einen alten Steingarten, aber Sie können -" Sie wurde von einer Stimme unterbrochen, die sich über das Megafon an die Festbesucher wandte:

„Und jetzt, meine Damen und Herren, liebe Kinder, ist es Zeit für einen furiosen Höhepunkt des Tages – das Rasante Terrier-Rennen! Also, kommen Sie mit Ihren flotten Vierbeinern auf die große Wiese und lassen Sie sie gegeneinander antreten!"

Kapitel 5

Rufe und Jubel erfüllten die Luft und die Menschen strömten in Scharen auf die große Wiese, an deren Rand die Stände aufgebaut waren. Im Hintergrund war aufgeregtes Bellen zu hören, das nun immer lauter und lauter wurde.

„Ah, das Terrier-Rennen!" Mrs Peabody übernahm erneut das Kommando. „Muriel, denken Sie daran, dass Sie dem Sieger den Pokal überreichen sollen. Am besten gehen Sie zur Ziellinie. Dort steht ein Tisch mit den Pokalen, an den Sie sich setzen können."

„Komm mit Mami, Flopsy", befahl Muriel, schnappte sich den Zwergpudel und ging davon.

Ursula wollte ihr folgen, doch als ihr Handy klingelte, blieb sie stehen und versuchte über das Gebell der Hunde hinweg zu telefonieren.

„Hallo? Hallo? Tut mir leid, ich kann Sie kaum

verstehen." Sie hielt sich mit der freien Hand das andere Ohr zu, um den Lärm ringsum auszublenden. „HALLO? Ja, das ist richtig - ich bin Ursula Philips ... Wie bitte? Verzeihung?" Sie runzelte die Stirn, dann sagte sie: „Warten Sie bitte einen Moment, ich suche mir ein ruhiges Plätzchen." Sie warf den anderen einen entschuldigenden Blick zu und erklärte: „Ich muss erst diesen Anruf entgegennehmen. Gehen Sie ohne mich weiter." Sie drehte sich um und eilte in Richtung Zelt.

„Sie kommt sicher später nach", sagte Mrs Peabody und scheuchte Sonia und Poppy vor sich her zu der großen, langgestreckten Wiese.

Poppy spürte die angespannte und aufgeregte Atmosphäre, als sie sich der Menschenmenge am Rand der Rasenfläche näherte. An einer Seite saßen Muriel und Flopsy an dem Tisch mit den Pokalen, daneben ragte ein Wall aus Strohballen auf, um die Hunde am Ende des Rennens abzufangen. Hinter den Ballen war ein seltsames Gerät zu sehen, das Ähnlichkeit mit einem umgedrehten Fahrrad hatte. Darauf saß jemand, der versuchsweise in die Pedale trat und dabei ein langes Seil um das Rad auf- und wieder abwickelte. Das Seil führte durch die Strohballen hindurch bis zur anderen Seite der Rasenfläche.

Mittlerweile hatte sich eine kleine Gruppe von Menschen mit ihren Hunden versammelt. Die Hunde zerrten mit heraushängender Zunge und hervorquellenden Augen an ihren Leinen und bellten aus voller Kehle. Neben zappeligen Jack Russels, temperamentvollen Westies, selbstgefälligen Schnauzern und kläffenden Yorkies gab es noch eine ganze Reihe Terrier-Mischlinge. Sie alle schienen ihre Aufmerksamkeit auf etwas Kleines, Flauschiges zu richten, das sich vor ihnen im Gras bewegte. Bei näherem Hinsehen erkannte Poppy den Köder, der am Ende des Seils befestigt war. Mithilfe der Vorrichtung hinter den Strohballen wurde er hin- und herbewegt, was die Hunde in helle Aufregung versetzte.

Poppy beobachtete lächelnd, wie sie begeistert und erregt dem Beginn des Rennens entgegenfieberten. Ihr Lächeln wurde noch breiter, als sie in dem Getümmel eine vertraute Gestalt erblickte. Es war Einstein, der quirlige schwarze Terrier ihres exzentrischen Nachbarn Dr. Bertram Noble, genannt Bertie. Jetzt sah sie auch Einsteins Herrchen - er hatte offenbar alle Mühe, die Leine festzuhalten, während sich sein Hund kläffend nach dem Köder streckte.

„Bertie!", rief Poppy und lief zu ihm. „Wie schön, Sie hier auf dem Dorffest zu sehen."

Bertie war zwar ein brillanter Wissenschaftler und verrückter Erfinder, aber er lebte sehr zurückgezogen, und Poppy hatte ihn kaum jemals im Dorf gesehen.

Wahrscheinlich ist das auch gut so, dachte sie und beäugte ihn von der Seite. Die Dorfbewohner begegneten ihm bereits mit einer Mischung aus

Misstrauen und Staunen, und wenn man Bertie ansah, konnte man es ihnen kaum verdenken. Er hatte eine seltsame weite Hose an, die Ähnlichkeit mit einer Wathose für Fischer hatte und von elastischen Hosenträgern gehalten wurde. Dazu trug er ein rotes Flanellhemd und einen Helm mit einer großen Windfahne. In einer Hand hielt er einen gepunkteten Regenschirm und zu allem Überfluss hatte er sich etwas auf die Nase gesetzt, das eher nach einer Taucherbrille als nach einer normalen Brille aussah und seine Augen riesig erscheinen ließ.

„Ah, Poppy, meine Liebe." Bertie strahlte. „Ich hatte eigentlich nicht vor zu kommen, aber dann habe ich von dem Terrier-Rennen gehört - und das konnte ich Einstein nicht vorenthalten! Herumzulaufen und Dingen nachzujagen, das macht er für sein Leben gern. Und ich fürchte, ich habe ihn in den letzten Wochen vernachlässigt, weil ich so sehr in meine Experimente vertieft war, also dachte ich, es sei an der Zeit, dass wir uns einen schönen Tag machen."

„Hat Einstein schon einmal bei einem Terrier-Rennen mitgemacht?", fragte Poppy.

„Oh nein, aber er ist ein so kluger Hund, er hat sicher schnell raus, worum es geht", erwiderte Bertie. Dann wies er auf seinen Kopf und fügte hinzu: „Außerdem ist mein Wetterhahn-Helm hilfreich, um Windgeschwindigkeit und Windrichtung zu bestimmen, sodass ich Einstein im besten Winkel losschicken kann."

Erneut ertönte die Stimme über das Megafon und forderte alle Teilnehmer auf, ihre Plätze an der Startlinie einzunehmen. Bertie verabschiedete sich hastig und schleppte Einstein zum Start, wo sich die anderen Terrier ebenfalls aufstellten. Poppy sah sich am Rand der Zuschauermenge um, auf der Suche nach einem guten Platz, von dem aus sie das Rennen verfolgen konnte.

„He, Poppy!", hörte sie plötzlich jemanden rufen.

Als sie sich umdrehte, sah sie Nick Forrest, der mit seiner Größe alle anderen überragte. Sie zwängte sich in eine Lücke neben ihm.

„Gibt es noch mehr Opfer mit einem Loch an der Schläfe zu beklagen?", fragte er grinsend.

Poppy warf ihm einen vernichtenden Blick zu. „Das war ein Unfall. Das hätte jedem passieren können."

Er lachte, doch sein Lachen verstummte, als sein Blick auf die Startlinie fiel.

„Was zum Teufel hat er hier zu suchen?", brummte er leise. Er hatte Bertie mit Einstein erkannt.

Poppy sah ihn verstohlen von der Seite an. Nick war größer und muskulöser und im Gegensatz zu Berties sanften braunen Augen waren seine dunkel, aber die Ähnlichkeit war trotzdem unverkennbar: dieselben kräftigen Augenbrauen und das entschlossene Kinn, das dichte, widerspenstige Haar (in Berties Fall grau), derselbe ausdrucksvolle, wohlgeformte Mund, der oft genug kindliche Freude

(Bertie) oder Ungeduld und schlechte Laune (Nick) signalisierte.

Als sie kürzlich erfahren hatte, dass es sich bei Bertie und Nick um Vater und Sohn handelte, war Poppy aus allen Wolken gefallen. Die beiden wohnten so nah beieinander - ihre Häuser standen rechts und links von Hollyhock Cottage - und sprachen weder miteinander noch hatten sie sonst irgendeinen Kontakt. Poppy wollte unbedingt herausfinden, warum sie sich so entfremdet hatten, aber als neue Nachbarin, die erst seit ein paar Wochen dort wohnte, konnte sie eine so persönliche Frage nicht stellen.

War dies vielleicht die perfekte Gelegenheit, das Thema anzusprechen? Doch bevor sie etwas sagen konnte, packte sie jemand am Ellbogen. Es war Mrs Peabody.

„Haben Sie Ursula gesehen?"

Poppy schüttelte den Kopf.

Mrs Peabody schnalzte missbilligend mit der Zunge. „Sie sollte schon längst hier sein. Ich habe Sonia ins Festzelt geschickt, sie soll sie suchen. Ursula darf das Rennen auf keinen Fall verpassen, schließlich war es ihre Idee und sie wird sich freuen, dass es so begeisterten Zuspruch findet. Meine Güte, mit solchen Zuschauerzahlen hatten wir nicht gerechnet!" Sie betrachtete die jubelnde Menschenmenge mit zufriedenem Lächeln.

Mittlerweile hatte das Hundegebell an der Startlinie ohrenbetäubende Höhen erreicht. Die

Terrier zerrten aufgeregt an ihren Leinen, bis sie sich fast die Luft abschnürten, und ließen den Köder nicht einen Moment aus den Augen, der aufreizend vor ihnen zuckte. Poppy spürte, wie sich ihr Herzschlag beschleunigte, als die Stimme über das Megafon erklang:

„Nun, wie es aussieht, sind alle Wettbewerbsteilnehmer bereit. Sehen Sie sich nur diese Begeisterung an! Was meinen Sie: Sollen wir anfangen?"

Die Menge schrie und johlte.

„Also gut. Sind wir so weit?"

Die Hunde waren kaum noch zu halten. Poppy hielt den Atem an. Sie ließ den schwarzen Terrier an der Startlinie nicht aus den Augen. *Streng dich an, Einstein!*, spornte sie ihn insgeheim an.

„Machen Sie sich bereit, die Hunde loszulassen ... Auf die Plätze, fertig, los!"

Kapitel 6

Die Hunde stürmten los, die Beine wirbelten, die Ohren flogen, als sie dem Köder hinterherrannten, der so schnell aufgespult wurde, wie die Person auf dem Fahrrad in die Pedale treten konnte. Poppy kreischte vor Freude, als sie sah, dass Einstein an vorderster Front mitlief - tatsächlich lag der schwarze Terrier an zweiter Stelle und machte Anstalten, den führenden Jack Russell einzuholen. Einen Moment lang liefen beide Kopf an Kopf, dann stockte Poppy der Atem, als sie sah, dass sich Einstein Stück für Stück nach vorne schob.

„Juhu! Weiter so, Einstein!" Sie sprang aufgeregt auf und ab und wedelte mit den Armen.

Berties struppiger Vierbeiner legte noch einen Zahn zu, den Blick fest auf den Köder gerichtet. Am Ende der Rennstrecke verschwand das flauschige Bündel zwischen den Strohballen. Der Sieger des

Wettbewerbs sollte eigentlich durch die Lücke hinterherspringen, doch Einstein machte stattdessen einen großen Satz über die Ballen.

Die Zuschauer jubelten, sie waren begeistert von seiner akrobatischen Meisterleistung. Sie warteten gespannt darauf, dass er sich auf der anderen Seite den Köder schnappte, doch zur allgemeinen Überraschung rannte Einstein weiter, statt sich auf seine Beute zu stürzen. Er steuerte geradewegs auf den Tisch mit den Trophäen zu, an dem Muriel mit Flopsy saß, sprang hinauf und baute sich vor dem Zwergpudel auf, der erschrocken zurückwich.

Einen Moment standen sich die beiden Hunde gegenüber, dann gab Einstein ein einladendes Bellen von sich, schob die Vorderpfoten nach vorn und reckte schwanzwedelnd das Hinterteil in die Höhe. Flopsy starrte ihn unverwandt an, und erst dachte Poppy, sie würde den Terrier in die Schnauze beißen. Der Pudel hob zögernd eine Pfote. In seiner Miene mischten sich hochnäsige Verachtung und verhaltenes Interesse. Ein Hund, der so verwöhnt und behütet aufwuchs, hatte wohl kaum Gelegenheit, mit gewöhnlichen Artgenossen zusammenzutreffen. Dass einer von ihnen zu Flopsy kam und sich ihr auf diese Weise vorstellte, hatte sie vermutlich noch nie erlebt. Sie sah aus, als wüsste sie nicht, wie sie auf den vorlauten Terrier reagieren sollte.

Ihr Frauchen hatte jedoch eine eindeutige Meinung zu der Angelegenheit. Muriel sprang mit einem Schrei der Empörung auf, als Einstein vor Flopsy auf und ab hüpfte und sie zum Spielen aufforderte.

„Lass sie in Ruhe!", rief sie und versuchte, Einstein zu verscheuchen. „Scher dich weg, du ekliger Mischling!"

Einstein beachtete sie nicht, sondern steuerte stattdessen Flopsys Hinterteil an und schnupperte daran, wie es unter höflichen Hunden zur Begrüßung üblich war.

„Aaaahh!" Muriel riss entsetzt die Augen auf. „Wie kannst du es wagen, an ihr zu schnüffeln!"

Sie versuchte, Flopsy hochzuheben, aber der Pudel entwand sich ihrem Griff, wirbelte mit empörtem Gesichtsausdruck herum und zeigte dem neugierigen Terrier die Zähne. Einstein ließ sich jedoch nicht einschüchtern. Er bellte noch einmal frech, dann drehte er sich um und präsentierte seinerseits sein Hinterteil, nicht ohne einladend mit dem Schwanz zu wedeln. Die Hundedame zögerte, dann reckte sie die Nase vor, achtete aber darauf, nicht allzu interessiert zu wirken. Sie schnupperte vorsichtig und bald umkreisten sich die beiden schnüffelnd, unter dem entsetzten Kreischen von Muriel.

„Was machst du da mit Flopsy? Geh weg! Geh weg!" Sie fuchtelte mit den Händen, um Einstein zu verscheuchen. „Kirby! KIRBY! Wo sind Sie?"

Der Hundesitter drängte sich durch die Menge und versuchte, Einstein zu schnappen, aber der struppige Terrier war zu schnell für ihn. Er wich im letzten Moment zur Seite, so dass Kirby stolperte und über die eigenen Füße fiel. Die Zuschauer brüllten vor Lachen. Sie amüsierten sich köstlich - das war sogar noch unterhaltsamer als das Rennen! Ein paar Leute begannen, Einstein anzufeuern, während sich einige Ausrichter des Festes vergeblich bemühten, Einstein einzufangen. Poppy war erleichtert, als Bertie zum Pokaltisch gerannt kam und seinen Hund am Halsband packte.

Muriel nahm hastig ihren Pudel auf den Arm und warf Bertie einen bösen Blick zu. „Wie können Sie es zulassen, dass Ihr Hund meine Flopsy so schikaniert?“

„Es tut mir furchtbar leid“, erwiderte Bertie. „Einstein ist sehr gesellig. Ich bin sicher, er wollte nur Hallo sagen.“

„Er ist auf der Suche nach einer Freundin“, rief jemand aus der Menge und lachte. „Das ist ein echter Fall von Hundeliebe!“

Muriel fand das anscheinend überhaupt nicht lustig. Sie schnaubte verächtlich und sagte: „Flopsy würde sich niemals mit einem schmuddeligen, unerzogenen Köter einlassen! Sie stammt von einigen der besten Turnierpudel Großbritanniens ab und ich achte genau darauf, mit wem ich sie zusammenbringe. Sollte sie jemals einem Männchen näher kommen, dann werden das ausgewählte Deckrüden von anerkannten Züchtern sein und ganz sicher kein gewöhnlicher Mischling!“

„Oh, Einstein ist kein Mischling", widersprach Bertie. „Im Tierheim kannte man seine genaue Abstammung nicht, aber man war sich ganz sicher, dass er viel Cairn Terrier in sich hat, obwohl -" Bertie legte den Kopf schief und sah seinen Hund nachdenklich an, „- ein bisschen Skye Terrier könnte auch dabei sein oder vielleicht eine Spur Norwich Terrier oder sogar einen Hauch von Westie. Ich habe schon oft daran gedacht, etwas von seiner DNA zu extrahieren und sein Genom zu sequenzieren, um sicherzugehen -"

„Mir ist es egal, was er ist!" Muriel brüllte. „Für meine Flopsy ist er jedenfalls nicht gut genug!"

Sie drückte den Pudel an sich, drehte sich demonstrativ um, zog sich auf die andere Seite des Pokaltisches zurück und ließ den armen Bertie einfach stehen. Er sah so verloren und durcheinander aus, dass sich Poppy voller Mitleid durch die Menge zu ihm durchzwängte.

„Machen Sie sich nichts draus, Bertie", beruhigte sie ihn und zog ihn sanft am Arm. „Kommen Sie, lassen Sie uns gehen."

Der alte Erfinder nahm Einstein an die Leine und versuchte, ihn wegzuziehen, aber der liebeskranke Terrier wehrte sich mit aller Kraft, ohne die Pudeldame aus den Augen zu lassen. Als es Bertie schließlich gelang, ihn wegzuzerren, winselte er herzzerreißend. Unter den Zuschauern wurden wütende Buhrufe laut, einige Leute machten ihrem Ärger auf Muriel Luft.

„Der arme Hund! Sie brechen ihm das Herz!"

„Ach, kommen Sie – lassen Sie den beiden doch ein bisschen Spaß!"

„Ja! Sie sahen so süß aus!"

„Was ist mit dem Rennen?", fragte plötzlich jemand. „Wer ist der Sieger?"

„Der schwarze Terrier - er war der Schnellste."

„Ja, aber er ist von der Strecke abgekommen - heißt das nicht, dass er disqualifiziert ist?"

„Der Jack Russell sollte den ersten Preis kriegen!"

„Ja, seht nur! Er hat den Köder!"

Tatsächlich hatte der Jack Russell den Köder im Maul, schüttelte ihn heftig und knurrte dabei wütend. Zwei Männer wollten ihm seine Beute entreißen, doch der kleine Hund ließ nicht los, sodass er praktisch in der Luft baumelte. Einige Leute fingen an zu lachen, während andere leidenschaftlich darüber stritten, wer zum Sieger gekürt werden sollte, und wieder andere Muriel ausbuhten und Einstein zujubelten. Das Chaos war perfekt und auch der Mann am Megafon, der verzweifelt versuchte, sich Gehör zu verschaffen, war nicht in der Lage, die Ordnung wiederherzustellen.

Dann durchbrach ein durchdringender Schrei das Tohuwabohu, der Poppy einen Schauer über den Rücken jagte. Sie drehte sich um und sah eine Frau aus dem Festzelt rennen. Es war Sonia, keuchend und mit vor Entsetzen geweiteten Augen.

„Es ist ein Mord geschehen!", rief sie. „Mord!"

In der Menge war lautes Lachen zu hören. „Ja,

alles klar - du hältst uns nicht noch einmal zum Narren!"

„Mord, von wegen!", spottete ein anderer.

„Netter Versuch, Lady!"

Sonia starrte die Spötter ungläubig an. „Ich meine es ernst! Es ist ein furchtbarer Mord geschehen!"

Weiteres Gelächter war die Antwort. Sonia sah aus, als würde sie im nächsten Moment in Tränen ausbrechen. Mrs Peabody marschierte auf sie zu und sagte ungeduldig: „Sonia! Sie müssen mit diesen hysterischen Ausbrüchen aufhören! Wenn die Fantasie mit Ihnen durchgeht -"

„Nein, nein, das ist es nicht!" Sonia schüttelte vehement den Kopf. „Ihr müsst mir glauben!"

Aber die Menge johlte und lachte nur noch mehr. Dann sah Poppy zu ihrer Überraschung, wie Nick Forrest auf Sonia zuging, sie beim Arm nahm und mit sanfter Stimme fragte: „Was ist passiert?"

Sonia deutete zitternd auf das Festzelt. „Es ist ... es ist -" Sie brach schluchzend ab.

Nick ließ ihren Arm los und ging auf das Festzelt zu. Das Gejohle und Gelächter verstummten, abgesehen von einigen Gesprächen im Flüsterton herrschte angespannte Stille. Nach kurzem Zögern rannte Poppy hinter Nick her und holte ihn ein, als er gerade das Festzelt betreten wollte.

Sie traten gemeinsam ein. Das große Zelt war leer, die Damen, die Tee und Kuchen serviert hatten, waren auf die Wiese gegangen, um sich das Terrier-Rennen anzusehen. Nur der Wasserkessel an einem

Ende des Tisches versah noch seinen Dienst, aus seiner Tülle stieg träge Dampf aus.

Dann hielt Poppy den Atem an. Neben dem Tisch lag ein Mensch auf dem Boden, doch diesmal rührte sich das Opfer nicht, setzte sich nicht auf und klagte auch nicht über Kopfschmerzen ... Poppy schluckte krampfhaft. Nein, dieses Opfer würde sich nie wieder aufsetzen.

Ursula lag mit dem Gesicht nach unten, die Arme ausgestreckt und die Beine in einem seltsamen Winkel abgespreizt, der Rock ihres langen geblümten Kleides bauschte sich um die Knöchel. Es gab keinen Zweifel, dass sie tot war. Eine dunkelrote Lache breitete sich bedrohlich um ihren Körper aus, und zwischen ihren Schulterblättern klaffte eine tiefe Stichwunde.

Sonia hatte recht: Es war Mord.

Kapitel 7

Mit einem müden Seufzer stieß Poppy das klapprige Holztor auf, duckte sich unter den duftenden Geißblattranken hindurch und betrat den Garten. Die Steinmauern, die das Grundstück umgaben, schienen die Außenwelt auszusperren, und sie fühlte sich an einen märchenhaften Ort versetzt, kaum, dass sie das Tor hinter sich geschlossen hatte.

Der Garten von Hollyhock Cottage war der Inbegriff eines englischen Cottage-Gartens: breite Beete voller bunter Blumen und üppigem Grün, mit Bienen, die fröhlich in dem Blütenmeer summten, und Kletterrosen mit romantischen Rosetten in Rosa und Creme. Die Fülle von Farben und Formen sprühte vor natürlicher Schönheit und Harmonie.

Die Pflanzen wuchsen über die Beeteinfassung hinaus auf den schmalen Kiesweg, der sich vom Tor bis zur Eingangstür des Cottage schlängelte, sich vor dem Haus teilte und zum hinteren Bereich des Grundstücks führte. Nach der förmlichen Erhabenheit von Duxton House mit seinen akkurat geschnittenen Hecken, den sorgfältig ausgewählten Pflanzen und den gepflegten Rasenflächen empfand sie ihren Garten, der so ungekünstelt und wild aussah, als erfrischend.

Poppy seufzte erneut, diesmal war es jedoch ein Ausdruck der Zufriedenheit. Hier in der Ruhe und Farbenpracht des Gartens verblasste das Durcheinander des Festes allmählich und die Menschenmassen, das unablässige Stimmengewirr, die hysterischen Schreie und der Schreck über den Mord traten in den Hintergrund.

Es war Anfang August und die Sonne verschwand jeden Tag ein wenig früher am Horizont. Jetzt stand sie tief am Himmel, breitete ihren warmen, goldenen Schein über die Landschaft und ließ den Bronzezeiger der gemauerten Sonnenuhr in einem der Blumenbeete aufleuchten. Poppy lächelte, als ihr Blick auf einen riesigen rothaarigen Kater mit großen gelben Augen und glänzendem Fell auf dem Rand der Sonnenuhr fiel. Er beäugte den Uhrzeiger vorwurfsvoll, bevor er Poppy mit einem lautem, klagenden „*Miauuu?*" begrüßte.

„Armer Oren." Poppy bahnte sich zwischen den Pflanzen einen Weg zu der Sonnenuhr. „Ich wollte eigentlich früher zurückkommen, aber wer hätte gedacht, dass ein idyllisches Dorffest mit einem Mord enden würde?"

Mit einem Satz war der rothaarige Kater bei ihr und rieb sein Kinn an ihrem Bein.

„MAU!", machte er und sah zu ihr auf.

Poppy ging in die Hocke und streckte die Hand aus, um ihn zu streicheln. Mit rhythmischen Bewegungen über sein weiches Fell zu streichen, war seltsam beruhigend und mehrere Minuten lang herrschte friedliches Schweigen. Währenddessen schweifte ihr Blick über den Garten und verweilte nachdenklich auf einem von Efeu überwucherten Stück der Steinmauer im hinteren Teil. Die Pflanze war mehrere Monate lang ungehindert gewachsen und bildete nun einen dichten Teppich aus Stängeln und Blättern, deren Haftwurzeln sich hartnäckig in die Mauer krallten. Bisher hatte sie weder Zeit noch Lust gehabt, den Kampf mit dem Efeu aufzunehmen.

„Mau!" Oren stieß mit dem Kopf gegen ihre Hand, um sie daran zu erinnern, dass sie ihn streicheln und nicht nachdenklich ins Leere starren sollte.

Poppy grinste und fragte sich zum x—ten Mal, wie sie sich in einen selbstgefälligen und anspruchsvollen Kater wie Oren verlieben konnte. Plötzlich hörte sie, wie das Gartentor knarrend aufgestoßen wurde, dann eilten Schritte den Kiesweg entlang. Es war Nell, die mit Tragetaschen beladen auf das Haus zuging.

„Hallo, Nell, brauchst du Hilfe?", fragte Poppy und

richtete sich aus dem Blumenbeet auf.

„Poppy! Oh mein Gott – hast du mich erschreckt!", rief Nell entsetzt und ließ die Taschen fallen. „Was hast du dir bloß dabei gedacht? Versteckst dich im Gebüsch und springst heraus, um nichtsahnenden Leuten Angst zu machen."

„Das war keine Absicht", meinte Poppy entschuldigend. „Ich habe mich nur hingehockt, um Oren zu streicheln."

Der rothaarige Kater folgte Poppy auf den Kiesweg und marschierte geradewegs auf die Tragetaschen zu, um sie neugierig zu beschnuppern.

„*Mmm-au?*", fragte er und sah Nell fordernd an.

„Oh nein, du Schlingel", erwiderte sie mit gespielter Strenge. „Da ist nichts für dich drin! Ehrlich, einen so gierigen Kater habe ich noch nie erlebt. Ständig bettelt er um Futter." Sie wedelte tadelnd mit dem Finger. „Das ist deine Schuld, Poppy, weil du ihn ständig fütterst - deshalb kommt er jetzt jeden Abend vorbei und will etwas haben. Dabei bekommt er zu Hause sicher mehr als genug zu fressen."

Poppy seufzte. „Ja, ich weiß, dass Nick ihn füttert, aber Oren sieht immer so hungrig aus."

„Unsinn!" Nell stemmte die Hände in die Hüften und sah den Kater stirnrunzelnd an, der ihren Blick mit unschuldiger Miene erwiderte. „Er weiß einfach, wie er dich um die Pfote wickeln kann."

„Du fütterst ihn doch auch – das weiß ich genau", wehrte sich Poppy. „Ich habe gesehen, wie du ihm einen Klecks Sahne oder ein paar Stücke Hähnchenfleisch oder Speck gibst, wenn du kochst."

Nell wurde rot. „Das ist ... das ist etwas anderes", beharrte sie. „Ich gebe ihm nur die Reste, die ich sonst wegwerfen würde. Außerdem", wechselte sie rasch das Thema, „warum stehen wir eigentlich hier draußen? Bald ist es dunkel. Gehen wir rein, es ist höchste Zeit, dass wir die Vorhänge zuziehen und das Licht einschalten."

Oren ging Nell mit hocherhobenem Schwanz voraus, blieb an der Haustür stehen und sah sie fordernd an, als wartete er darauf, dass ihm sein Personal aufmachte. Nell murmelte etwas vor sich hin, aber Poppy entging nicht, dass ihre alte Freundin stehen blieb, um Oren als Ersten ins Haus zu lassen. Sie lächelte still in sich hinein. In der Küche angekommen, steuerte Oren unbeirrt die Tür zur Speisekammer an und setzte sich erwartungsvoll davor. Ohne auf Nells strafenden Blick zu achten, holte Poppy eine Dose Katzenfutter von einem Regal in der Kammer und gab den Inhalt in einen Napf, den sie auf den Boden stellte. Bald war die Küche vom lauten Schnurren des Katers erfüllt, als Oren sein zweites Abendessen verputzte.

„Wenn ich gewusst hätte, dass du noch auf dem Festplatz warst, hätte ich auf dich gewartet", sagte Poppy zu Nell.

„Ich habe ein paar Damen beim Aufräumen im Festzelt geholfen", antwortete Nell. Sie schüttelte missbilligend den Kopf. „Was für ein schreckliches

Ende für ein schönes Fest! Die arme Ursula! Die Damen vom Teestand waren am Boden zerstört. Sie war bei allen beliebt. Es ist unbegreiflich, dass jemand sie umgebracht hat."

„Geht denn die Polizei nicht davon aus, dass Ursula tragischerweise zur falschen Zeit am falschen Ort war?", wollte Poppy wissen.

„Pah! Was für ein Blödsinn!" Nell verzog das Gesicht. „Das kommt davon, wenn man einen unfähigen Sergeanten schickt statt eines richtigen Kriminalinspektors. Warum war die hübsche Dame von der Kripo in Oxford nicht da?"

„Suzanne? Ich weiß nicht - vielleicht war sie mit einem anderen Fall beschäftigt", vermutete Poppy achselzuckend. „Die Kripo ist auch für andere schwere Verbrechen zuständig, wie Entführungen und sexuellen Missbrauch, also hat Suzanne nicht nur mit Mordermittlungen zu tun."

„Hmm ... also ich finde, er hätte sie anrufen sollen", sagte Nell.

„Wer?"

Nell wies mit dem Kopf zum Küchenfenster, das auf das große Haus auf einer Seite von Hollyhock Cottage hinausging. „Dieser Krimiautor. Sie ist sehr eng mit ihm befreundet, nicht wahr?"

„Nell ..." Poppy widerstand dem Drang, die Augen zu verdrehen. Ihre alte Freundin war schrecklich neugierig, wenn es um das Liebesleben - oder in diesem Fall das frühere Liebesleben - anderer Leute ging. „Suzanne ist Nicks Ex-Freundin, und ja, sie haben immer noch ein gutes Verhältnis zueinander, aber das bedeutet nicht, dass sie alles stehen und liegen lassen kann, wenn er anruft."

„Allerdings würde es mich nicht wundern, wenn Nick tatsächlich versucht hätte, sie anzurufen", fügte Poppy hinzu, weil sie wusste, wie ungeduldig der Krimiautor normalerweise war. „So war es ja auch, als ich hier ankam und die Leiche im Garten entdeckt habe. Nick hat gar nicht erst die Notrufnummer der Polizei gewählt, sondern gleich bei Suzanne angerufen. Wie auch immer, ich bin sicher, dass Sergeant Lee weiß, was er tut", fügte sie mit mehr Überzeugung hinzu, als sie verspürte.

„Oh, dieser Trottel ist unfähig." Nell schnaubte verächtlich. „Seine lächerliche Theorie, dass Ursula Opfer eines brutalen Überfalls geworden ist, beweist doch, dass er keine Ahnung hat."

„Aber ich dachte, die Polizei hätte jemanden aus der Menge verhaftet, einen aktenkundigen Räuber."

„Der Mann hat seine Zeit abgesessen und ist wegen guter Führung auf Bewährung draußen!"

„Woher weißt du das?", fragte Poppy erstaunt.

„Mrs Rogers hat es von Mrs Wilmott, die sich mit dem Vikar unterhalten hat, kurz bevor er sich vom Fest verabschiedet hat. Und der war zufällig in der Nähe, als die Beamten den Mann verhaftet haben, also hat er mitbekommen, wie sie ihn verhört haben."

Poppy schüttelte ungläubig den Kopf. Sie konnte immer noch nicht fassen, wie schnell sich Neuigkeiten im Dorf verbreiteten.

„Aber es könnte doch sein, dass er rückfällig geworden ist", sagte sie zu Nell. „Vielleicht hat dieser Mann seine Opfer in der Vergangenheit nicht nur ausgeraubt, sondern auch tätlich angegriffen."

„Die Polizei glaubt also, dass ein ehemaliger Räuber, der sich zufällig einen schönen Tag auf dem Dorffest gemacht hat, plötzlich beschließt, seine Chance auf Freiheit zu verspielen, indem er eine Frau angreift, die er noch nie im Leben gesehen hat?" So viel Sarkasmus war ungewöhnlich für Nell. „Und überhaupt: Was wollte er wohl stehlen?"

„Ich weiß nicht … heißt es nicht, Ursulas Handy sei verschwunden?", fragte Poppy. „Mrs Peabody und ich waren gerade bei Muriel Farnsworth, als die Polizei sie danach gefragt hat. Sie konnten es nirgends finden."

„Handydiebe stechen nicht einfach Leute ab", erwiderte Nell verächtlich. „Die Polizei ist auf der falschen Spur. Ich sage dir, das war kein tragischer Unfall bei einem Raubüberfall, der aus dem Ruder gelaufen ist. Das war vorsätzlicher Mord."

„Aber du hast doch selbst gesagt, dass Ursula allgemein beliebt war. Wer sollte sie also umbringen wollen?"

„Ah …" Nells Augen funkelten. „Zwischen Liebe und Hass verläuft ein schmaler Grat."

Poppy stöhnte auf. „Sag nicht, dass du es für ein Verbrechen aus Leidenschaft hältst!"

„Warum nicht?", gab Nell schnippisch zurück. „Vielleicht war es ein eifersüchtiger Ex-Liebhaber oder ein frustrierter Möchtegern-Liebhaber."

Diesmal verdrehte Poppy tatsächlich die Augen. Als begeisterte Leserin von Liebesromanen witterte Nell wahre Melodramen hinter jeder noch so banalen Alltagssituation – auch wenn man einen Mord natürlich nicht als banale Alltagssituation bezeichnen konnte.

„Verdreh nicht die Augen, meine Liebe!", sagte Nell säuerlich. „Im Dorf wird viel über Ursula und Norman getratscht."

„Norman? Norman, der Antiquitätenhändler? Der Mann, den ich fast - ich meine, der Mann, der die Kugel an den Kopf bekommen hat?"

Nell nickte. „Er ist schon seit Jahren hinter Ursula her und hat immer wieder Ausreden erfunden, um sie in Duxton House zu besuchen und ihr kleine antike Kuriositäten zu schenken ... Die meisten Leute hier finden das ziemlich mitleiderregend."

„Aber warum sollte er sie umbringen, wenn er in sie verliebt war?"

„Vielleicht hat er sie mit einem anderen Mann gesehen und da hat ihn die Eifersucht gepackt ... oder er hat ihr seine Gefühle gestanden und sie hat ihn ausgelacht ... oder ... " Nells Augen leuchteten, je mehr sie sich für ihr Thema erwärmte, „vielleicht hat ihn seine Leidenschaft überwältigt und er hat versucht, sie zu küssen, und als sie ihn zurückgewiesen hat, wurde er wütend und beschloss, dass niemand sie haben sollte, wenn er sie nicht haben konnte!"

Poppy brach in schallendes Gelächter aus. Sie konnte sich nicht vorstellen, dass dieser schmächtige, kahlköpfige Mann von Leidenschaft übermannt wurde, geschweige denn, dass er eine Frau an sich riss oder zum Mörder aus Eifersucht wurde. Norman Smalle sah aus, als hätte er nicht einmal genug Kraft, mit einer Gabel in ein Stück Kuchen zu stechen!

„Was ist daran so lustig?", fragte Nell. Sie schien leicht genervt zu sein.

„Ach Nell, das ist das wirkliche Leben und nicht einer deiner Liebesromane! Warum bist du dir überhaupt so sicher, dass seine Gefühle nicht erwidert wurden? Vielleicht mochte Ursula ihn auch." Poppy zog die Augenbrauen hoch. „Seltsam – die Klatschbasen im Dorf müssten doch schon längst wissen, wie sie zu ihm stand."

„Wenn es um ihr Privatleben ging, war Ursula wohl sehr verschlossen. Offenbar war sie zu allen nett, deshalb kann man nicht sagen, ob sie zu jemandem eine besondere Beziehung hatte. Sie war immer freundlich zu Norman, auch wenn er ein bisschen nervig war. Sie hatte einfach ein großes Herz."

„Ja, das ist mir auch aufgefallen, obwohl ich ihr nur kurz begegnet bin." Poppy dachte daran, wie geduldig Ursula die hysterische Sonia beruhigt hatte. Plötzlich sagte sie inbrünstig: „Ich hoffe wirklich, dass man ihren Mörder findet. Ein Mord ist immer schlimm, aber wenn es eine so reizende Frau wie Ursula trifft, fühlt es sich noch schlimmer an."

„Falls die Polizei an ihrer albernen Theorie festhält, wird sie den Mörder sicher nicht finden", erwiderte Nell mürrisch. „Glaub mir: Ursula ist nicht das Opfer eines zufälligen Verbrechens. Sie wurde von jemandem umgebracht, der sie kannte."

Kapitel 8

Nach der Aufregung des vorangegangenen Tages fühlte sich der nächste Morgen seltsam banal an. Poppy saß länger als sonst am Frühstückstisch und überlegte, was sie mit sich anfangen sollte. Ursprünglich hatte sie vorgehabt, an Duxton House mit der Arbeit am Hundeduftgarten zu beginnen, aber sie hatte bereits die Nachricht erhalten, dass das für den Vormittag geplante Treffen mit Muriel Farnsworth abgesagt worden war. Angesichts von Ursulas Tod war das nur zu verständlich und Poppy bezweifelte, dass Flopsys Frauchen an dem Projekt festhalten würde.

Bei dem Gedanken, einen lukrativen Auftrag zu verlieren, war ihr mulmig zumute. Sie hatte sich sehr auf eine neue gärtnerische Herausforderung gefreut, die ihr nicht nur dringend benötigtes Geld einbringen, sondern auch Spaß machen würde. Die Idee von einem Hundeduftgarten hatte sie sogar so begeistert, dass sie am Vorabend stundenlang im Internet recherchiert und in ihren Gartenbüchern geblättert hatte. Dabei hatte sie festgestellt, dass einige der empfohlenen Duftpflanzen in ihrem eigenen Garten wuchsen, wie Mädesüß gegen Arthritis und Thymian gegen Hautreizungen.

Ein entrüsteter Schrei unterbrach ihre Gedanken. Poppy blickte erschrocken auf. Es war Nells Stimme … Sie sprang auf und eilte in das Gewächshaus an der Rückseite des Hauses. Durch die offene Tür, die in den Garten führte, sah sie, dass Nell etwas entgeistert anstarrte. Sie lief hinaus zu ihrer Freundin.

„Was ist los, Nell?"

„Oh … diese verdammten Bengel!", schimpfte Nell. „Wenn ich die erwische!"

Poppy folgte ihrem Blick und sah, dass jemand ein hässliches Graffiti an die Außenwand des Cottage gesprüht hatte. Auf der Mauer prangte das grellrosa Abbild eines männlichen Geschlechtsorgans mit allen Details.

„Igitt!", rief Poppy. „Das ist ja grässlich!"

„Das war diese Bande von Teenagern", behauptete Nell. „Ich habe gehört, wie sich die anderen Damen im Dorf über sie beschwert haben. Diese Burschen schleichen herum und beschmieren Häuser und Geschäfte. Das macht die Bewohner wahnsinnig. So etwas gab es hier noch nie. In Bunnington lassen die meisten Leute immer noch ihre Hintertüren unverschlossen."

„Wahrscheinlich liegt es daran, dass Sommerferien sind", meinte Poppy. „Die Jugendlichen langweilen sich und amüsieren sich auf ihre Weise."

„Und wenn sie sich noch so sehr langweilen!", rief Nell. „Das ist keine Entschuldigung für Vandalismus! Diese Kinder sind einfach schlecht erzogen." Sie betrachtete das Graffiti mit Abscheu. „Na ja, es hätte schlimmer sein können. Wenigstens ist es an der hinteren Hauswand, sodass Besucher es nicht sofort sehen."

„Ja, das würde kaum zum Ambiente eines hübschen Bauerngartens passen." Poppy verzog angewidert das Gesicht.

Nell krempelte sich die Ärmel hoch. „Ich hole Wasser und Putzmittel und sehe zu, dass ich die Wand sauber kriege."

Poppy folgte ihr ins Haus. „Ich kann dir helfen. Es ist ja nicht so, als hätte ich heute Morgen viel zu tun", fügte sie kleinlaut hinzu.

Nell sah sie prüfend an. „Machst du dir wieder Sorgen wegen der Gärtnerei, Liebes?"

„Ja, irgendwie schon. Mrs Peabody hat mir gestern wertvolle Tipps gegeben, wie ich es mit der Gärtnerei machen soll, und ich habe schon bei einem Lieferanten meiner Großmutter angerufen und eine Bestellung für winterharte Pflanzen aufgegeben.

Aber bis sie groß genug sind für den Verkauf, muss ich andere Geldquellen auftun." Sie sah alles andere als glücklich drein. „Ich war so froh, als mir Mrs Farnworth gestern den neuen Job angeboten hat, aber durch den Mord ist jetzt alles in der Schwebe."

„Weißt du, Liebes, du könntest die Blumen im Garten nehmen."

Poppy blickte überrascht auf. „Wie meinst du das?"

„Auf dem Fest gestern haben so viele Leute deinen Strauß bewundert und sicher würden sich viele etwas in der Art kaufen. Du könntest die Blumen aus dem Garten zu Bouquets binden und sie in den Geschäften im Dorf verkaufen." Nell betrachtete sie voller Stolz. „Und du hast wirklich ein wunderbares Händchen für Blumen. Dein Strauß sah richtig professionell aus, aber er wirkte gleichzeitig frisch und ungezwungenen – viel schöner als ein schickes Arrangement aus einem Blumenladen."

Poppy fühlte sich geschmeichelt. „Aber ... aber ich bin keine Floristin", wandte sie ein.

„Das macht doch nichts! Wer fragt schon nach deinen Qualifikationen, wenn er einen Blumenstrauß von dir kaufen will? Hauptsache, den Leuten gefällt, was du anbietest."

„Hmm ...", sagte Poppy nachdenklich. Den Verkauf von Schnittblumen hatte sie nie ernsthaft in Betracht gezogen, sondern sich darauf konzentriert, die Gärtnerei wiederzueröffnen und Pflanzen zu verkaufen, wie es ihre Großmutter getan hatte. Aber jetzt fiel ihr ein, dass diese tatsächlich einen Teil des Gartens mit Schnittblumen bestückt hatte. Bei Poppys Ankunft in Bunnington hatte noch das ursprüngliche Schild an der Mauer gehangen: „HOLLYHOCK COTTAGE – Gärtnerei - Frische Schnittblumen." Und selbst wenn ihre Großmutter keine Blumen verkauft hätte, gab es keinen Grund, weshalb sie, Poppy, nicht neue Wege einschlagen und manche Dinge anders machen konnte, vor allem, wenn sie damit ein bisschen Geld verdiente.

Sie lächelte Nell an. „Weißt du, vielleicht ist das gar keine schlechte Idee. Ich könnte ein Plakat entwerfen und es am schwarzen Brett vor dem Postladen aufhängen."

„Du könntest auch ein paar Flugblätter drucken lassen und sie direkt in den Häusern und Büros verteilen", schlug Nell vor. „Du musst nur durch das Dorf gehen und sie in die Briefkästen stecken."

„Ja, das mache ich!" Poppy war begeistert. „Und vielleicht stelle ich ein paar Sträuße auf, wo viele Leute sie sehen, als Werbung." Sie umarmte ihre Freundin impulsiv. „Oh Nell, ich glaube, das könnte klappen!"

„Natürlich klappt es", erwiderte Nell gelassen und setzte ihren Weg Richtung Küche fort. „Bevor ich es vergesse – könntest du diese Chelsea Buns probieren und mir sagen, was du davon hältst? Zu viel Zimt? Oder Zitronenschale?"

Poppy sah zu, wie Nell ein Backblech voller köstlich duftender Hefeschnecken aus dem Ofen holte.

„Meine Güte, Nell – die können wir unmöglich alle essen", rief Poppy entgeistert.

„Die halten sich ein paar Tage", sagte Nell. Dann fügte sie beiläufig hinzu: „Außerdem dachte ich, Dr. Noble von nebenan hätte vielleicht gerne welche."

Poppy hatte Mühe, ihre Überraschung zu verbergen. Die erste Begegnung zwischen Nell und Bertie hatte unter keinem guten Stern gestanden, weil ihr Nachbar mitsamt seiner Laborratte zum Tee erschienen war. Bisher hatte sie den Eindruck, dass sich an Nells anfänglicher Feindseligkeit dem exzentrischen Erfinder gegenüber nichts geändert hatte. Dass ihre Freundin ihm nun ihre selbst gebackenen Köstlichkeiten anbot, kam ihr seltsam vor. Ihre Zweifel spiegelten sich wohl in ihrer Miene, denn Nell sagte abwehrend: „Er ist ganz allein in seinem baufälligen Haus und hat niemanden, der sich um ihn kümmert. Ich bin überzeugt, dass er nicht vernünftig isst, es sei denn, jemand setzt ihm etwas vor. Und da ich sowieso gerade am Backen war, dachte ich ... na ja, ich habe einfach ein paar mehr gemacht."

Poppy nahm sie in den Arm. „Das ist wirklich lieb von dir, Nell - Bertie wird es bestimmt zu schätzen wissen. Du hast recht, meist ist er so vertieft in seine Experimente, dass er das Essen wahrscheinlich völlig vergisst. Ein paar Leckereien tun ihm sicher gut."

Poppy nahm sich einen Chelsea Bun und biss

genüsslich in das weiche Gebäckstück mit seinen saftigen Rosinen und Sultaninen, das einen herrlichen Duft nach Zimt und anderen Gewürzen verströmte. Nell hatte geriebene Zitronenschale verwendet, die einen schönen Kontrast zu der klebrigen Zuckerglasur bildete. Kurz und gut: ein Gedicht!

„Aber pass auf, dass sein kleiner Hund nichts davon abbekommt", warnte Nell, während sie Hefeschnecken auf einen Teller legte. „Da sind Rosinen und Sultaninen drin, und die sind giftig für Hunde."

„Mmh … okay", sagte Poppy mit vollem Mund. „Ich bringe sie gleich rüber."

Kurz danach trat Poppy durch das Gartentor auf die Straße vor Hollyhock Cottage. Zu ihrer Linken führte die Gasse an Nicks großem, im georgianischen Stil gehaltenen Haus vorbei zum Dorfanger und zur High Street mit ihren Geschäften. Poppy wandte sich jedoch nach rechts, zum letzten Haus in der Gasse, einem schäbigen Gemäuer auf einem kleinen Grundstück unmittelbar neben ihrem Cottage. Dort wohnte Bertie, und meist nahm Poppy die Abkürzung durch eine große Lücke in der Steinmauer zwischen den beiden Gärten, aber mit einem Teller mit Gebäck in der Hand erschien ihr der Weg über die Straße sicherer.

Poppy stieß das Gartentor auf, ging den kurzen Weg zur Haustür entlang und klingelte. Normalerweise hätte Einstein Alarm geschlagen, sobald sich jemand dem Haus näherte, aber heute blieb alles still. Sie überlegte gerade, ob Bertie vielleicht ausgegangen war und sie umkehren sollte, als der Erfinder die Tür öffnete.

„Poppy! Wie schön, Sie zu sehen, meine Liebe. Sie wollten doch nicht schon gehen?"

„Oh, ich dachte, es sei niemand zu Hause", erklärte Poppy und trat ein. „Eigentlich bellt Einstein immer -" Sie brach ab, als sie den zerzausten schwarzen Terrier auf dem Boden im Wohnzimmer liegen sah. Allerdings beachtete er sie kaum, tanzte nicht auf den Hinterbeinen, bettelte nicht um einen Keks und machte auch sonst keine seiner üblichen Mätzchen. Stattdessen lag er mit dem Kinn auf den Pfoten da, hatte trübe Augen und hängende Ohren und zuckte nur kurz mit dem Schwanz, als Poppy ihn begrüßte.

„Einstein benimmt sich ganz seltsam, seit wir gestern vom Fest zurückgekommen sind." Bertie kratzte sich ratlos am Kopf. „Ich weiß nicht, was mit ihm los ist. Er will nicht fressen, nicht spielen, sondern liegt nur da und starrt vor sich hin. Ob er krank ist? Vielleicht sollte ich morgen mit ihm zum Tierarzt gehen."

Poppy betrachtete den Terrier eingehend. Sie vermutete, dass er an einem gebrochenen Herzen litt. *Armer Einstein!*

„Ich glaube, sein Zustand hat damit zu tun, dass er sich Hals über Kopf in einen gewissen weißen Zwergpudel verliebt hat", sagte sie lachend.

„Ja, das war furchtbar ungezogen von ihm, sich so auf die Dame und ihren Pudel zu stürzen." Bertie schnalzte missbilligend mit der Zunge. „Er ist ganz anders als sonst. Es ist gar nicht seine Art, wegzulaufen, aber schon auf dem Weg zum Fest ist er einfach ausgebüxt."

„Was meinen Sie damit?"

„Er hat seine Leine durchgebissen und ist weggelaufen, nicht weit von Duxton House. Wir haben die Abkürzung genommen, sie führt zum Wald, der sich an das Anwesen anschließt. Allein hätte ich Einstein nie erwischt, aber dieser nette junge Mann mit dem roten Sportwagen hat mir geholfen, ihn einzufangen." Plötzlich schnupperte er. „Oh, meine Liebe, was ist das für ein wunderbarer Duft?"

„Ach, das hätte ich fast vergessen - die sind für Sie, Bertie. Nell hat sie gemacht", erklärte Poppy und hielt ihm den Teller mit den Hefeschnecken entgegen.

Die Augen des alten Erfinders leuchteten auf. „Chelsea Buns! Wie köstlich! Ich wollte gerade einen Tee trinken – möchten Sie eine Tasse?"

„Ja, danke."

Während sich Bertie in der Küche zu schaffen machte, wollte Poppy sich gerade aufs Sofa setzen, als sie ein vertrautes Miauen hörte und gleich darauf ein rotgetigerter Katzenkopf in der offenen Haustür auftauchte. Es war Oren. Poppy war überrascht, ihn zu sehen. Seit ihrer Ankunft in Bunnington war sie oft genug Zeugin der Feindschaft zwischen Einstein und Oren geworden. Die beiden schienen mindestens einmal am Tag aneinanderzugeraten. Bei ihren Scharmützeln behielt Oren normalerweise die Oberhand, aber als typischer Terrier gab sich Einstein nie geschlagen und stürzte sich jedes Mal mit neuem Eifer in den Kampf, sobald er seinen Kontrahenten sah.

Ihre Auseinandersetzungen fanden meist im Garten von Hollyhock Cottage statt, der praktischerweise zwischen den Häusern ihrer Besitzer lag, und Poppy hatte Oren noch nie auf Berties Grundstück gesehen. Der rothaarige Kater schaute sich um, als würde er etwas suchen. Mit zuckenden Schnurrhaaren schlich er vorsichtig durch den Flur und schließlich ins Wohnzimmer. Bei Einsteins Anblick leuchteten seine Augen und er plusterte sich auf das Doppelte seiner Größe auf.

„*M-IAAUU!*", rief er vergnügt und musterte seinen alten Feind.

Einstein blickte kurz auf, dann legte er das Kinn mit einem Schnaufer wieder auf die Pfoten.

Oren sah ihn verdutzt an. Er versuchte es noch einmal, fauchte und ließ sein Fell noch mehr zu Berge stehen. „*M-IAU?*"

Keine Antwort.

Der rothaarige Kater pirschte sich heran und starrte Einstein eindringlich an. „*Miaauu?*"

Nichts.

Oren stolzierte mit peitschendem Schwanz vor

Einstein auf und ab und zeigte probeweise die Krallen. Er stupste ihn sogar mit einer Pfote an.

„*Mau? MAU?*", sagte Oren. Er klang enttäuscht.

Einstein seufzte tief und drehte den Kopf von ihm weg.

„*M-iau? M-IAU?*" Der Kater verstand die Welt nicht mehr.

Poppy musste lachen. „Oren, ich glaube, du hast Konkurrenz bekommen. Ausgerechnet von einer bezaubernden Hundedame."

Der rotgetigerte Kater sprang auf die Fensterbank, wo er sich mit den Vorderpfoten unter der Brust zusammenrollte und Einstein mit bösem Blick fixierte. Poppy ging schmunzelnd in die Küche, um Bertie zu fragen, ob sie ihm helfen sollte. Ihr Nachbar stellte gerade zwei Tassen auf dem Küchentisch bereit, während hinter ihm der Kessel auf dem Herd pfiff.

„Warten Sie, ich hole das heiße Wasser", bot Poppy an, doch auf dem Weg zum Herd wäre sie fast gestolpert, als sie versuchte einem schmierigen braunen Haufen auf dem Boden auszuweichen.

„Igitt! Bertie, ich glaube, Einstein hat es nicht rechtzeitig nach draußen geschafft."

Er blickte zu Boden. „Oh nein, das ist mein Hundehaufen-Transmitter."

Poppy starrte ihn an. „Ihr *was?*"

Er lächelte breit. „Das ist eine meiner neuesten Erfindungen. Ich bin von der britischen Regierung beauftragt worden, eine Reihe von

Spionagewerkzeugen zu entwickeln, die besser sind als -"

„Sie arbeiten für die britische Regierung?", fragte Poppy mit ungläubigem Staunen.

„Oh, schon seit vielen Jahren, natürlich nur als Berater. Meistens für den MI6, obwohl ich gelegentlich auch bei Projekten für den MI5 hinzugezogen werde. Ich arbeite aber lieber mit den Spionen zusammen", fügte Bertie in vertraulichem Tonfall hinzu. „Zu wissen, dass etwas, das man eigenhändig entwickelt hat, dem britischen Geheimdienst im Ausland hilft, ist einfach unbezahlbar!"

Wahrscheinlich richten seine Erfindungen eher Schaden an als dass sie nutzen, dachte Poppy. Dass eine Behörde Bertie in die Nähe ihrer Geräte ließ, war kaum vorstellbar, aber vielleicht hatte der alte Erfinder eine ernste Seite, die sie nicht kannte. Immerhin war er einmal Professor und Leiter einer Abteilung an der Universität Oxford gewesen!

Berties Stimme riss sie aus ihren Gedanken.

„Die meisten herkömmlichen Kameras und Abhörgeräte sind viel zu plump und lassen sich leicht aufspüren, deshalb hat mich der MI6 beauftragt, mir etwas Neues auszudenken."

Poppy blickte zu Boden. „Und da sind Sie auf Hundehaufen gekommen."

„Ja, wissen Sie, das Geniale an Hundehaufen ist, dass sie ein globales Phänomen sind", erklärte Bertie begeistert. „Man findet Hundehaufen überall, in jedem Land und in jeder Gesellschaft." Er hielt stirnrunzelnd inne. „Außer in Japan vielleicht - das Land ist so sauber und ordentlich, dass man es mit der Angst zu tun bekommt. Hm, für die Agenten im Fernen Osten werde ich mir etwas anderes ausdenken müssen." Seine Miene hellte sich auf. „Aber überall sonst würdigt man einen Hundehaufen kaum eines Blickes. Niemand fasst ihn freiwillig an, alle machen einen Bogen um ihn, also ist er die perfekte Tarnung für einen Audioempfänger oder sogar eine Mikrokamera." Er hob den Hundehaufen auf und zeigte ihn Poppy stolz. „Ist die Detailtreue nicht herrlich? Oh, keine Sorge – Sie können ihn ruhig in die Hand nehmen, er ist aus Kunststoff. Erstaunlich, was man heutzutage mit einem 3D-Drucker bewerkstelligen kann. Er sieht bemerkenswert realistisch aus, nicht wahr?"

Poppy wandte angewidert den Kopf ab. „Ja, und er riecht auch bemerkenswert realistisch."

Bertie strahlte und holte einen kleinen Zerstäuber von der Küchentheke. „Ha, das ist das i-Tüpfelchen! Ich habe ein Nachfüllspray erfunden, mit dem ein Agent die Hundehaufen von Zeit zu Zeit auffrischen kann. Es handelt sich um eine sorgfältig ausgewogene Mischung aus flüchtigen Schwefelverbindungen, die einen authentischen Kotgeruch erzeugen. Probe gefällig?"

„NEIN, danke!" Poppy trat einen hastigen Schritt zurück. „Soll ich Ihnen helfen, den Tee ins Wohnzimmer zu tragen?"

Kapitel 9

Eine Viertelstunde später machte sich Poppy auf den Nachhauseweg. Sie war kaum ein paar Schritte gegangen, als sie aus den Augenwinkeln eine Bewegung wahrnahm, und gleich darauf tauchte eine vertraute kleine schwarze Gestalt aus dem Gestrüpp am Haus auf. Es war Einstein. Poppy freute sich, dass der Hund anscheinend aufgehört hatte, Trübsal zu blasen, und Lust auf einen Spaziergang hatte. Sie wollte ihn rufen, doch er steuerte zielstrebig auf einen Strauch zu und begann, eifrig im Boden zu scharren.

Er gräbt, stellte sie fest, als sie Erdklumpen durch die Luft fliegen sah. Dann kam der kleine Terrier mit dreckigem Fell und einem großen Markknochen im Maul hinter dem Busch hervor. Er legte den Knochen kurz ab, schüttelte sich kräftig, nahm den Knochen wieder auf und trabte zum Tor.

Wo um alles in der Welt will er denn hin?, fragte sich Poppy. Sie staunte nicht schlecht, als Einstein den Knochen am Tor erneut zu Boden fallen ließ, hochsprang und mit der Nase den Riegel aufschob. Das Tor schwang auf, der Terrier schnappte sich seinen Knochen und ging hindurch. Poppy sah ihm verdutzt hinterher, dann eilte sie selbst zum Tor und spähte auf die Gasse hinaus.

Einstein lief in Richtung Dorfanger. Poppy war sich nicht sicher, was sie tun sollte. Einstein war schließlich nicht ihr Hund, also müsste sie wohl Bertie Bescheid sagen. Aber wahrscheinlich war der alte Tüftler jetzt schon wieder in eines seiner Experimente vertieft und erfahrungsgemäß würde es viel zu lange dauern, bis sie ihm klargemacht hatte, dass er seinen Hund einfangen musste. Bis dahin war Einstein längst über alle Berge.

Sie beschloss, dem Terrier selbst zu folgen, doch er schien spurlos verschwunden. Wo konnte er bloß sein?

Dann sah sie in der entgegengesetzten Richtung ein schwarzes Schwanzbüschel um eine Ecke wischen. Schnell lief sie ihm nach und fand sich in einer Gasse wieder, die sich zwischen Cottages hindurch zum Ortsrand schlängelte und schließlich in eine schmale Landstraße mündete, die ein kleines Landgut umgab. Poppy stellte überrascht fest, dass es sich dabei um das Anwesen von Duxton House handelte, wo das Dorffest stattgefunden hatte. Muriels Haus lag viel näher an ihrem Cottage, als sie gedacht hatte – wahrscheinlich war es ihr nicht aufgefallen, weil sie gestern vom Dorfanger aus durch das Haupttor gegangen war. Jetzt hatte sie eine Abkürzung genommen, die zur Rückseite des großen Anwesens führte. Es musste der Weg gewesen sein, den Bertie genommen hatte und an den sich Einstein erinnerte.

Die Wiesen und Gärten von Duxton House waren rundherum von einer hohen Hecke umgeben, doch im hinteren Bereich, wo das Gelände in den nahe gelegenen Wald überging, war sie nicht sehr dicht. Vielleicht lag es daran, dass die Bäume zu viel Licht abhielten und die Zweige und Blätter deshalb nicht richtig wachsen konnten. Poppy sah, wie Einstein sich durch die Hecke zwängte, und als sie hinlief, bemerkte sie eine große Lücke im lichten Laub, durch die sie Einsteins zottelige schwarze Gestalt in der Ferne erkannte. Der Hund rannte schnurstracks auf das Haus zu, wobei der Markknochen rechts und links aus seiner Schnauze hervorlugte.

Sie überlegte einen Moment, was sie tun sollte. Wenn sie zum Haupttor ging, verlor sie zu viel Zeit, in der Einstein wer weiß was anstellen konnte. Natürlich hatte sie einen Verdacht, was er im Schilde führte. Er wollte Flopsy finden und seine Angebetete mit einem herrlich übelriechenden Markknochen umwerben. Poppy musste ihn erwischen, bevor er in Schwierigkeiten geriet.

Sie duckte sich, kroch durch die Lücke in der Hecke und richtete sich auf der anderen Seite wieder auf. Sie hatte keine Ahnung, wie sie ihre Anwesenheit erklären sollte, falls ein Gärtner oder anderes Personal sie sahen, aber zum Glück war niemand in der Nähe. Mit großen Schritten ging sie auf das Haus zu, aber sie war noch nicht weit gekommen, als eine männliche Stimme rief: „He! Was soll das?"

Poppy blieb wie angewurzelt stehen und sah sich hektisch um. Dann wurde ihr klar, dass die Frage nicht ihr gegolten hatte. Ein Mann in grünem Overall - offensichtlich einer der Gärtner des Anwesens - verfolgte laut schimpfend eine Gruppe von Teenagern an der hinteren Grundstücksgrenze. Johlend und mit Spottrufen gegen den Gärtner rannten sie auf die Hecke zu und waren in Windeseile auf der anderen Seite verschwunden. Einen Moment sah es so aus, als würde es der Jüngste in der Gruppe, der kaum älter als zwölf sein konnte, nicht schaffen. Er stolperte und fiel hin, rappelte sich aber rechtzeitig hoch und sprang durch die Lücke in der Hecke, bevor der Gärtner ihn erwischen konnte. Von der anderen Seite drang höhnisches Gelächter, während der Gärtner wutentbrannt die Faust schüttelte.

Poppy nutzte die Ablenkung, um sich ungesehen in Richtung Haus zu bewegen. Sie rannte an den sorgfältig gestutzten Formgehölzen, den abgezirkelten Beeten und den gepflegten

Rasenflächen, an den leeren Buden und dem verwaisten Festzelt vorbei, bis sie schließlich die Rückseite des Herrenhauses erreichte. Dann schlich sie im Schatten der Büsche um das Haus, während sie nach dem schwarzen Terrier Ausschau hielt. Endlich entdeckte sie ihn an einer Fenstertür, die auf die Terrasse führte. Wild mit dem Schwanz wedelnd und aufgeregt winselnd sah er durch die Glasscheibe. Auf der anderen Seite der Tür erkannte sie Flopsy, den Pudel, der eine zierliche Pfote erhoben und den Kopf zur Seite geneigt hatte.

Einstein streckte die Vorderpfoten aus und reckte das Hinterteil in die Höhe, dann schob er den Markknochen näher an die Glastür und sah die Hundedame erwartungsvoll an. Flopsy senkte den Kopf, als wolle sie durch das Glas schnuppern, und starrte wie gebannt auf den Knochen.

Plötzlich hörte Poppy Stimmen. Instinktiv duckte sie sich, bevor sie merkte, dass sie aus einem offenen Fenster nicht weit von ihrem Standort kamen. Sie schlich etwas näher heran und sah, dass die Tür, an der Flopsy saß, zu einer Art Vorzimmer gehörte, das auf die Terrasse hinausging und mit einem größeren Raum verbunden war. Dem Klang der Stimmen nach zu urteilen, befand sich Muriel Farnsworth in diesem Zimmer und unterhielt sich mit jemandem.

„Ohhh, wie soll ich nur ohne sie zurechtkommen?", ertönte ihre laute, weinerliche Stimme. „Ursula hat sich stets um alles gekümmert - sie wusste immer, was zu tun war. Und Flopsy!" Sie schluchzte. „Wer passt auf Flopsy auf, wenn mir etwas zustößt?"

Eine Männerstimme antwortete - zu leise, um sie deutlich zu verstehen. Nach kurzem Zögern schlich Poppy näher, bis sie direkt unter dem Fenster stand. Neben ihr stand ein Pflanzkübel mit einem großen Kamelienstrauch, dessen Zweige mit ihren glänzenden, dunkelgrünen Blättern die perfekte Deckung boten. Vorsichtig richtete sich Poppy so auf, dass sie über die Fensterbank in den Raum schauen konnte, ohne selbst entdeckt zu werden.

Muriel saß auf einem üppig gepolsterten Sofa in einem luxuriös eingerichteten Salon mit Marmorkamin und Ölporträts an den Wänden. Außer ihr befand sich ein Mann im Zimmer, und als er sich so drehte, dass sie sein Gesicht sehen konnte, erkannte sie Kirby, den Hundesitter. Jetzt beugte er sich über Muriel und sagte: „Ich weiß, Sie sind aufgewühlt, Ma'am, und Ursulas Tod ist ein furchtbarer, ein tragischer Verlust ..." Kirby hielt inne und fuhr sich über die Augen, als wollte er Tränen wegwischen. Dann fügte er leise hinzu: „Aber vergessen Sie nicht – ich bin ja auch noch da. Ich weiß, ich bin erst seit einem Jahr in Duxton House, aber ich betrachte diesen Ort bereits als meine Heimat und Sie als meine Familie ... und Flopsy - ich liebe sie wie mein eigenes Kind!" Seine Stimme bebte vor Ergriffenheit.

„Oh Kirby!" Muriel schniefte kurz in ein Taschentuch und sah ihn gerührt an.

„Wissen Sie, obwohl Ursula den Haushalt geführt und sich um vieles gekümmert hat, stand sie Flopsy nicht sehr nahe", fuhr er sanft fort. „Ich meine, ich bin derjenige, der weiß, was Flopsy braucht und der jeden Tag für sie da ist. Ich bin derjenige, der -" Kirby brach ab und blickte frustriert und verärgert zur Tür, als es klopfte und eine junge Frau den Raum betrat. Sie trug zwar keine Uniform, aber Poppy vermutete, dass sie zum Hauspersonal gehörte, wie der respektvolle Ton bestätigte, mit dem sie Muriel ansprach.

„Verzeihen Sie, Ma'am, aber Detective Sergeant Lee von der Kriminalpolizei von South Oxfordshire ist hier", vermeldete sie. „Er möchte Sie sprechen."

Oh nein! Poppy zuckte zusammen, als der Sergeant in den Raum geführt wurde. Das Letzte, was sie gebrauchen konnte, war, dass die Polizei sie dabei erwischte, wie sie unter dem Fenster kauerte! Sie wollte sich davonschleichen, doch ihre Neugierde gewann die Oberhand. Sergeant Lee erwähnte den Mord an Ursula, und Poppy fragte sich, wie die Ermittlungen vorankamen. Sie bewegte sich so leise wie möglich und richtete sich gerade so weit auf, dass sie durch die Blätter des Kamelienstrauchs in den Raum blicken konnte.

Sergeant Lee saß Muriel gegenüber und tippte mit selbstgefälliger Miene auf ein schickes Tablet. Für Bleistift und Notizblock des klassischen Detectives war er sich offenbar zu schade. Schließlich räusperte er sich gewichtig und sagte: „Es handelt sich um eine bloße Formalität, Madam, denn wir sind auf dem besten Weg, den Fall abzuschließen. Vorher muss ich allerdings noch ein paar Details klären. Sie haben angegeben, dass die Verstorbene während des Terrier-Rennens nicht bei Ihnen war?"

„Nun, Flopsy und ich sollten dem Sieger den Pokal überreichen, also setzten wir uns an den Tisch mit den Trophäen am Ende der Rennbahn. Ich hatte angenommen, dass sich Ursula mit Mrs Peabody zusammen das Rennen ansehen wollte. Die Zuschauer haben einen fürchterlichen Radau gemacht." Sie sah Sergeant Lee an, als sei es seine Schuld. „Flopsy kann laute Geräusche nicht ertragen, sie ist in dieser Hinsicht sehr empfindlich. Sie bekommt Ohrenschmerzen, wenn es zu laut ist. Und dann war da noch dieser schreckliche Hund!" Sie legte entsetzt die Hand aufs Herz. „Ein gewöhnlicher Mischling! Er hatte die Frechheit, an Flopsys Hinterteil zu schnüffeln! Stellen Sie sich so etwas vor!"

„Äh ..." Der Sergeant rutschte voller Unbehagen hin und her, als wüsste er nicht recht, was er antworten sollte.

„Und auf einmal ertönte entsetzliches Geschrei und diese Sonia kam aus dem Festzelt gerannt. Und dann hörte ich ... Ich hörte ..." Plötzlich war es um Muriels Fassung geschehen. Ihre Miene verzerrte sich. „Ursula war tot! Ich konnte es nicht glauben! Wie konnte sie tot sein? Sie war doch erst achtundvierzig ... sie hat sich immer vernünftig ernährt und war zu allen freundlich … Wie kann es sein, dass jemand sie umgebracht hat? Oh je, was soll ich jetzt nur tun? Was soll ich nur tun?“

Muriel vergrub das Gesicht in ihrem Taschentuch und begann, laut zu schluchzen. Sergeant Lee betrachtete ihre bebenden Schultern mit einer Mischung aus Panik und Abscheu und blickte sich nervös um.

„Vielleicht sollte ich ihr einen Brandy holen, Sir“, meldete sich Kirby zu Wort, der aufgesprungen war.

„Oh … äh … ja, nur zu …“, sagte der Sergeant und sah sehr unbehaglich aus. „Und dann brauche ich von Ihnen eine Aufstellung, wo Sie sich während des Festes aufgehalten und was Sie gemacht haben.“

Der Hundesitter schien zu erstarren. Mit arroganter Miene antwortete er: „Ich war die ganze Zeit bei Mrs Farnsworth. Meine Hauptaufgabe ist es, mich um Flopsy zu kümmern, daher bin ich immer in Bereitschaft. Einmal musste ich allerdings ins Haus gehen, um Mineralwasser zu holen.“

„Ja, Sie waren ewig weg!“, beschwerte sich Muriel, die aus den Tiefen ihres tränennassen Taschentuchs auftauchte.

„In der Küche war kein Mineralwasser mehr, also musste ich in den Keller“, erklärte Kirby hastig.

„Hm. Sie hätten von vornherein die richtige Marke nehmen sollen“, brummte Muriel.

Für den Bruchteil einer Sekunde blitzte Ärger in Kirbys Augen auf, dann wurde seine Miene wieder ausdruckslos und er erwiderte unterwürfig: „Ja, natürlich, Sie haben recht, Ma'am - es tut mir sehr leid. Es soll nicht wieder vorkommen."

Er holte eine Flasche Brandy aus dem Getränkeschrank, füllte ein Glas und reichte es Muriel. Im nächsten Moment ertönte aus dem Nebenzimmer lautes Kläffen.

Muriel schnappte nach Luft. „Das war Flopsy! Wo ist sie?" Sie sprang auf und sah sich suchend um. „Flopsy? Flopsylein, wo bist du?"

Aus dem angrenzenden Vorzimmer drang erneut Gekläffe, das mit Gebell von der anderen Seite der Fenstertür beantwortet wurde. Poppy zuckte erschrocken zusammen. Es war Einstein! Der struppige schwarze Terrier tänzelte auf seinen Hinterbeinen vor der Terrassentür herum, als wollte er angeben, während Flopsy aufgeregt kläffend an der Glasscheibe kratzte.

„Psst, Einstein! Lass das!", zischte Poppy und stürzte sich auf ihn.

Sie schaffte es, ihn zu packen und ihn mit einer Hand um die Schnauze zum Schweigen zu bringen. Sie drückte den sich windenden Terrier fest an sich, während sie hinter einem großen Busch kauerte und betete, dass niemand daran dachte, draußen nachzusehen. Im Vorzimmer war Stimmengewirr zu hören, und jemand rüttelte an der Klinke der Fenstertür, aber zu ihrer Erleichterung kam niemand auf die Terrasse.

Gleich darauf hörte sie Muriel im Salon laut sagen: „Komm und setz dich auf Mummys Schoß,

Flopsylein. Na, na, du brauchst keine Angst zu haben. Kirby, machen Sie die Fenster zu! Irgendetwas draußen regt die arme Flopsy schrecklich auf.“

Flopsy protestierte kläffend und Einstein zappelte noch entschlossener, aber Poppy ließ ihn nicht los. Sie wartete, bis das Fenster über ihr mit einem Klicken geschlossen wurde, sodass die Stimmen nur noch gedämpft nach draußen drangen. Allmählich ließ ihre Anspannung nach, doch kaum lockerte sich ihr Griff ein wenig, wand sich Einstein aus ihren Armen und sprang zu Boden.

„Einstein!“, zischte Poppy und wollte ihn packen, doch er war schneller und verschwand hinter der Hauswand. *Mist!*, dachte Poppy und kroch langsam hinter dem Busch hervor. *Wie soll ich den kleinen Burschen jetzt finden? Ich muss ihn einfangen und vom Grundstück verschwinden, bevor uns jemand entdeckt.*

Plötzlich legte sich eine Hand auf ihre Schulter und eine männliche Stimme hinter ihr sagte: „Was machen Sie denn hier?“

Kapitel 10

Poppy wirbelte herum und sah sich einem jungen Mann gegenüber – einem ausgesprochen gutaussehenden, hochgewachsenen Exemplar mit geschickt frisiertem blondem Haar, das ihm betont lässig in die Stirn fiel und ihm einen jungenhaften Anstrich verlieh. Er trug einen Designer-Blazer, dazu perfekt sitzende Freizeithosen und teure italienische Loafer. Er war braungebrannt und man hätte meinen können, dass er geradewegs von einem Fotoshooting für ein Hochglanzmagazin kam.

Dass er die dazu passenden strahlend weißen Zähne hatte, konnte Poppy feststellen, als er sie anlächelte. Ja, er lächelte, statt sie zurechtzuweisen, und sein Blick drückte eher Neugierde als Tadel aus. Dies und die Tatsache, dass er absichtlich leise gesprochen hatte, um im Salon nicht gehört zu werden, machte ihr Mut.

„Äh … ähm … ich war … ähm …", stammelte Poppy und sprach dann das Erste aus, was ihr in den Sinn kam. „Muriel … ich meine, Mrs Farnsworth hat mich für ein Gartenprojekt eingestellt und ich wollte mir das Gelände ansehen, das ich bepflanzen soll."

Der Fremde hob grinsend die Augenbrauen. „Unter dem Fenster des Salons?"

Poppy errötete. „Nein, ich … ähm … kam gerade vorbei und dachte, ich hätte Unkraut gesehen. Ich kann Unkraut einfach nicht ausstehen, wissen Sie", murmelte sie. „Man muss sich sofort darum kümmern, sonst breitet es sich rasend schnell aus, daher dachte ich … ähm … also, ich dachte, ich reiße es einfach raus."

Der junge Mann reckte den Hals, um ihr über die Schulter zu spähen, und hob erneut die Augenbrauen. Poppy errötete noch mehr, als sie seinem Blick folgte und sah, dass der Bereich unter dem Fenster als Verlängerung der Terrasse ordentlich gepflastert war und dort weder Unkraut oder etwas anderes spross. Es war offensichtlich, dass sie log und sich dabei nicht einmal besonders geschickt anstellte.

Sie erwartete, dass der Fremde sie deswegen zur Rede stellen würde, doch zu ihrer Überraschung grinste er nur und sagte mit einem Augenzwinkern: „Nun, ich bin froh, dass Tante Muriel jemanden eingestellt hat, der so gewissenhaft ist."

„Mrs Farnsworth ist Ihre Tante?"

„Meine Großtante, um genau zu sein. Muriels Mann war der Bruder meines Großvaters. Meine Eltern sind letztes Jahr gestorben, und da ich sonst keine Familie habe, bin ich zu Muriel nach Duxton House gezogen. Das war eigentlich ganz praktisch - ich hatte gerade mit dem Studium in Oxford begonnen, das nur etwa zwanzig Autominuten entfernt ist." Er schenkte ihr erneut ein strahlendes Lächeln. „Oder zehn Minuten, in meinem Porsche, wenn die Straßen leer sind und es schon so spät ist, dass man sich nicht an die Geschwindigkeitsbegrenzung halten muss." Er streckte ihr eine Hand entgegen. „Wir haben uns noch gar nicht vorgestellt. Mein Name ist Henry. Henry Farnsworth. Und wer sind Sie?"

„Poppy Lancaster." Poppy schüttelte ihm die Hand und beäugte ihn neugierig. Soweit sie wusste, gingen die meisten Studenten mit siebzehn oder achtzehn Jahren an die Uni, aber Henry schien etwa in ihrem Alter zu sein, also Mitte zwanzig. „Sagten Sie, Sie haben gerade erst mit dem Studium begonnen?"

„Ja, ich habe mir damit ein bisschen Zeit gelassen und bin stattdessen erst einmal eine Weile durch Europa gereist", antwortete er beiläufig. „Ich habe mir ein Auto gemietet, bin durch Italien, Deutschland, Frankreich gefahren und schließlich in

Monte Carlo gelandet. Da bin ich hängengeblieben. Ehrlich gesagt war es ziemlich ernüchternd, nach England zurückzukehren und dann von London aufs Land zu ziehen. Während des Semesters wohne ich natürlich im College, aber die Semester in Oxford sind sehr kurz, und so sitze ich für den Rest der Zeit hier fest. Allerdings dachte ich immer, das Leben auf dem Dorf sei total langweilig ..." Sein Lächeln wurde breiter, als er sie voller Bewunderung musterte. „Aber wahrscheinlich habe ich bisher einfach nicht die richtigen Leute kennengelernt."

Angesichts seines offenkundigen Flirtversuchs spürte Poppy, wie sie rot wurde, und antwortete tugendhaft: „Ja, die Leute in Bunnington sind sehr nett. Ich bin selbst erst vor etwas mehr als einem Monat hierher gezogen, und alle haben mich sehr freundlich aufgenommen."

„Ah, Sie wohnen also auch in Bunnington?"

Sie nickte. „In Hollyhock Cottage. Ich habe die Gärtnerei meiner Großmutter geerbt."

„Oh, ich verstehe - deshalb übernehmen Sie Gartenarbeiten für Tante Muriel."

„Ja, Ursula hat mich gestern auf dem Fest mit ihr bekannt gemacht." Der Gedanke an die ermordete Frau wirkte ernüchternd. Poppy hielt einen Moment inne und fügte dann hinzu: „Es tut mir sehr leid, was passiert ist."

Henrys Miene verdüsterte sich. „Ja. Eine schlimme Sache. Natürlich war ich nicht mit Ursula verwandt - sie war die Tochter von Muriels Schwester

-, aber ich kannte sie recht gut, weil sie auch in Duxton House gelebt hat. Es war ein ziemlicher Schock, als ich gestern Abend zurückkam und hörte, was passiert war."

„Ach? Waren Sie denn nicht auf dem Fest?"

„Oh nein, ich war in Oxford. Ich hatte den ganzen Tag in der Universitätsbibliothek zu tun", erklärte er.

„Sind nicht gerade Sommerferien?", fragte Poppy verwundert. „Ich dachte, das neue Semester fängt erst im September an."

„Eigentlich erst im Oktober. Aber ich muss vom letzten Jahr noch einiges aufholen, und da dachte ich, ich setze mich lieber auf den Hosenboden, bevor die Uni wieder losgeht." Anscheinend hatte er auf alles eine Antwort parat. „Offiziell ist Darby College geschlossen, wenn keine Vorlesungen sind, aber wir Mitglieder können jederzeit ein- und ausgehen. Ein paar ausländische Studenten verbringen sogar die gesamten Ferien dort, anstatt in ihre Heimatländer zurückzukehren."

Er trat einen Schritt näher und sagte mit einem gewinnenden Lächeln: „Hören Sie, normalerweise überstürze ich nichts, aber ... dürfte ich Sie zum Abendessen einladen?"

„Zum Abendessen? Heute?", wiederholte Poppy verdutzt.

Henry zuckte lächelnd mit den Schultern. „Heute Abend, morgen Abend - wann immer es Ihnen passt." Seine Stimme senkte sich andeutungsweise. „Ich gehöre ganz Ihnen."

Poppy zögerte. Sie musste zugeben, dass sie sich unglaublich geschmeichelt fühlte, dass ein derart charmanter, gutaussehender Mann Interesse an ihr zeigte. Sie hatte sich selbst nie für eine Schönheit gehalten - ihre klaren blauen Augen, die einen lebhaften Kontrast zu ihrer reinen, hellen, zu Sommersprossen neigenden Haut bildeten, waren wahrscheinlich ihre größten Pluspunkte. Zu ihrem Leidwesen hatte sie nicht das schöne honigblonde Haar ihrer Mutter geerbt; ihre Haare, die sie meist zu einem praktischen Pferdeschwanz zusammenband, waren dunkelbraun und eher langweilig. Und ihre Figur war zwar nicht schlecht, aber weder kurvig genug, um als üppig bezeichnet zu werden, noch durchtrainiert genug, um als athletisch zu gelten. Sie lag irgendwo dazwischen und fand sich selbst ausgesprochen durchschnittlich.

Und doch war hier dieser attraktive, wohlhabende junge Mann, der sie ansah, als sei sie überhaupt nicht „durchschnittlich" – da war es nur zu verständlich, dass sich Poppy geschmeichelt fühlte. Trotzdem zögerte sie. Immerhin war Henry mit der Frau verwandt, die hoffentlich ihre Auftraggeberin werden würde, und es war sicher keine gute Idee, Privates und Geschäftliches miteinander zu mischen. Also lehnte sie mit einem bedauernden Lächeln ab: „Danke für die Einladung, aber ich glaube, es wäre besser ... ich meine ... nun, ich bin eigentlich hier, um für Ihre Großtante zu arbeiten."

„Das heißt aber nicht, dass wir nicht nebenbei ein

bisschen Spaß haben können." Er hob eine Augenbraue und grinste vielsagend.

Seine gute Laune war ansteckend, und sie konnte sich ein Kichern nicht verkneifen, aber so sehr er auch versuchte, sie umzustimmen, sie lehnte lachend ab.

„Dann kommen Sie wenigstens auf eine Tasse Tee herein", bat er schließlich. Offenbar mochte er sie noch nicht gehen lassen. „Ich bestehe darauf."

Poppy sah keine Möglichkeit abzulehnen, ohne eine Szene zu machen. Falls sich Muriel über ihre Anwesenheit wundern sollte, konnte sie ihr die gleiche Ausrede auftischen wie ihrem Großneffen, dass sie die künftige Baustelle habe besichtigen wollen.

„In Ordnung, danke", sagte sie und ließ sich von ihm am Ellbogen nehmen und sanft zur Vorderseite des Hauses geleiten.

In der weitläufigen, kreisförmigen Einfahrt vor dem Herrenhaus stand ein leuchtend roter Sportwagen.

„Wow - gehört der Ihnen?", fragte Poppy beeindruckt. Sie legte voller Bewunderung eine Hand auf die Motorhaube. „Er ist umwerfend!"

Henry strahlte vor Stolz. „Ja - ich habe Tante Muriel überredet, ihn mir letztes Jahr zum Geburtstag zu kaufen. Es ist ein Porsche 911 in limitierter Auflage, mit maßgeschneidertem Interieur und personalisierten Nummernschildern."

Poppy warf einen Blick auf das Nummernschild.

„SQZ 9970" stand da. Sie runzelte verwundert die Stirn. Das sah in ihren Augen nicht sehr individuell aus.

Henry lachte. „Sie haben recht, noch ist es nichts als ein Allerweltsschild. Ich arbeite daran – es gibt einen Typen, der genau das Schild hat, das ich haben will. ‚HEN 12Y' steht darauf. Bis jetzt weigert er sich, es herzugeben. Wenigstens habe ich schon mal einen speziell für mich entworfenen Rand und Buchstaben mit 3D-Effekt." Er wies auf die auffälligen Nummernschilder.

Poppy ging um das Auto herum, bewunderte die elegante Silhouette und spürte einen leichten Anflug von Neid, weil sie keine reiche Großtante hatte, die ihr solche teuren Geburtstagsgeschenke machte. *Ich hatte dafür eine Großmutter, der ich nie begegnet bin und die mir ein Cottage mitsamt Gärtnerei vermacht hat - mit zwei exzentrischen Nachbarn, einer Katze, die glaubt, alles zu wissen, und einer Leiche im Blumenbeet*, dachte sie mit einem schiefen Lächeln.

„Poppy?"

Seine Stimme riss sie aus ihren Gedanken. Henry stand auf der Treppe und wartete auf sie. Sie wollte gerade die Stufen emporsteigen, als sie eine kleine zerzauste schwarze Gestalt an der hinteren Stoßstange des Wagens kauern sah. Es war Einstein! Sie schnappte sich den Terrier, bevor er erneut entwischen konnte. Diesmal hielt sie ihn mit einer Hand fest, während sie mit der anderen in der Tasche ihrer Arbeitshose umhertastete, in der sie einen Rest Juteschnur fand. Es war nur ein kurzes Stück, aber es reichte als behelfsmäßige Leine, die sie an Einsteins Halsband befestigte.

„Ist das Ihr Hund? Ein pfiffiger kleiner Bursche, nicht wahr?", sagte Henry lächelnd von der Treppe aus. „Warum bringen Sie ihn nicht mit. Tante Muriel ist ganz vernarrt in Hunde. Sie hat bestimmt nichts dagegen."

Wahrscheinlich hätte sie sogar sehr viel dagegen!, dachte Poppy. Nach dem gestrigen Fiasko würde Muriel es sicher nicht begrüßen, wenn sie diesen „gewöhnlichen Mischling" zum Tee mitbrachte. Allerdings konnte sie Einstein auch nicht frei auf dem Anwesen herumlaufen lassen.

„Meinen Sie, ich könnte ihn irgendwo lassen, während ich mit Ihnen und Ihrer Großtante Tee trinke?", fragte sie Henry.

„Ja, klar." Henry führte sie in die Eingangshalle. „Sie können ihn in den Hauswirtschaftsraum neben der Küche bringen. Betsy, eines der Hausmädchen, ist normalerweise dort. Gehen Sie den Flur entlang, nehmen Sie die letzte Tür links, dann durch die große Flügeltür." Er zwinkerte ihr zu. „Ich gehe schon mal vor in den Salon, aber lassen Sie mich nicht zu lange warten."

Kapitel 11

Die geräumige Küche des Herrenhauses hatte hohe Decken, einen riesigen Aga-Herd in einer Ecke und Einbauschränke im Landhausstil an den Wänden. An einem Metallgestell über der Kücheninsel hingen altmodische Kupferpfannen, und in einem großen traditionellen Geschirrschrank war ein wunderschönes Porzellanservice zu sehen.

Poppy zögerte in der Tür, sie war sich nicht sicher, ob sie eintreten sollte. Die Küche schien leer zu sein. Auf der Arbeitsfläche der Kücheninsel stand ein großes Tablett mit Teekanne, Teetassen, Milchkännchen und Zuckerdose und auf dem Herd dampfte ein Wasserkessel vor sich hin. Es sah aus, als sei jemand bei der Zubereitung des Tees unterbrochen worden. Dann hörte sie einen Knall und im nächsten Moment stürmte eine junge Frau durch eine Tür auf der anderen Seite des Raumes in die Küche.

Es war das Hausmädchen, das Mrs Farnsworth die Ankunft von Sergeant Lee gemeldet hatte, vermutlich handelte es sich um Betsy, die Henry erwähnt hatte. Ihr Haar wirkte zerzaust, einzelne Strähnen lösten sich aus ihrem Dutt, und sie war außer Atem, als sei sie gerannt. Da ihr der große Geschirrschrank den Blick auf die Küchentür teilweise versperrte, konnte sie Poppy nicht sehen. Sie wusch sich hastig die Hände an der Spüle, dann nahm sie den Wasserkessel und goss hektisch heißes Wasser in die Teekanne auf dem Tablett.

„Äh, entschuldigen Sie ...“, sagte Poppy und trat einen Schritt vor.

Das Mädchen erschrak so heftig, dass das heiße Wasser aus dem Kessel über das ganze Tablett schwappte.

„Tut mir leid, ich wollte Sie nicht erschrecken“, rief Poppy. „Haben Sie sich verbrüht?“

„Nein, nein, ist schon gut. Sie haben mich nicht erschreckt“, erwiderte das Hausmädchen und wischte sich die Hände an der Schürze ab. „Kann ich Ihnen helfen, Miss?“

Poppy schaute sie neugierig an. Die junge Frau schien unglaublich nervös zu sein. Ihre Behauptung, sie habe sich nicht erschreckt, war offensichtlich nicht wahr.

„Ähm, ja, ich bin bei Mrs Farnsworth und ihrem Großneffen zum Tee eingeladen und wollte fragen, ob ich meinen Hund irgendwo lassen kann?“ Poppy deutete auf Einstein. „Nur für zwanzig Minuten oder so. Vielleicht haben Sie eine Waschküche, in der ich ihn einsperren könnte?"

„Oh, natürlich. Bitte, hier entlang."

Das Mädchen führte Poppy zu der Tür, durch die sie gerade gekommen war, und wies ihr den Weg zu einem großen Hauswirtschaftsraum. Sie machten es Einstein so gemütlich wie möglich - obwohl Poppy ein schlechtes Gewissen hatte, weil er so einsam aussah, als sie sich von ihm verabschiedete - und kehrten dann in die Küche zurück, wo Betsy die Wasserlache aufwischte und das Teetablett fertigmachte. Poppy folgte ihr durch das Herrenhaus in einen weitläufigen Salon mit großen Fenstern, die auf die sorgsam gestalteten Gartenanlagen des Anwesens hinausgingen. Als sie die glänzenden, dunkelgrünen Blätter eines Kamelienstrauchs vor dem Fenster sah, wurde ihr klar, dass es sich dabei um die Pflanze handelte, hinter der sie sich bei ihrer Lauschaktion versteckt hatte.

Aus dieser Perspektive wirkte der Raum ganz anders, obwohl Muriel nach wie vor auf dem Sofa saß. Doch statt Kirby war es nun Henry, der wie eine Glucke um sie herumflatterte – der Hundesitter schien mit Flopsy verschwunden zu sein. Und ihnen gegenüber saß Sergeant Lee. Als Betsy und Poppy eintraten, sagte er gerade: „... ich glaube, wir haben den Kerl, Ma'am. Wir haben zwar noch kein Geständnis, im Moment streitet der Mann alles ab, aber das ist nur eine Frage der Zeit."

„Und Sie sind sicher, dass das der Mann ist, der Ursula getötet hat?", fragte Muriel mit zitternder Stimme. „Ich verstehe einfach nicht, warum ein Fremder ihr etwas antun wollte."

„Nun, wie ich schon sagte, Ma'am, der Mann hat wegen Raubs gesessen und ist dafür bekannt, dass er ein besonderes Interesse an Mobiltelefonen und ähnlichen elektronischen Geräten hat. Es liegt auf der Hand, dass er Ms Philips mit ihrem Handy in der Hand gesehen und beschlossen hat, es mit Gewalt an sich zu nehmen. Es war ein ziemlich teures Modell, nicht wahr?"

„Ach, wissen Sie, ich kenne mich mit diesen Dingen nicht aus ..." Muriel zuckte hilflos mit den Schultern. „Henry weiß sicher besser Bescheid."

„Ja, Sergeant, es war das neueste iPhone, in einer speziellen Hülle in limitierter Auflage", erklärte Henry. Er deutete auf ein iPad auf dem Couchtisch. „Für ihr iPad hatte Ursula eine Hülle im gleichen Design."

„Aha." Der Sergeant sah sich das iPad genauer an, dann machte er sich Notizen auf seinem eigenen Tablet. „Roségoldfarben, offenbar mit hochwertigen Kristallen verziert. Ja, ein echter Hingucker und sehr verlockend für einen Kleinkriminellen."

Henry blickte auf, sah Poppy und das Dienstmädchen in der Tür und rief lächelnd: „Poppy! Ich habe mich schon gefragt, wo Sie bleiben."

„Poppy?" Muriel schaute erstaunt zur Tür.

„Ja, ich habe sie zufällig draußen getroffen und

sie zum Tee eingeladen", erklärte Henry. Mit einem Augenzwinkern in Poppys Richtung fügte er hinzu: „Sie hat sich das Gelände angesehen, das sie bearbeiten soll. Sie ist sehr gewissenhaft, findest du nicht?"

Poppy versuchte, nicht rot zu werden. „Ähm, ich dachte, es wäre eine gute Idee, mich mit den Gegebenheiten vertraut zu machen ... mit der ... ähm ... Bodenbeschaffenheit und so."

Muriel nickte anerkennend. „Ja, eine sehr gute Idee. Das gefällt mir, wenn eine junge Frau so viel Initiative zeigt. Kommen Sie doch herein und setzen Sie sich."

Sergeant Lee nahm die Unterbrechung mit leichtem Stirnrunzeln hin, doch da es sich nicht um eine offizielle Befragung handelte, erhob er keinen Einspruch, als sich Poppy zu ihnen gesellte. Betsy stellte das Tablett auf dem Couchtisch ab, goss vorsichtig den Tee ein und verteilte Teetassen. Als sie jedoch eine Tasse vor Muriel abstellte, stieß die alte Dame einen empörten Schrei aus.

„Lieber Himmel, Betsy, wo haben Sie sich denn herumgetrieben? Ihre Hände sind nicht sauber - ich kann schmutzige Nägel nicht ausstehen!"

„Oh!" Das Dienstmädchen zog hastig die Hände zurück, aber nicht bevor Poppy den Schmutz unter ihren Fingernägeln sah. Sie warf dem Sergeanten einen erschrockenen Blick zu. „Ich ... es tut mir schrecklich leid, Ma'am ...", stammelte sie. „Ich ... es war nur ... ich habe sie mir gewaschen, aber ..."

„Nun, sehen Sie zu, dass es nicht wieder vorkommt", ermahnte Muriel sie streng.

„Ja, Ma'am", murmelte das Mädchen.

Schnell reichte sie die restlichen Teetassen herum, dann nahm sie das Tablett und eilte hinaus, nicht ohne einen letzten ängstlichen Blick auf den Sergeanten. Der schien ihre Anspannung nicht zu bemerken; er wollte noch einmal auf den Hauptverdächtigen zu sprechen kommen und sich zu der raschen Aufklärung des Falles beglückwünschen.

„… in ein paar Tagen sollten wir ein Geständnis haben und der Mann wird sich noch vor Ende des Monats vor Gericht verantworten müssen - das wäre ein neuer Rekord, wenn ich das mal so sagen darf. Nicht viele Verbrechen werden mit einer solchen Geschwindigkeit aufgeklärt." Er rieb sich grinsend die Hände. „Selbst meine Chefin, Detective Inspector Suzanne Whittaker, hat es bisher nicht geschafft, einen Mörder in weniger als einer Woche dingfest zu machen."

Wenn man den Falschen erwischt, ist es egal, wie schnell oder langsam man die Ermittlungen zu Ende bringt, dachte Poppy missmutig. Sie war Sergeant Lee schon ein paar Mal begegnet, er war ihr von Anfang an unsympathisch gewesen. Er war arrogant und selbstgefällig und schien vor allem daran interessiert zu sein, Verhaftungen vorzunehmen und einen Fall schnell abzuschließen, um bei seinen Vorgesetzten zu punkten. Echte Detektivarbeit, die sicherstellte, dass der oder die Richtige vor Gericht gestellt wurde, lag ihm fern. Sie musste daran denken, was Nell gesagt hatte, und stimmte mit ihrer alten Freundin überein: Irgendetwas an dem Mord an Ursula sprach gegen einen Mord, der aus dem Ruder gelaufen war.

Als der Sergeant sich bald darauf verabschiedete, zögerte Poppy einen Augenblick, sprang dann kurz entschlossen auf und eilte ihm mit einem hastigen „Entschuldigung, ich muss Sergeant Lee etwas fragen!" hinterher. Auf der Treppe von Duxton House holte sie ihn ein.

„Sergeant Lee! Sergeant Lee! Kann ich Sie bitte einen Moment sprechen?"

Er drehte sich um und sah sie ungeduldig an. „Ja?"

Poppy hatte keinen Plan und überlegte krampfhaft, wie sie das Thema ansprechen sollte. „Ähm ... es geht um diese Mordermittlung. Ich habe mich nur gefragt, ob Sie vielleicht noch andere Verdächtige haben?"

Seine Augenbrauen zogen sich zusammen. „Andere Verdächtige? Wozu brauchen wir andere Verdächtige? Wir haben doch unseren Mann."

„Ja, aber nur für den Fall, dass Sie sich irren."

Er stutzte. „Irren? Natürlich irre ich mich nicht! Stellen Sie mein professionelles Urteilsvermögen infrage?"

„Nein, nein, natürlich nicht - es ist nur ... na ja ... finden Sie das nicht ein bisschen weit hergeholt?", platzte Poppy heraus. „Ich meine, warum sollte dieser verurteilte Räuber, plötzlich eine beliebige Frau angreifen, während er auf Bewährung draußen ist? Warum sollte er seine Chancen auf ein Leben in Freiheit gefährden?"

„Weil er ein Krimineller ist!", erwiderte Lee herablassend. „Diese Burschen können nicht anders. Wahrscheinlich hat er im Vorbeigehen gesehen, wie Ms Philips telefoniert hat, und spontan beschlossen, seine Chance zu nutzen. Reiner Übermut, schätze ich. Hat es für eine sichere Sache gehalten, würde ich sagen."

„Aber warum hat er sich nicht einfach das Telefon geschnappt und ist abgehauen? Warum hat er sie umgebracht?"

Sergeant Lees abgrundtiefer Seufzer ließ erahnen, dass er sich sehr zusammennehmen musste, um nicht die Geduld zu verlieren. „Weil sich das Opfer gewehrt hat!", erklärte er betont langsam, als würde er mit einer besonders begriffsstutzigen Person reden. „Es ist offensichtlich, was passiert ist: Er hat versucht, ihr das Telefon zu entreißen, sie hat sich gewehrt, sie haben gekämpft, er ist ausgerastet und hat sie niedergeschlagen."

„Haben Sie Ursulas Handy bei ihm gefunden?", fragte Poppy.

„Nein, aber das hat nichts zu bedeuten. Der Mann könnte es irgendwie losgeworden sein, bevor wir ihn verhaftet haben."

„Was ist mit der Mordwaffe? Womit hat er sie

erstochen?"

Lee runzelte die Stirn. „Die wurde noch nicht gefunden, aber ich bin sicher, sie wird zu gegebener Zeit auftauchen. Das sind nur Kleinigkeiten - das Wichtigste ist, dass wir unseren Mann haben, er ist in Gewahrsam, und früher oder später bekommen wir sicher ein Geständnis aus ihm heraus."

„Aber das sind keine Kleinigkeiten!", rief Poppy empört. „Das sind wichtige Hinweise, die den Ermittlungen eine ganz andere Richtung geben könnten. Sollten Sie nicht wenigstens ein bisschen gründlicher nachforschen, statt den erstbesten Verdächtigen festzusetzen? Ich weiß, dass Suzanne - ich meine Detective Inspector Whittaker – sich nicht auf bloße Vermutungen stützen würde."

Kaum waren die Worte ausgesprochen, wusste Poppy, dass sie das Falsche gesagt hatte. Niemand lässt sich gern mit seinem Vorgesetzten vergleichen und für unzulänglich erklären. Sergeant Lees Gesicht verfinsterte sich.

„Ich bin durchaus in der Lage, eine Mordermittlung selbständig durchzuführen!", stieß er mühsam beherrscht hervor. „Hier ist klar, wer der Schuldige ist. Mrs Farnsworth ist bereits sehr aufgewühlt - ich werde der Familie der Verstorbenen nicht noch mehr Kummer bereiten, indem ich die Untersuchung unnötig in die Länge ziehe."

„Wenn Sie den Falschen verhaften und der wahre Mörder frei herumläuft, kommt die Familie auch nicht zur Ruhe", erwiderte Poppy.

„Also gut, Miss Neunmalklug - was glauben Sie denn, wer es war? Na? Sie scheinen ja alles besser zu wissen", spottete er. „Dann nennen Sie mir doch ein paar Namen! Gegen welche anderen Verdächtigen soll ich denn ermitteln? Liegen Ihnen Beweise vor, die auf einen anderen Täter hindeuten?"

„Ich ..."

Derart in die Enge getrieben, wusste Poppy nicht, was sie sagen sollte. Sie hatte keine konkreten Beweise, nur ein vages Unbehagen, wenn sie an Kirbys schleimige Art dachte, an die Schreckhaftigkeit des Hausmädchens und nicht zuletzt an Nells melodramatische Theorie, dass Norman seine unerreichbare Angebetete in einem Anfalls von Eifersucht umgebracht hatte.

„Nein, ich habe nichts in der Hand", räumte sie ein.

„Nun, in diesem Fall schlage ich vor, dass Sie aufhören, Ihre Nase in Dinge zu stecken, die Sie nichts angehen, und die Profis ihre Arbeit machen lassen", empfahl Sergeant Lee, wobei er das Wort „Profis" besonders betonte. „Schönen Tag noch", sagte er mit einem knappen Nicken und ging davon.

Kapitel 12

Poppy ging langsam zurück in den Salon. Sie fühlte sich gedemütigt und frustriert. Ihr war klar, dass Lee nicht ganz unrecht hatte – die Ermittlungen gingen sie nichts an, sie sollte die Polizei ihre Arbeit tun lassen und sich um ihr eigenes Leben kümmern. Aber es war so schwer, tatenlos dabeizustehen, wenn man sich des Eindrucks nicht erwehren konnte, dass nicht alle Faktoren berücksichtigt wurden!

Sie war im Begriff, den Salon zu betreten, als sie Henrys Stimme hörte.

„Es wäre nur ein kleines Darlehen, Tante Muriel", sagte er in einschmeichelndem Ton, „nur ein paar Hundert Pfund, um mir aus der Patsche zu helfen."

„Habe ich dir nicht letzte Woche zweihundert Pfund gegeben, Henry?"

„Wie? Oh, nein, da täuschst du dich, Tantchen. Vielleicht wolltest du mir das Geld geben und hast es dann vergessen."

„Aber ich hätte schwören können ..." Muriel klang verwirrt.

„Wahrscheinlich ist genau das passiert", sagte Henry sanft. „Du weißt doch, wie vergesslich du in letzter Zeit bist."

Muriel seufzte. „Ja, vielleicht hast du recht. Obwohl Ursula mich gewarnt hat, sie sagte -"

„Ja? Was hat Ursula gesagt?" Henrys Stimme klang plötzlich scharf.

„Sie meinte, ich verwöhne dich. Sie sagte, dass dein Taschengeld ohnehin schon sehr stattlich bemessen sei und für deine Bedürfnisse mehr als ausreichend sein sollte, sodass kein Grund bestünde, dir noch mehr Geld zu geben."

„Ah ..." Henrys Stimme wurde weicher, sie hörte sich entspannter und sogar ein wenig spielerisch an. „Aber ich bin dein einziger Neffe, Tante Muriel - eigentlich bin ich jetzt deine einzige Familie. Wen könntest du sonst verwöhnen, wenn nicht mich? Wie auch immer, das ist für ein paar zusätzliche Lehrbücher. Sie stehen zwar nicht auf dem offiziellen Lehrplan, aber ein Kommilitone hat mir gesagt, dass sie fantastisch sind - er schwört, dass er seine Abschlussprüfungen ohne sie nie mit Bestnoten bestanden hätte."

„Oh, wenn das so ist ... alles, was dir im Studium hilft, mein lieber Junge. Wenn du mir nachher mein

Scheckbuch bringst, stelle ich dir einen Scheck aus. Zweihundert Pfund, sagtest du?"

„Wenn du etwas mehr entbehren könntest, Tante Muriel ..."

Das Geräusch von klackenden Nägeln auf Steinfliesen kündigte die Ankunft von Flopsy an, die auf den Salon zusteuerte. Poppy machte vorsichtshalber einen Schritt zur Seite, weil sie sich nur zu gut an die scharfen Zähne der Pudeldame erinnerte, aber glücklicherweise schien sich der kleine Hund überhaupt nicht für sie zu interessieren, sondern ging ungerührt weiter. Dann hörte Poppy Muriels Stimme.

„Flopsy! Da bist du ja! Mami hat dich vermisst! Komm, gib Mami einen Kuss, Flopsylein!"

Poppy beschloss, Flopsy auf dem Fuße zu folgen, betrat den Salon und setzte sich wieder an ihren Platz. Ihr entging nicht, dass Henry den Hund mit einem Anflug von Ärger musterte, doch gleich darauf bedachte er ihn mit seinem charmanten Lächeln und machte eine seiner koketten Bemerkungen. Poppy nippte an ihrem Tee, der inzwischen kalt war, nickte, machte höfliche Konversation und wünschte, sie könnte endlich gehen. Trotzdem war sie sehr froh, als Muriel auf den Duftgarten zu sprechen kam und sagte, Poppy solle gleich am nächsten Morgen mit der Arbeit beginnen.

„Sie können die Gärtner des Anwesens bitten, Ihnen beim Heben und Graben zu helfen", wies Muriel sie an. „In den Beeten liegen einige große

Steine, die Ihnen vielleicht im Weg sind.“

„Oh, vielleicht kann ich die Pflanzen einfach drumherum setzen“, überlegte Poppy. „Ich habe gelesen, dass viele Kräuter und Duftpflanzen wie Lavendel und Thymian trockene, gut durchlässige Böden mögen. Ein alter Steingarten ist also ideal.“ Sie lächelte die alte Dame an. „Ist Ihnen aufgefallen, dass Flopsy sich zu bestimmten Pflanzen hingezogen fühlt, wenn sie draußen im Garten ist? Ich weiß, dass Hunde oft Selbstmedikation betreiben, wenn sie die Möglichkeit dazu haben, und es wäre gut zu wissen, welche Pflanzen Flopsy mag, damit ich sie mit einbeziehen kann.“

„Lassen Sie mich nachdenken ... Flopsy mag Lavendel, aber ich weiß nicht, wie es mit Thymian aussieht. Außerdem liebt sie Ringelblumen und Kamille“, berichtete Muriel. „Wir haben Kamille im Küchengarten und Betsy hat mir erzählt, dass Flopsy manchmal an den Kamillenblättern schnuppert und sich daran reibt.“

Poppy rief die Liste auf, die sie auf ihrem Handy zusammengestellt hatte. „Ja, anscheinend fühlen sich Hunde mit Hautreizungen oder Magenverstimmungen oft zu Kamille hingezogen.“

Muriel sah sie entgeistert an. „Hautreizungen? Magenverstimmung? Heißt das, Flopsy muss zum Tierarzt?“

Poppy warf einen Blick auf den Pudel, der auf dem Schoß der alten Dame saß. Mit ihren leuchtenden schwarzen Augen und ihrem dichten, wolligen Fell sah Flopsy aus wie der Inbegriff eines gesunden Hundes.

„Nein, Flopsy geht es gut, glaube ich", beruhigte sie Muriel. „Vielleicht war es nur eine vorübergehende Sache - so wie wir gelegentlich nach einer schweren Mahlzeit Magendrücken haben und eine Tasse Pfefferminztee trinken, um den Magen zu beruhigen. Ich bin sicher, dass kein Grund zur Sorge besteht."

„Oh, und sie liebt diese langstielige Pflanze mit den kleinen weißen Blüten ... oh je, wie heißt sie gleich?" Muriel runzelte für einen Moment die Stirn. „Ach ja - Baldrian."

„Echter Baldrian oder Valeriana officinalis! Wussten Sie, dass er im Mittelalter als Allheilmittel bekannt war, weil er bei so vielen Beschwerden geholfen hat, etwa bei Kopfschmerzen und Schlaflosigkeit, und er soll auch beruhigend auf nervöse Tiere wirken. Allerdings riecht er im trockenen Zustand nach alten Socken oder fauligem Wasser", fügte Poppy scherzhaft hinzu. Dann hatte sie eine Idee. „In meinem Garten an Hollyhock Cottage wachsen einige Duftpflanzen. Könnten Sie mit Flopsy vorbeikommen, damit sie sich dort umschaut und wir sehen, wie sie auf die Düfte reagiert? Wir wollen ja nichts anpflanzen, das sie womöglich gar nicht mag."

Muriel nickte zustimmend. „Oh ja, ein guter Vorschlag! Allerdings habe ich morgen viel zu tun, ich muss zu meinem Anwalt in Oxford und außerdem habe ich einen Termin mit dem Bestatter wegen Ursulas Beerdigung." Ihre Stimme zitterte einen Moment, dann fing sie sich. „Aber vielleicht am Tag danach?"

Zehn Minuten später gelang es Poppy endlich, sich zu verabschieden, Einstein zu holen und Duxton House den Rücken zu kehren. Der Terrier hatte sich geweigert, das Anwesen zu verlassen, sodass sie ihn praktisch vom Grundstück hatte wegzerren müssen. Einen Terrier dazu zu bringen, etwas zu tun, was er nicht wollte, war an sich schon eine Herausforderung, und Poppy war mittlerweile mit ihrer Geduld am Ende, nachdem sich Einstein immer wieder hingelegt, die Hinterbeine steif gemacht oder rückwärts gezogen hatte. Mit einer Mischung aus Schmeicheleien und strengen Ermahnungen gelang es ihr endlich, ihn zum Weitergehen zu bewegen. Als sie Duxton House hinter sich gelassen hatten, drehte er sich winselnd um, zerrte an der Leine und wollte umkehren.

„Oh Einstein, ich fürchte, Flopsy ist unerreichbar für dich." Poppy warf ihm einen mitfühlenden Blick zu. „Gib's auf, es ist hoffnungslos."

„*Wau! Wau-wau!*", bellte Einstein entrüstet. Offensichtlich gehörte das Wort „aufgeben" nicht zum Wortschatz eines Terriers, der etwas auf sich hielt.

Poppy seufzte und zog mit einem sanften Ruck an der Leine, um ihn zum Weitergehen zu ermuntern. So bewegten sie sich langsam durchs Dorf.

Zwischendurch spornte sie Einstein an, doch ihre Gedanken kehrten unweigerlich zu dem Mord an Ursula und ihren Erlebnissen und Beobachtungen in Duxton House zurück. Irgendetwas beunruhigte sie, aber sie wusste nicht was. Dennoch war sie sich sicher, dass die ganze Sache nicht so einfach war, wie Sergeant Lee annahm.

***

Bertie wirkte verdutzt, als Poppy mit Einstein im Schlepptau vor seiner Tür auftauchte. Sie hatte den Eindruck, dass er das Verschwinden seines Hundes gar nicht bemerkt hatte.

„Oh, sehr nett von Ihnen, dass Sie ihm nachgegangen sind, meine Liebe." Bertie schüttelte den Kopf. „Ich weiß wirklich nicht, was in Einstein gefahren ist! Seit ein paar Tagen benimmt er sich ganz anders als sonst. Erst ist er gestern in den Wald gerannt und hat den netten jungen Mann mit dem Sportwagen belästigt, dann ist er beim Terrier-Rennen von der vorgesehenen Bahn abgewichen, und jetzt das -"

„Moment mal, Bertie!" Poppy packte ihn aufgeregt am Arm. „Dieser junge Mann mit dem Sportwagen, den Sie gerade erwähnt haben - was für ein Auto hatte er?"

Bertie runzelte die Stirn. „Es war ein Porsche, glaube ich."

„Und er war rot, sagten Sie?"

„Oh ja, eine schöne Farbe.“

„Vermutlich erinnern Sie sich nicht an das Nummernschild?“, fragte Poppy ohne große Hoffnung.

„Doch, zufällig erinnere ich mich genau. Es war SQZ 9970. Die Nummer war mir aufgefallen, weil sie mich an die Quadratwurzel aus zwei - auch bekannt als Pythagoras-Konstante - erinnert hat, die man mit $\sqrt{2} = 99/70$ ausdrückt. Ist das nicht ein wundervoller Zufall?“

Poppy grinste. Was für ein Glück - oder Pech? - für Henry, dass seine Autonummer einer berühmten mathematischen Konstante ähnelte.

„Wie sah der junge Mann aus?“

„Oh ...“ Bertie musste scharf nachdenken. „Wie ein netter junger Mann.“

„Welche Haarfarbe hatte er? War sein Haar ziemlich lang? Fiel es ihm so über die Augen?“ Poppy demonstrierte es.

Bertie sah sie erstaunt an. „Woher wissen Sie das? Ja, genau so war es.“

„Und sah er sehr gut aus?“

„Ja, ich nehme an, das könnte man so sagen. Er wirkte wie ein Gentleman, war sehr adrett gekleidet. Es war mir schrecklich peinlich, dass Einstein lauter schlammige Pfotenabdrücke auf seiner schönen cremefarbenen Hose hinterlassen hat.“

Poppy runzelte die Stirn und sagte, halb zu sich selbst: „Ich frage mich, was er im Wald gemacht hat ...“

„Oh, er hat telefoniert", erklärte Bertie. „Ich habe mich allerdings gefragt, warum er ausgerechnet dort telefonieren wollte – man weiß doch, dass man im Wald einen schlechten Handyempfang hat, weil das dichte Laub die Mobilfunksignale blockiert. Tatsächlich hat sich gezeigt, dass die meisten Häuser und Büros im Herbst einen viel besseren Empfang haben, weil viele Bäume ihre Blätter abgeworfen haben." Er hob einen Zeigefinger und sagte aufgeregt: „Ich hatte mal eine Idee für einen tragbaren Handy-Signalverstärker, wie ihn Forsttechniker verwenden. Er sollte 3G- und 4G-Signale intensivieren, obwohl meine Erfindung nicht auf ein bestehendes Handysignal an einem anderen Ort angewiesen wäre ..."

Poppy hörte nur mit halbem Ohr zu. Aufgeregt dachte sie daran, dass Ursula kurz vor ihrem Tod einen Anruf erhalten hatte. Und dieser Anruf war der Grund gewesen, weshalb sie allein ins Festzelt gegangen war.

„Bertie!" Sie unterbrach seine Ausführungen über Telefonsignale und fragte eifrig: „Wissen Sie, mit wem Henry - ich meine, mit wem dieser junge Mann telefoniert haben könnte?"

Bertie musste kurz nachdenken. „Ich konnte ihn nicht gut verstehen, er hielt sich die Hand vor den Mund und sprach leise. Ich glaube, er hat sich mit jemandem verabredet - ich habe gehört, wie er sagte: ‚Wir sehen uns bald.'"

„Mehr hat er nicht gesagt? Er hat keinen Namen

genannt?"

„Nein, wissen Sie, als Einstein auf ihn zugelaufen ist, hat er das Gespräch beendet."

Kurze Zeit später verabschiedete sich Poppy und ging zurück nach Hollyhock Cottage, während sie über das nachdachte, was der alte Erfinder ihr erzählt hatte. Sie war sich sicher, dass es sich bei dem jungen Mann um Henry Farnsworth handelte. Dass ein weiterer junger Mann mit ähnlicher Frisur, ähnlichem Kleidungsstil und ähnlichem Aussehen in einem roten Sportwagen im Wald hinter Duxton House auftauchte, war unwahrscheinlich. Aber wenn es gestern tatsächlich Henry war, dann hatte er nicht die Wahrheit gesagt, als er behauptet hatte, er habe den ganzen Tag in Oxford verbracht. Warum hatte er gelogen?

Kapitel 13

Bei ihrer Rückkehr nach Hollyhock Cottage stellte Poppy erfreut fest, dass ein Mann im grünen Overall gerade dabei war, das hässliche Graffiti auf der Hauswand zu übermalen. Offenbar hatte Nell resigniert, nachdem sie der Schmiererei vergeblich mit Wasser und Seife zu Leibe gerückt war, und hatte Verstärkung geholt.

„Joe! Wie schön, Sie zu sehen!", begrüßte Poppy den rüstigen alten Handwerker lächelnd.

Mit seinem grauen, zu einem Pferdeschwanz zurückgebundenen Haar, dem strengen, wettergegerbten Gesicht und seiner lakonischen Art wirkte Joe Fabbri auf den ersten Blick einschüchternd, ja sogar beängstigend. Aber Poppy hatte schnell gemerkt, dass er weise und freundlich war und eine Fülle von Kenntnissen besaß, die er gerne weitergab - vorausgesetzt, man konnte seine einsilbigen Antworten entschlüsseln!

„Ich habe alle Rosen und anderen Blumen gestutzt, wie Sie gesagt haben", erzählte sie ihm stolz. „Das hat wirklich geholfen, alles zum Blühen zu bringen. Und die Sträucher haben nach dem Schnitt viele frische Triebe. Danke, dass Sie mir geholfen haben. Ich hätte nie gewusst, wo ich mit dem Stutzen anfangen soll."

Joe nickte zustimmend, dann warf er einen Blick auf den Kiesweg und sagte: „Muss ab."

Poppy sah ihn überrascht an. Was meinte er bloß? Dann fiel ihr Blick auf die Lavendelbüsche am Wegesrand. Sie hatten gerade das Ende ihrer Blütezeit erreicht, ihre violetten Blütenstände wurden allmählich blass und trocken.

„Meinen Sie den Lavendel? Muss der auch zurückgeschnitten werden?"

„Sommerschnitt. Wird sonst holzig und kahl."

„Oh ..." Poppy ging neben einem der Büschel in die Hocke und streckte eine Hand nach den graugrünen Stängeln aus. Ein wundervoller Duft wurde freigesetzt, als sie die weichen, lanzenförmigen Blätter berührte, und erfüllte die Luft mit einem süßen, holzigen Aroma, das beruhigend und gleichzeitig belebend wirkte. Poppy atmete tief ein. Sie liebte den Duft des Lavendel. Mit dem Duft frisch zerdrückter Lavendelzweige konnten selbst die besten ätherischen Öle, die es zu kaufen gab, nicht mithalten.

„Hidcote Blue. Englischer Lavendel", bemerkte Joe. „Intensiver Duft. Winterhart."

„Schneiden Sie nur die Blütenstängel ab?" Poppy strich mit dem Finger über einen langen, schlanken Stängel.

„Nein, den Busch auch. Ein Drittel. Rund", fügte er mit der entsprechenden Handbewegung hinzu.

Poppy dachte an die Eingangstür des Cottage. Dort stand ein Terrakottatopf, in dem ebenfalls Lavendel wuchs. „Was ist mit dem neben der Tür? Sie wissen schon, mit den Büscheln an jedem Blütenstiel, die aussehen wie kleine Hasenohren?"

„Nope. Französisch", sagte Joe abweisend und wandte sich ohne ein weiteres Wort wieder seiner Arbeit zu.

Französisch? Poppy runzelte verwirrt die Stirn. Erst als sie im Haus ihren uralten Laptop einschaltete und nach „Lavendelschnitt" suchte, wurde ihr klar, was Joe gemeint hatte. Bei den Lavendelbüschel am Weg handelte es sich um *Lavandula angustifolia*, bekannt als „Englischer Lavendel" (obwohl er ursprünglich aus dem Mittelmeerraum stammte). Diese Sorte ließ sich besonders leicht anpflanzen, brauchte aber mindestens einmal im Jahr einen Schnitt, der die Pflanze in Form brachte und eine üppige Blüte förderte. Die Pflanze in dem Topf bei der Eingangstür war jedoch eine andere Sorte: Lavandula stoechas, auch bekannt als „Französischer Lavendel" (seltsamerweise stammte diese Pflanze ursprünglich aus Spanien! Die frühen Lavendelgärtner brauchten offensichtlich Geografieunterricht.) Sie blühte den ganzen Sommer hindurch und brauchte keinen komplizierten Schnitt, man musste nur die welken Blüten entfernen.

„Ich habe gerade alles über Lavendel gelesen", erzählte sie Nell aufgeregt, als sie ihre Gartenschere aus dem Gewächshaus holte. „Ich mache mich jetzt an den Sommerschnitt."

„Meinst du nicht, dass du auf Joe warten solltest?" Nell betrachtete sie zweifelnd. „Du hast selbst noch keinen richtigen Schnitt gemacht, und es heißt allgemein, dass Lavendel ziemlich schwierig sein kann. Vielleicht solltest du es dir einmal von Joe zeigen lassen? Er ist jetzt weg, aber morgen kann er sicher wieder vorbeikommen."

„Nein, nein, ich will es selbst machen. Keine Sorge, ich habe im Internet alles darüber gelesen. Ich habe mir sogar ein paar Videos angesehen." Poppy grinste. „Ich bin jetzt *die* Expertin für Lavendelschnitt!"

Die nächste Stunde verbrachte sie damit, die Lavendelbüschel am Wegesrand zu stutzen. Während sie vor sich hin summte, verfiel sie in einen entspannenden Rhythmus aus Schneiden, Aufsammeln und Stapeln der Zweige. Dabei umgab sie ein betörender Duft und Poppy stellte überrascht fest, dass ihr die Arbeit Spaß machte. Es war beruhigend und sehr befriedigend, die alten braunen

Triebe abzuschneiden und trockene Pflanzenteile zu entfernen.

Zwischendurch kehrten ihre Gedanken immer wieder zu dem Mord und vor allem zu Henry Farnsworth zurück. Die Frage, warum er wohl gelogen hatte, ließ sie nicht los. Nun, ein möglicher Beweggrund lag auf der Hand: Er wollte sich ein Alibi verschaffen. Von der hinteren Grenze des Anwesens hätte er sich unbemerkt auf das Gelände schleichen können, so wie sie selbst es am Vormittag gemacht hatte, als sie durch die Lücke in der Hecke geschlüpft war, ohne gesehen zu werden - und sie vermutete, dass die jugendlichen Vandalen denselben Weg genommen hatten. Gestern wäre es durch die vielen Festbesucher noch einfacher gewesen, vor allem, da sich die Aufmerksamkeit auf die große Rasenfläche vor dem Haus konzentriert hatte. Henry hätte sich mit Ursula im Festzelt verabreden, sich unauffällig hineinschleichen, sie töten und dann wieder verschwinden können. Dann wäre er später am Abend am Haupttor aufgetaucht und hätte behauptet, gerade aus Oxford zurückgekehrt zu sein.

Aber was war mit dem Motiv? Welchen Grund hätte er, Ursula zu ermorden? *Geld*, dachte Poppy. Es war offensichtlich, dass Henry Farnsworth einen verschwenderischen Lebensstil pflegte, mit seiner Designerkleidung, seinem Sportwagen und seinen sorglosen Reisen, für die er das Studium vernachlässigte. Und dann war da noch das Gespräch, das sie belauscht hatte ... es hatte sich angehört, als müsse Henry bei Muriel regelmäßig um zusätzliche Zuwendungen anfragen. Geld war zweifelsohne etwas, was der gutaussehende junge Mann dringend brauchte.

Aber wer braucht nicht mehr Geld?, dachte Poppy. *Trotzdem laufen doch nicht alle herum und ermorden andere Leute! Außerdem, wie sollte Henry von Ursulas Tod profitieren? Es ist ja nicht so, als -*

„POPPY!"

Poppy wurde jäh aus ihren Gedanken gerissen und blickte überrascht auf, als sie Nell neben sich sah, die entgeistert auf etwas starrte. Poppy folgte ihrem Blick und ihr Herz machte einen entsetzten Satz. Wo vor Kurzem noch wogende Lavendelbüschel den Weg gesäumt hatten, war nun eine Reihe kahler, dürrer Stängel zu sehen.

„Was hast du mit dem Lavendel gemacht?", fragte Nell mit heiserer Stimme.

„Äh, na ja, ich habe vielleicht ein bisschen mehr abgenommen, als ich vorhatte."

„Ein *bisschen*? Du hast alles abgehackt!", rief Nell.

Poppy zuckte zusammen. „Ich ... ähm ... es hat so viel Spaß gemacht, dass es irgendwie kein Halten mehr gab. Aber sie wachsen wieder nach, oder?" Sie schaute Nell hoffnungsvoll an.

„Ich weiß es nicht. So sehen sie jedenfalls grässlich aus." Nell betrachtete die kahlen Stümpfe abschätzig.

Poppy schluckte krampfhaft. Je länger sie hinsah, desto schlimmer kamen sie ihr vor. Nell hatte recht -

die holzigen Stämme sahen steif und leblos aus. Sie konnte sich nicht vorstellen, dass daraus jemals etwas Neues sprießen würde.

„Aber ... aber ich habe gesehen, wie Joe andere Pflanzen im Garten beschnitten hat", stotterte Poppy. „Er hat sie auch bis auf den Boden heruntergestutzt, und sie sind alle nachgewachsen! Innerhalb von ein paar Tagen hatten sie frische grüne Triebe und Blätter."

„Mag sein, aber nicht alle Pflanzen sind gleich und wahrscheinlich gibt es unterschiedliche Schnitte, die die jeweiligen Eigenarten berücksichtigen."

„Oh Nell, was soll ich nur tun?", jammerte Poppy. „Das war fast der schönste Teil des Gartens und außerdem ist es der Weg zur Haustür, also das Erste, was die Leute sehen. Und jetzt ist alles kaputt!"

Nell seufzte. „Ich habe dir doch gesagt, dass du auf Joe warten sollst, Liebes. Er hätte dir gezeigt, wie man es richtig macht."

„Ich weiß - aber ich wollte ihn überraschen." Poppys Stimme klang kläglich. „Ich möchte, dass er stolz auf mich ist, wenn er sieht, was ich geschafft habe."

„Hm, er wird auf jeden Fall staunen", bemerkte Nell trocken. Sie tätschelte Poppys Hand. „Mach dir nichts draus, Liebes. Du kannst neue Lavendelbüsche pflanzen, falls diese hier eingehen. Jeder macht einmal einen Fehler." Sie bückte sich, hob ein paar Blütenstände auf, die Poppy von den Sträuchern geschnitten hatte, und schnupperte begeistert daran. „Wie schön! Sie duften immer noch wunderbar, auch wenn sie verblüht sind. Du könntest sie für Trockenblumenarrangements verwenden. Ich bringe sie rein und binde sie zu Sträußen."

Als Poppy wieder allein war, musterte sie schuldbewusst die dürren Holzstängel und hätte sich am liebsten selbst geohrfeigt. Dann wandte sie sich um und ließ den Blick über den Rest des Gartens schweifen. Die Farbenpracht verfehlte ihre Wirkung nicht und sie fühlte sich gleich besser. Nells Vorschlag, die unfreiwillig üppige Lavendelernte in Blumenarrangements zu verwenden, erinnerte sie an ihre neue Geschäftsidee, und sie beschloss spontan, zur Probe einen Strauß zusammenzustellen. Dann würde sie mit dem Handy ein paar Fotos machen und später am Computer ein einfaches Faltblatt entwerfen. Und morgen Früh würde sie in den Laden im Dorf gehen, der die Poststelle beherbergte und in dem man Drucksachen in Auftrag geben konnte. Dort würde sie ein paar Exemplare drucken lassen. Sie könnte die Blumen auch der Frau im Postladen schenken, denn früher oder später kamen alle Dorfbewohner in den Laden und würden den Strauß sehen.

Poppy ging rasch von einem Beet zum anderen und schnitt mal hier, mal da einzelne Blumen ab: zartrosa, creme- und lilafarbene Wicken, die sich an alten Holzstützen emporrankten, weiße Kosmeen mit ihren schlanken Stielen und hochgewachsene

Löwenmäulchen mit üppigem Grün. Im vorderen Teil der Beete wetteiferten hübsche Ringelblumen in Korallenrot und Dunkelorange mit leuchtenden Zinnienblüten um ihre Aufmerksamkeit. Schließlich pflückte sie noch ein paar zierliche Wiesen-Kerbel und duftende Rosmarinstängel, die den Strauß fülliger machten und den Blütenfarben schöne Grüntöne hinzufügten.

In einem alten Metallkrug ordnete sie die Blumen so an, dass das Arrangement locker und ungezwungen wirkte, wobei sie darauf achtete, dass die Farben gleichmäßig verteilt waren und der Strauß eine hübsche Form bekam. Als sie endlich fertig war und einen Schritt zurücktrat, um ihr Werk zu betrachten, spürte sie, wie sich ihre Laune unwillkürlich hob. Sie mochte zwar eine lausige Gärtnerin sein, aber Sträuße zusammenstellen konnte sie!

Mit einem zufriedenen Lächeln machte sie ein paar Fotos mit dem Handy. Da es sich um ein älteres Modell handelte, war die Kamera nicht besonders leistungsfähig, aber das warme Nachmittagslicht, das durch das Geäst der Bäume fiel, und die leichte Unschärfe der Aufnahmen verliehen den Bildern einen sanften Vintage-Touch, der sehr attraktiv aussah - fast so, als sei er mit Absicht entstanden!

Zufrieden mit ihrer Arbeit brachte Poppy die Blumen ins Haus und stellte sie in eine kühle Ecke im Wohnzimmer.

Nell rief aus der Küche: „Hast du zu Mittag

gegessen, Liebes? Nein? Dann musst du jetzt etwas essen! Du solltest dir nicht angewöhnen, Mahlzeiten auszulassen, bei all der harten Gartenarbeit, sonst bist du bald nur noch Haut und Knochen. Und wie willst du dann jemals einen Mann finden? Männer mögen keine dürren Frauen, egal, was in den Zeitschriften steht. Sie wollen keinen Hungerhaken, sondern ein Mädchen mit gesundem Appetit und ein paar ansehnlichen Rundungen."

Poppy verdrehte die Augen, fügte sich Nells mütterlicher Fürsorge aber ohne Protest. Sie schlang das Essen hinunter und sprang auf, sobald der letzte Bissen vertilgt war, um wieder in den Garten zu gehen.

„Wohin rennst du denn schon wieder?", beschwerte sich Nell. „Du hast ja kaum etwas gegessen!"

„Mit Flopsys Duftgarten kann ich erst in den nächsten Tagen anfangen, daher wollte ich die Zeit nutzen und ein paar Arbeiten nachholen, zu denen ich bisher nicht gekommen bin", erklärte Poppy. „Die Steinmauer zwischen unserem und Nicks Grundstück macht mir ein bisschen Kummer, vor allem der Teil mit dem Efeu."

„Oh ja, das ist ein furchtbares Gestrüpp", sagte Nell und verzog das Gesicht. „Lauter welke Blätter und alte Vogelnester und Spinnennetze."

„Ja, es sieht furchtbar aus, nicht wahr? Alles andere habe ich ganz gut im Griff, aber das habe ich immer wieder aufgeschoben." Poppy holte tief Luft.

„Ich nehme es heute Nachmittag in Angriff."

„Aber hat Joe nicht neulich gesagt, dass man die meisten Pflanzen im späten Winter oder frühen Frühjahr beschneiden sollte?"

„Ja, aber er hat auch gesagt, dass man Efeu jederzeit zurückschneiden kann, wenn er überhandnimmt. Die Ranken an der Mauer sind viel zu dicht und außerdem sehr schwer. An manchen Stellen kann man sehen, wie sich der Efeu von der Wand löst und herunterhängt. Und diese Wand ist alt und bröckelig - was ist, wenn der Efeu sie herunterreißt?"

„Um Himmels willen, das kannst du nun wirklich nicht gebrauchen, dass du die Mauer reparieren lassen musst", pflichtete Nell ihr bei. „Schade, dass Joe schon weg ist – er hätte dir helfen können."

„Ist schon in Ordnung. Ich weiß, was zu tun ist."

„Das hast du auch über den Lavendel gesagt." Nell presste missbilligend die Lippen zusammen.

„Nein, nein, der Efeu ist ganz unkompliziert", beharrte Poppy. „Er braucht keine besondere Schnitttechnik. Ich muss nur die wuchernden Zweige wegschneiden."

„Hm. Joe hat die Leiter an der Hintertür stehen lassen", sagte Nell widerwillig. „Aber pass auf und sei vorsichtig, Liebes. Ich habe im Fernsehen eine Sendung über Unfälle im Haushalt und am Arbeitsplatz gesehen - wusstest du, dass fast bei der Hälfte aller Stürze eine Leiter im Spiel ist? Das liegt daran, dass die Leute sie nicht richtig benutzen. Sie sind ungeduldig und unvorsichtig und vergewissern sich nicht, dass die Leiter richtig steht, bevor sie hinaufklettern."

Poppy beteuerte, dass sie darauf achten würde, und schleppte die Leiter zu dem Teil der Mauer, an dem der Efeu besonders dicht wuchs. An dieser Stelle war der Boden weich und uneben, daher war es unmöglich, die Leiter gleichmäßig auszurichten. Sie lehnte sie an die Mauer, rüttelte versuchsweise daran und beschloss, dass sie sicher genug stand. Sie kletterte nach oben und schaute sich neugierig um. Aus dieser Perspektive konnte sie ihren gesamten Garten überblicken, bis zur hinteren Grundstücksgrenze.

Und auf der anderen Seite der Mauer lag Nicks Garten, eine elegante Anordnung von pflegeleichten Hecken und Sträuchern und ordentlich gestutzten Rasenflächen. Er sah ruhig und einladend aus - ganz anders als das bunte Durcheinander aus Farben und Formen in ihrem eigenen Garten. Für den Bruchteil einer Sekunde überlegte Poppy, dass Nicks grüne Oase so viel weniger Arbeit und Ärger machte als ihr wilder Dschungel, doch im selben Moment wusste sie, dass sie nie würde tauschen wollen.

Dann erinnerte sie sich daran, wie gerne der Krimiautor über das benachbarte Grundstück streifte, weil es ihm half, seine Gedanken zu ordnen. Tatsächlich hatte ihre Großmutter ihm angeboten, jederzeit vorbeizuschauen, wenn er beim Schreiben wieder einmal nicht weiterkam – eine Abmachung, an die sich auch Poppy hielt. Nicks Garten mochte zwar ordentlich und pflegeleicht sein, aber das wilde, farbenfrohe Wunderland auf ihrer Seite der Mauer ließ die Kreativität nur so sprudeln.

Sie fing an, die frischen Triebe des Efeus zurückzuschneiden, wobei sie sorgfältig darauf achtete, dass sie jeden Stängel knapp über einer Blattknospe abschnitt. Es war seltsam, dass sie noch nie auf die Architektur einer Pflanze geachtet hatte, aber seit Joe ihr gezeigt hatte, wie aus den kleinen Knoten am Grund eines jeden Blattes neues Grün entstand, betrachtete sie alle Pflanzen in ihrem Garten umso aufmerksamer.

Poppy summte zufrieden vor sich hin und hatte beim Entwirren und Schneiden gerade einen guten Rhythmus gefunden, als aus dem Haus auf der anderen Seite der Mauer eine zornige Stimme zu hören war.

„DU VERDAMMTER KATER! Ich bringe dich um!"

Kapitel 14

Durch das offene Fenster im Obergeschoss des Hauses gegenüber spielte sich eine dramatische Szene ab. Ein großer rotgetigerter Kater sprang auf die Fensterbank. Oren! Ihm folgte eine Sekunde später Nick Forrest höchstpersönlich, der aussah, als würde er gleich vor Wut platzen. Er stürzte sich auf den Kater, aber Oren war zu schnell für ihn. Er sprang von der Fensterbank, segelte durch die Luft und landete auf der Mauer neben Poppys Kopf.

„ARRRRGGHH!", schimpfte Nick, lehnte sich aus dem Fenster und sah sie. Er deutete mit dem Finger auf Oren und knurrte: „Halten Sie ihn fest – lassen Sie ihn nicht entkommen! Ich werde ihm den Hals umdrehen!"

„*Miau?*", gab Oren frech von sich.

Poppy hatte Mühe, nicht loszuprusten. „Was hat er gemacht?", fragte sie, wobei sie ein „jetzt schon wieder" vorsichtshalber wegließ.

„Er hat ein Buch zerstört, das ich mir aus einer College-Bibliothek in Oxford ausgeliehen habe", fauchte Nick. „Es handelt sich um eine wertvolle alte Ausgabe aus dem Präsenzbestand, aber ich konnte die Bibliothekarin überreden, dass ich es ein paar Tage mit nach Hause nehmen durfte, weil ich es für Recherchezwecke brauchte. Ich habe ihr versprochen, dass ich sehr gut darauf aufpasse ..." Er verschwand aus dem Fenster und kehrte gleich darauf mit einem Buch in der Hand zurück. „Bitte sehr! Sehen Sie sich an, was der verdammte Kater angerichtet hat! Der schöne Kalbsledereinband hat lauter tiefe Kratzer, die sich in parallelen Linien über den ganzen Buchdeckel ziehen. Oren hat offensichtlich beschlossen, das unbezahlbare alte Buch als Kratzbaum zu benutzen!"

Poppy riss entsetzt die Augen auf. Während Oren nicht etwa schuldbewusst aussah, sondern sich lässig eine Pfote leckte, als könnte er kein Wässerchen trüben. Nick musterte ihn wütend und schien seine Drohung wahrmachen zu wollen. Poppy beeilte sich, ihn abzulenken.

„Könnten Sie das Buch nicht einfach neu binden lassen? Ich meine, ist nicht der Inhalt das wirklich Wertvolle daran? Solange die Seiten nicht beschädigt sind ..."

„Es ist eine seltene Ausgabe! Der Wert liegt nicht

nur in den gedruckten Seiten, sondern auch in dem alten Ledereinband, dem marmorierten Vorsatz und den Verzierungen am Buchrücken. Mit einem neuen Einband ist es nicht getan! Außerdem habe ich der Bibliothekarin hoch und heilig geschworen, dass es keinen Schaden nimmt." Nick stöhnte und fuhr sich mit der Hand durch das widerspenstige Haar, sodass es noch wilder abstand. „Wie soll ich ihr das bloß erklären?"

Poppy zuckte hilflos mit den Schultern. „Vielleicht mag sie Katzen und verzeiht Ihnen?"

Nick hatte sich inzwischen ein wenig beruhigt. „Am besten fahre ich gleich morgen in die Bibliothek des Darby Colleges und bringe es hinter mich."

Poppy spitzte die Ohren. „Sagten Sie Darby College?"

„Ja, warum?"

Es war das College, an dem Henry angeblich studierte. Er hatte gesagt, er sei gestern den ganzen Tag in der College-Bibliothek gewesen - und doch hatte Bertie behauptet, er sei jemandem begegnet, der Henry sehr ähnlich sah, mit einem roten Sportwagen, der Henrys Nummernschild trug ...

„Ist die Bibliothek des Colleges sehr groß?", fragte Poppy.

„Nein, Darby ist eines der kleineren Colleges in Oxford. Die Bibliothek besteht eigentlich nur aus einem langgestreckten Raum an der Südseite des Innenhofs. Warum?"

Poppy ging nicht auf seine Frage ein. „Wenn es

nur ein einziger Raum ist, hätten Sie also jeden sehen können, der ein- oder ausging?"

Nick hob eine Augenbraue. „Hatten Sie jemand Bestimmtes im Sinn?"F

„Henry Farnsworth - Muriel Farnsworths Großneffen", erwiderte Poppy. Sie beschrieb ihn und fragte dann hoffnungsvoll: „Haben Sie ihn gesehen?"

„Nein. Ich war fast den ganzen Tag in der Bibliothek, bevor ich zum Fest gegangen bin, und ich habe niemanden gesehen, auf den die Beschreibung passt."

„Also hat er gelogen!", sagte Poppy triumphierend. Als sie Nicks verwunderten Blick sah, fügte sie hinzu: „Ich habe Henry heute Morgen in Duxton House kennengelernt. Er studiert in Oxford, am Darby College, und er hat mir erzählt, dass er gestern den ganzen Tag in der Bibliothek des Colleges gelernt hat. Er hat behauptet, er sei erst am Abend nach Bunnington zurückgekehrt - aber Bertie sagt, auf dem Weg zum Fest habe er Henry und seinen roten Sportwagen gesehen."

Nicks Gesicht verfinsterte sich, als Berties Name fiel. „Sind Sie sicher, dass Sie dem alten Kauz vertrauen können? Es könnte ein x-beliebiger junger Mann mit einem roten Sportwagen gewesen sein."

„Nein, ich bin sicher, dass es Henry war. Bertie hat sich an das Nummernschild des Wagens erinnert - weil die Zahlen dem Wert der Quadratwurzel aus zwei ähnelte", fügte sie hinzu, als sie sah, dass er Einwände erheben wolle. Nick nickte widerstrebend;

offenbar kannte er seinen Vater gut genug und wusste, dass er sich bei solchen Beobachtungen nicht irrte.

„Henry hat gelogen, was seinen Aufenthaltsort am Tag des Mordes angeht."

„Es sieht so aus. Aber warum?"

„Nun, die logische Antwort ist: um sich ein Alibi zu verschaffen. Aber hat Henry ein Motiv, Ursula zu töten? Wird er in irgendeiner Weise von ihrem Tod profitieren?"

„Ich weiß es nicht. Alles, was mir dazu einfällt, ist, dass er nach Ursulas Tod Muriel Farnsworths einziger lebender Verwandter ist, und ich nehme an, dass er den Löwenanteil ihres Vermögens bekommen würde."

„Ich würde gar nichts annehmen." Nick lächelte zynisch. „Mit Testamenten ist es so eine Sache. Es könnte ja auch sein, dass sie alles ihrem Pudel vererbt. Aber selbst wenn Henry ihr Alleinerbe sein sollte, ist es doch etwas seltsam, dass er plötzlich beschließt, Ursula umzubringen. Muriel ist erst etwa Mitte siebzig und bei guter Gesundheit - es ist nicht so, als stünde sie an der Schwelle des Todes. Warum sollte sich Henry die Mühe machen, Ursula jetzt zu ermorden, nur um an mehr Geld zu kommen - das er ohnehin erst in einigen Jahren erben würde? Wenn man nicht gerade ein mörderischer Psychopath ist, braucht man einen guten Grund, um jemanden zu töten. Mord ist eine ernste Sache."

„Ich kann ihn mir sowieso nicht als Mörder

vorstellen", seufzte Poppy. „Warum sollte Henry jemanden umbringen? Er scheint alles zu haben: Er ist reich, gutaussehend, gebildet, charmant ..."

„Viele Mörder sind charmant", erklärte Nick mit einem grimmigen Lächeln. „Glauben Sie mir. In meiner Zeit bei der Kripo habe ich einige von der Sorte kennengelernt."

„Dann ist es wohl ganz gut, dass ich Henrys Einladung zum Abendessen nicht angenommen habe."

Nick zog die Augenbrauen hoch. „Er hat Sie zum Essen eingeladen?"

Poppy spürte, wie sie rot wurde. „Ja, er wollte sich mit mir verabreden. Aber ich hätte sowieso nicht zugesagt. Aus beruflichen Gründen", fügte sie tugendhaft hinzu.

Nick grinste und wollte gerade etwas erwidern, als Oren einen lauten Schrei ausstieß.

„M-iaaau!"

Der Kater fand ihre Unterhaltung wohl nicht sonderlich interessant und ärgerte sich, weil sie ihn ignorierten. Er spazierte über die Mauerkrone, bis er auf einer Höhe mit Poppys Schulter war, und musterte die Leiter. Bevor sie ihn aufhalten konnte, machte er einen Satz auf eine der unteren Sprossen, verfehlte allerdings sein Ziel. Die Leiter erzitterte, als er gegen das Metall prallte, dann wackelte sie bedenklich, als Oren versuchte, an einer der Sprossen Halt zu finden. Da sie nur an die Mauer gelehnt war und keinen festen Halt auf dem Boden hatte, begann die Leiter unter dem Gewicht des Katers zu schwanken.

„Oren!", kreischte Poppy. Im letzten Moment klammerte sie sich an die Mauer, als die Leiter wegschwang und ihre Füße von den Sprossen abrutschten.

„Vorsicht!", rief Nick.

Oren stieß ein trotziges „*M-iau!*" aus, sprang von der kippenden Leiter und landete – typisch Katze – auf allen Vieren im Unterholz. Poppy versuchte, es ihm nachzumachen, aber sie war zu hoch oben und blieb mit den Füßen an der umstürzenden Leiter hängen. Sie schrie auf, tastete wild nach einem Halt und fiel gegen die Efeuranken an der Mauer. Blätter und Stängel lösten sich mit einem Ruck von den Steinen und einen Moment lang dachte Poppy, die ganze Ranke würde abreißen und sie unter sich begraben! Dann spürte sie zu ihrer Erleichterung, wie die älteren, kräftigeren Äste sie auffingen, sodass sie an der Mauer hing, das Gesicht in eine dichte Efeudecke gepresst.

„Poppy! Alles in Ordnung?", kam Nicks Stimme von der anderen Seite der Mauer.

„Ja ...", murmelte sie. „Ja, es geht mir gut. Der Efeu hat mich gerettet."

Langsam hangelte sie sich an den Efeuzweigen nach unten, dann wischte sie sich den Staub ab, nicht ohne Oren einen bösen Blick zuzuwerfen, der dasaß und sich wieder einmal lässig eine Pfote putzte. Allmählich verstand sie, warum sich Nick immer wieder über den Kater ärgerte!

Ein Teil des Efeus hatte sich von den Mauersteinen gelöst. Poppy runzelte die Stirn – etwas stimmte nicht. Sie ging näher heran und schob die Efeuzweige beiseite. Dahinter kam eine kleine Nische zum Vorschein, wo der Mörtel zwischen den Steinen abgetragen war und einen Spalt hinterlassen hatte. Er reichte nicht bis auf die andere Seite, war aber tief genug für ein Versteck, einen Ort, an dem man seine geheimen Schätze und Habseligkeiten verbergen konnte ...

In der Nische steckte eine Dose - eine Keksdose. Die verblassten Farben und rostigen Ränder bewiesen, dass sie schon lange dort war. Poppy holte sie vorsichtig heraus. Jemand hatte einen Zettel auf den Deckel geklebt. Die Zeit und die Witterung hatten die Tinte verblassen lassen, aber Poppy konnte trotzdem noch erkennen, was in kindlicher Schrift darauf geschrieben stand:

Privateigentum von Holly Lancaster
Nicht ohne Erlaubnis öffnen!

Sie hielt den Atem an und ihr Herz schlug wie wild. Die Dose hatte ihrer Mutter gehört! Dann nahm sie Nicks besorgte Stimme von der anderen Seite der Mauer wahr.

„Poppy? Poppy, ist alles in Ordnung?"

„Ja, es geht mir gut", rief sie. „Ich bin jetzt unten. Und ich ... ich glaube, ich habe etwas gefunden."

„Was? Warten Sie, ich komme rüber."

Kurz darauf öffnete sich knarrend das Gartentor und Nick kam mit großen Schritten zu ihr an die Mauer. Poppy konnte den Blick nicht von der Dose wenden, in ihrem Kopf gingen Gedanken und Fragen wild durcheinander.

„Was ist das?", fragte Nick.

„Ich glaube, die hat meiner Mutter gehört", murmelte Poppy. „Sie war in einem Loch in der Mauer. Sie muss sie dort als Kind oder junges Mädchen hineingesteckt haben. Wahrscheinlich war damals der Efeu noch nicht so dicht. Vielleicht hat sie das Loch in der Mauer gefunden und es als Geheimversteck benutzt."

„Was ist in der Dose?"

„Ich weiß es nicht - ich habe sie nicht aufgemacht." Poppy zögerte, dann lächelte sie ihn verlegen an. „Ich weiß, dass sie tot ist und dass diese Dose schon lange hier liegt, aber es fühlt sich irgendwie nicht richtig an, sie ohne ihr Einverständnis zu öffnen."

Nicks Lächeln war von überraschender Sanftheit. „Ja, ich weiß, was Sie meinen. Aber ich bin sicher, Ihre Mutter hätte nichts dagegen."

Poppy holte tief Luft und nahm vorsichtig den Deckel von der runden Metalldose. Nick schaute ihr über die Schulter, während sie stumm das Sammelsurium von Kleinigkeiten betrachtete – der geheime Schatz eines jungen Mädchens. Da waren mehrere unbeschriebene Grußkarten, Aufkleber mit

Einhörnern und Regenbögen, ein Schlüsselanhänger in Form eines Kleeblatts, ein halb volles Notizbuch, das aussah, als könnte es ein Tagebuch sein, mehrere Haarbänder, ein Fläschchen mit Resten von rosa Nagellack, ein selbst gemachtes Armband aus hübschen Glasperlen, ein paar getrocknete Blüten und - ganz oben auf dem Stapel - ein vergilbtes Foto.

Poppy wagte kaum zu atmen, als sie es herausnahm und ins Licht hielt. Es zeigte eine Gruppe von Mädchen im Alter von sechzehn oder siebzehn Jahren, die in einer Reihe nebeneinandersaßen, einige lächelten selbstbewusst in die Kamera, andere senkten schüchtern den Kopf. Poppy erkannte ihre Mutter sofort: Selbst auf dem alten, verblichenen Foto stach Holly Lancaster als die Hübscheste hervor, mit ihrem honigblonden Haar, das ihr über die Schultern fiel, und ihren blauen, klugen Augen. Sie hatte den Arm um eines der anderen Mädchen gelegt und lächelte fröhlich.

Hinter den Mädchen standen mehrere junge Männer, einige mit Gitarren in der Hand, alle gutaussehend und gut gelaunt. Poppy schlug das Herz bis zum Hals, als sie das Foto näher betrachtete, die Gesichter der Männer eingehend musterte und nach Ähnlichkeiten absuchte. Aber die Aufnahme war zu dunkel und die Qualität zu schlecht, um Einzelheiten erkennen zu können.

„Ist Ihre Mutter auch darauf?", fragte Nick leise.

Poppy deutete auf Holly Lancaster. „Ich vermute, die anderen Mädchen sind die Groupies, mit denen sie früher durch die Gegend gezogen ist."

„Und die Männer hinter ihnen? Sind das die Rockmusiker, denen sie nachgereist sind?"

„Ich weiß es nicht. Vielleicht." Poppy zögerte, dann fügte sie mit leiser Stimme hinzu: „Einer von ihnen könnte mein Vater sein."

Sie hatte fast damit gerechnet, dass Nick mit einer spöttischen Bemerkung aufwarten würde, wie es seine Art war, aber zu ihrer Überraschung schwieg er. Stattdessen nahm er ihr das Foto behutsam aus der Hand und sah es sich genauer an.

„Ich hätte Ihre Mutter auch erkannt, wenn Sie sie mir nicht gezeigt hätten", sagte er mit dem Anflug eines Lächelns. „Sie sehen aus wie sie."

„Ich?" Poppy starrte ihn fassungslos an.

„Ihr Haar ist dunkler und Sie haben mehr Sommersprossen", räumte Nick ein und sah von Poppy zu dem Foto und wieder zurück. „Aber ansonsten haben Sie die gleichen Augen, die kesse Nase und die üppigen Lippen ..."

„Seien Sie nicht albern! Meine Mutter war wunderschön, während ich ziemlich langw-" Poppy brach ab und errötete.

Nick sah amüsiert aus. „Oh, ich bezweifle, dass Henry Farnsworth es so eilig gehabt hätte, eine langweilige Person zum Essen einzuladen."

Poppy sah zu Boden. Sie wusste nicht, was sie sagen sollte. Der Gedanke, dass Nick ihrem Äußeren auch nur die geringste Aufmerksamkeit geschenkt hatte, machte sie plötzlich sehr nervös.

„Ich habe einen Freund, der alte Fotos restauriert. Wenn Sie möchten, kann ich ihn bitten, sich dieses Bild vorzunehmen. Vielleicht kann er einen sauberen Abzug anfertigen, auf dem Sie mehr erkennen können", schlug Nick vor.

„Oh, danke. Das ... das ist wirklich nett von Ihnen."

„*M-i-i-i-au!*", ertönte hinter ihnen eine vertraute Stimme mit einem gereizten Unterton.

Poppy warf einen Blick auf Oren, dann wieder auf Nick und sagte mit einem leisen Lachen: „Wissen Sie, eigentlich bin ich Oren dankbar. Ohne ihn hätte ich diese Dose nie gefunden. Man könnte fast sagen, er ist ein Held."

Nick sah den rotgetigerten Kater an und runzelte die Stirn. „Bringen Sie ihn nicht auf dumme Gedanken. Dieser Kater ist eh schon viel zu sehr von sich eingenommen."

Kapitel 15

Poppy war am nächsten Morgen früh auf den Beinen, zum einen, weil sie unbedingt noch in den Laden mit der Poststelle im Dorf gehen wollte, bevor sie sich auf den Weg nach Duxton House machte, zum anderen, weil ihr die Entdeckung, die sie hinter den Efeuranken gemacht hatte, keine Ruhe ließ. Letzte Nacht hatte sie lange gebraucht, um einzuschlafen, weil sie ständig an ihre Eltern dachte. Sie hatte Nick das kostbare Foto überlassen, die Dose mit den restlichen Schätzen ihrer Mutter jedoch mit in ihr Zimmer genommen, weil sie sie unbedingt genauer ansehen wollte.

Neben dem Foto war das Notizbuch mit Holly Lancasters Handschrift das Aufregendste. Sie hatte voller Erwartung zu lesen begonnen, bis ihr klar wurde, dass es sich weniger um ein Tagebuch als vielmehr um eine Ansammlung von selbst verfassten Gedichtfragmenten, Zeichnungen von Kleidern, die ihr gefielen sowie hingekritzelte Bilder von Blumen und Büschen rund um Hollyhock Cottage handelte. Die Einträge erschienen nicht in chronologischer Reihenfolge - es war, als hätte ihre Mutter einfach wahllos eine leere Seite aufgeschlagen, wann immer ihr etwas einfiel, was sie aufschreiben wollte. Außerdem schien sie ältere Einträge gelegentlich ergänzt oder sogar überschrieben zu haben. Das Lesen war verwirrend und anstrengend. Schließlich hatte sich Poppy die müden Augen gerieben und das Licht ausgeschaltet. Für das Notizbuch würde sie sich Zeit nehmen müssen, um es langsam und gründlich durchzugehen.

Als Poppy im Dorfladen ankam, herrschte dort bereits reges Treiben. Wie viele ähnliche Einrichtungen in kleinen englischen Dörfern war der Postladen nicht nur ein Ort, an dem man Briefmarken kaufen und Pakete verschicken konnte. Hier gab es auch Zeitungen, Lebensmittel des täglichen Bedarfs, Schreibwaren, rezeptfreie Medikamente, Backwaren, frische Eier und Milch von umliegenden Höfen und - was am wichtigsten war – die tägliche Ration Klatsch und Tratsch.

Am Postschalter hatte sich eine große Gruppe von Frauen aus dem Dorf versammelt und Poppy war sich bewusst, dass sie aufmerksam zuhörten, als sie der Leiterin der Poststelle und Inhaberin des

Geschäfts den USB-Stick mit dem von ihr entworfenen Faltblatt übergab und sie bat, mehrere Exemplare auszudrucken. Und natürlich bekamen alle mit, dass sie ihr den Strauß überreichte, den sie gestern gepflückt hatte.

„Oh, danke, meine Liebe, der ist herrlich! Ich stelle ihn hier auf die Theke, da kommt er wunderbar zur Geltung. Und ich werde allen sagen, von wem er ist", fügte die Ladenbesitzerin mit einem breiten Lächeln hinzu.

„Danke, das ist wirklich nett von Ihnen", freute Poppy sich.

„Sie bieten also frische Schnittblumen an?" Die Ladenbesitzerin nahm das erste fertige Faltblatt aus dem Drucker und las es interessiert.

„Ich habe Ihren Strauß auf dem Fest gesehen", meldete sich eine der Damen am Schalter zu Wort. „Er war wirklich sehr schön, genau wie der hier! Wo haben Sie das gelernt?"

„Ähm, nirgendwo." Poppy lachte verlegen. „Ich folge einfach meinem Instinkt."

„Dann haben Sie fabelhafte Instinkte, meine Liebe."

„Danke", sagte Poppy und errötete. „Meine Mutter hatte ein erstaunliches Händchen für Blumen. Sie konnte ein Bündel Unkraut vom Straßenrand pflücken, es in ein Marmeladenglas stecken – und es sah aus, als sei es eine Million Pfund wert."

„Ich finde, dass Blumen in einem Marmeladenglas immer entzückend aussehen", meldete sich eine andere Dame zu Wort.

Eine dritte nickte nachdrücklich. „Oh ja, diese ausgefallenen Arrangements aus dem Blumenladen haben mir noch nie gefallen, mit Spiraldrähten und merkwürdigen Samenkapseln und solchen seltsamen Sachen aus Australien."

„Die finde ich auch schrecklich." Ihre Freundin rümpfte die Nase. „Ein schöner, schlichter Strauß mit englischen Blumen vom Land, die aussehen, als kämen sie direkt aus dem Garten – etwas Schöneres gibt es nicht."

„Oh, genau das biete ich an!", erklärte Poppy. „Meine Sträuße kommen alle aus dem Garten von Hollyhock Cottage, frisch gepflückt und direkt geliefert."

„Kann man sich die Blumen aussuchen?", meldete sich eine weitere Frau aus dem hinteren Teil der Gruppe zu Wort.

„Nein, nicht wirklich, fürchte ich. Ich kann nur das anbieten, was der Garten gerade hergibt. Dafür sind die Blumen wirklich ganz frisch. Und wenn Sie besondere Farbwünsche haben, versuche ich, mich danach zu richten", versprach sie strahlend.

„Das klingt großartig. Ich gebe morgen eine Geburtstagsparty für meine kleine Tochter und habe ein paar ihrer Freundinnen und deren Mütter eingeladen. Es wird wahrscheinlich das reinste Chaos." Die Frau verdrehte lachend die Augen. „Für Dekorationen und dergleichen habe ich nicht genug Zeit, aber es wäre schön, wenigstens einen frischen

Blumenstrauß auf dem Tisch zu haben." Sie griff in ihre Handtasche und holte ein Scheckbuch heraus. „Wie bestelle ich am besten? Nehmen Sie auch Schecks?"

„Oh ... äh ..." Poppy hatte nicht damit gerechnet, so schnell an Aufträge zu kommen! „Ähm ... ja, natürlich."

„Und könnten die meisten Blumen in Rosatönen sein? Rosa ist Emmas Lieblingsfarbe", erklärte die Dame mit einem nachsichtigen Lächeln. Sie streckte Poppy die Hand entgegen. „Ich heiße übrigens Moira. Ich wohne in dem großen Tudorhaus am Dorfrand."

„Ich werde mein Bestes geben", beteuerte Poppy und schüttelte ihr die Hand.

„Wie viel kosten Ihre Sträuße?", fragte eine andere Dame interessiert. „Und machen Sie auch kleinere? Ich brauche kein großes Bouquet, aber ich hätte gern ein kleines Sträußchen, das ich morgen meiner Mutter ins Pflegeheim mitnehmen kann. Sie liebt frische Blumen und vermisst ihren Garten."

„Natürlich, das ist kein Problem", sagte Poppy.

Sie überschlug rasch, was unterschiedliche Größen kosten sollten, und nannte zaghaft ihre Preisvorstellungen. Die Damen akzeptierten sie, ohne mit der Wimper zu zucken, und Poppy wünschte, sie wäre mutiger gewesen und hätte mehr Geld verlangt! Als ihre Prospekte gedruckt waren, hatte Poppy bereits eine ansehnliche Liste mit Bestellungen in der Tasche.

Während sie bei der Ladenbesitzerin für den

Druck bezahlte, läutete die Glocke über der Tür. Das muntere Geplauder verstummte so plötzlich, als hätte jemand eine Pausentaste gedrückt. Poppy wandte sich überrascht um und natürlich erkannte sie den Neuankömmling mit den feinen orangefarbenen Haaren sofort. Es war Sonia, die nervös in die Runde blickte.

„Hallo, Sonia!", begrüßte die Ladenbesitzerin sie mit aufgesetzter Fröhlichkeit. „Wie geht es Ihnen?"

„Mir ... mir geht's gut ..." Sie trat zögernd einen Schritt vor. Die Gruppe am Postschalter teilte sich, um sie durchzulassen. „Ich bin gerade auf dem Weg nach Duxton House, um Mrs Peabody beim Abbau der Festbuden zu helfen, aber ich wollte erst diesen Brief wegschicken."

Die Geschäftsinhaberin nahm den Umschlag entgegen und betrachtete die Adresse mit unverhohlener Neugier. „Wieder eine Bewerbung, Sonia? Hatten Sie mit der letzten keinen Erfolg?"

„N-nein." Sonia lief dunkelrot an.

„Aber hatten Sie nicht gesagt, die Stelle sei Ihnen so gut wie sicher, nur die Arbeitszeugnisse müssten noch gecheckt werden?"

„Sie ... sie haben ihre Meinung geändert", murmelte Sonia und sah zu Boden. „Außerdem weiß ich nicht, ob ich in einer Stadt leben möchte."

„Ja, da stimme ich Ihnen voll und ganz zu", sagte die Ladenbesitzerin mit Nachdruck. „Meine Nichte hat sich um einen Job in Oxford beworben, aber ich habe ihr gesagt, dass eine nette Stelle als Sekretärin in einem Büro am Ort genauso gut wäre. Oxford ist zwar keine große Stadt, aber groß genug."

„Oh, auf dem Dorf lebt es sich viel besser", meldete sich eine der anderen Damen zu Wort. Nach einem kurzen Blick in die Runde fügte sie in affektiertem Ton hinzu: „Ich hoffe, Sie haben Ihr traumatisches Erlebnis beim Fest verarbeitet, Sonia. Es muss ein furchtbarer Schock gewesen sein, die Leiche zu finden!"

„Ja, ich weiß nicht, was ich getan hätte", mischte sich eine weitere Dame ein.

„Haben Sie sofort erkannt, dass es Ursula war?", fragte eine dritte.

„Äh ... nein ... ich meine, ja ... ich ... ich ..." Sonia sah sich hilflos um. „Ich ... ich erinnere mich kaum ... es war alles so durcheinander ..."

„Nun, ich kann es Ihnen nicht verdenken, dass Sie das Ganze so schnell wie möglich vergessen wollen", sagte die Frau hinter dem Tresen. „So etwas kann einem ein Leben lang Albträume bereiten!"

„Ich habe gehört, dass Ursula durch einen Stich in die Brust getötet wurde", sagte die erste Dame.

„Nein, *ich* habe gehört, dass es ein Stich in den Rücken war", erwiderte ihre Freundin.

„Mitten ins Herz, das weiß ich ganz sicher", erklärte die dritte Dame.

„War da viel Blut?", fragte die nächste, die ihre Sensationslust kaum verhehlen konnte.

Sonia schluckte. „Ja, da ... überall war Blut ... ich hätte nie gedacht, dass es so viel Blut sein würde."

Sie schauderte und kniff die Augen zusammen, als wollte sie die Erinnerung an diesen Tag auslöschen. „Es war dieses Messer, dieses furchtbare Messer! Ohne das Messer wäre das alles nicht passiert."

„Wie meinen Sie das?" Die Ladenbesitzerin sah sie verwirrt an.

„Das Messer hat Unglück gebracht!"

Die Damen kicherten. Sonias Hysterie und ihr Aberglaube schienen für sie nichts Neues zu sein, offenbar nahmen sie sie überhaupt nicht mehr ernst. Sonia errötete erneut, rang die Hände und sah sich hektisch um. Schließlich blieb ihr Blick an Poppy hängen. „Sie waren dabei! Sie haben gehört, wie ich Mrs Peabody gesagt habe, dass das Messer Unglück bringt, nicht wahr? Das war mir sofort klar, als Ursula es fallen ließ und die Klinge in der Erde stecken blieb. Das war ein Omen für den Tod! Sie haben es doch gesehen, nicht wahr?"

„Nun, ich … äh …" Poppy wusste nicht, was sie sagen sollte, zumal die anderen Damen kollektiv die Augen verdrehten. „Ich weiß nicht, ob es wirklich etwas zu bedeuten hat …"

Sonia stieß einen schmerzerfüllten Laut aus, wie das Opfer eines fürchterlichen Verrats. Sie drängte sich so unsanft an Poppy vorbei, dass diese fast das Gleichgewicht verlor, und verließ eilig den Laden. Bevor die Tür hinter ihr zufiel, hörten sie sie laut schluchzen.

„Machen Sie sich nichts draus", sagte eine der Frauen zu Poppy und tippte sich mit dem Finger an die Stirn. „Sie ist völlig durchgeknallt."

„Oh ja, sie hat nicht alle Tassen im Schrank", erklärte eine zweite Dame.

„Ich würde sagen, sie hat nicht eine einzige Tasse im Schrank!", rief eine weitere Dame, was die anderen mit schadenfrohem Gelächter quittierten. Sie fingen an, sich über Sonia lustig zu machen, indem sie ihre Sprechweise und Gesten nachahmten. Poppy beobachtete die allgemeine Belustigung mit einem unguten Gefühl. Sonias heftige Reaktion hatte sie erschreckt, aber sie war deswegen nicht verärgert. Die Frau erinnerte sie an ein Tier, das vor Angst um sich schlägt – ein Reflex, hinter dem keine böse Absicht steckt. Außerdem tat ihr Sonia leid. Poppy wusste, wie es war, arm zu sein, ohne Aussicht auf eine Arbeitsstelle, ohne finanziellen Rückhalt. Dass man unter diesen Umständen zaghaft und verunsichert war, konnte sie nachvollziehen, auch ohne den zusätzlichen Stress durch angstvollen Aberglauben. Und wenn man dann noch überall im Dorf gemieden und verspottet wurde ...

Die Postfrau beteiligte sich nicht an den boshaften Bemerkungen ihrer Kundinnen. „Die arme Sonia", sagte sie leise zu Poppy. „Sie tut mir wirklich leid. Es muss entmutigend sein, eine Ablehnung nach der anderen zu erhalten. Sie bewirbt sich nun schon seit Monaten um einen Job, und ich glaube nicht, dass sie viel Geld gespart hat, also ist sie vermutlich mit ihrem Latein am Ende." Mit einem finsteren Blick auf die schwatzenden, lachenden Damen fügte sie hinzu: „Sie ist allerdings selbst schuld, mit ihrem lächerlichen Geschwätz über Todesomen und solche Dinge. Damit macht man sich im Dorf keine Freunde."

„Hat sie denn Freunde?", fragte Poppy.

„Eigentlich war Ursula ihre einzige Freundin. Sie hatte wahrscheinlich nur Mitleid mit ihr, aber Sonia war völlig abhängig von ihr." Die Ladenbesitzerin schüttelte seufzend den Kopf. „Ursulas Tod trifft sie hart, ich weiß nicht, wie sie ohne sie zurechtkommen soll."

Poppy wollte gerade etwas erwidern, da ließ eine Frage aus der Damengruppe sie aufhorchen:

„… war da wirklich ein Messer oder ist das nur Sonias blühende Fantasie?"

„Nein, da war wirklich ein Messer", meldete sich Poppy zu Wort. „Ich habe es selbst mitgebracht, besser gesagt, ich habe den Karton geholt, in dem es lag. Norman Smalle hatte es mit ein paar anderen Sachen aus seinem Laden für die Tombola gespendet."

„Ah … Norman …"

„Norman … natürlich!"

Die Frauen tauschten vielsagende Blicke, doch die Ladenbesitzerin schnalzte missbilligend mit der Zunge.

„Um Himmels willen, Sie glauben doch nicht immer noch, dass Norman etwas mit dem Mord zu tun haben könnte, oder? Die Polizei hat bereits einen

Mann verhaftet.“

„Diesen ehemaligen Räuber?“, bemerkte eine der Damen verächtlich. „Der ist nicht der Mörder! Die Polizei ist auf dem falschen Dampfer.“

„Ja!“ Eine andere Dame nickte. „Es ist doch allgemein bekannt, dass die meisten Menschen von jemandem ermordet werden, den sie kennen.“

„Und Norman ist Ursula immer wie ein trauriges Hündchen hinterhergelaufen, oder etwa nicht?“

„Oh ja, es war fast ein bisschen unheimlich.“

„Er war wie besessen von ihr.“

„Ich habe gehört, dass Norman einmal verhaftet worden ist, wegen Stalking!“, meldete sich eine jüngere Frau am Rand der Gruppe zu Wort. Sie wand sich vor Verlegenheit, als alle Aufmerksamkeit plötzlich auf sie gerichtet war.

„Was?“

„Lieber Himmel - wirklich?“

„Verhaftet!“

„Na ja, vielleicht nicht direkt verhaftet“, räumte die junge Frau ein. „Aber auf jeden Fall ist er bei der Polizei angezeigt worden, und dann wurde ihm so ein Dokument vom Gericht zugestellt – Sie wissen schon, wenn man sich jemandem nicht nähern oder mit ihm reden darf -“

„Eine einstweilige Verfügung?“, sagte Poppy.

„Ja, genau!“, nickte die junge Frau. „Eine einstweilige Verfügung, dass er sich von dem Mädchen fernhalten soll.“

„Woher wissen Sie das?“, fragte eine der älteren

Damen.

„Mein Mann hatte früher einen Job im Technologiepark in Cowley und ein Kollege von ihm kannte Norman. Die beiden waren mal bei einem der bekannten akademischen Verlage beschäftigt. Er hat erzählt, Norman habe Schwierigkeiten bekommen, weil er einem Mädchen nachgestellt hat, das ebenfalls dort gearbeitet hat.“

„Und es war ein und derselbe Norman?“, hakte die Ladenbesitzerin skeptisch nach.

Die junge Frau nickte. „Mein Mann hat sich daran erinnert, als wir gestern an dem Antiquitätengeschäft vorbeigekommen sind. Der Name Smalle ist ja ziemlich ungewöhnlich, den vergisst man nicht so leicht. Wir haben uns gerade über den Mord unterhalten, und dann habe ich ihm erzählt, dass Norman in Ursula verknallt war -“

„Und was hat er gemacht? Norman, meine ich. Was hat er dem Mädchen angetan, dem er nachstellte?“, fragte eine der anderen Damen.

Der Rest der Gruppe drängte sich aufgeregt näher.

„Ist er ihr gegenüber gewalttätig geworden?“

„Hat er versucht, sie anzufassen?“

Die junge Frau runzelte die Stirn. „Nein, ich glaube nicht. Soweit ich weiß, hat er ihr einfach immer wieder Liebesbriefe, Karten und Blumen geschickt und sich alle möglichen Ausreden einfallen lassen, um an ihrem Schreibtisch vorbeizuschauen oder gerade dann an der Tür zu stehen, wenn sie nach Hause gehen wollte, sodass er sie ein Stück begleiten konnte."

Poppy fand, dass das alles eher nett und ein bisschen mitleiderregend als unheimlich und gefährlich klang, und die Ladenbesitzerin war offenbar ebenfalls dieser Meinung, denn sie winkte mit der Hand ab und sagte entschieden: „Das hört sich für mich einfach an, als hätte er sie auf seine altmodische Art umworben."

Die junge Frau wiegte den Kopf hin und her. „Kann sein, aber er hat nicht aufgehört, auch als das Mädchen ihm unmissverständlich gesagt hat, dass sie ihn nicht leiden mochte. Er hat immer weitergemacht, hat ihr sogar noch mehr Blumen und Karten geschickt, bis sie es mit der Angst bekommen und ihn angezeigt hat."

„So fängt es immer an mit diesen Stalkern", behauptete eine Dame in der Runde und nickte wissend. „Sie sind anfangs ganz nett und harmlos und entpuppen sich dann als Psychopathen. Denken Sie nur an diesen Film - den mit Glenn Close."

„Oooh! ‚Eine verhängnisvolle Affäre'!", ertönte es wie aus einem Munde.

„Ja, den habe ich gesehen!"

„Der war schrecklich! Die Szene mit dem Kaninchen ..."

„Ja, den Film werde ich nie vergessen."

„Aber das ist ja gerade der Punkt - es war ein Film", wandte die Ladenbesitzerin ungeduldig ein. „In Wirklichkeit benehmen sich Menschen nicht so.

Außerdem habe ich Norman gestern gesehen und er ist untröstlich. Er sieht aus, als sei mit Ursulas Tod eine Welt untergegangen. Ich kann einfach nicht glauben, dass er Ursula umgebracht haben soll – er ist am Boden zerstört."

„Ah! Aber man weiß ja nie, oder?", sagte eine der anderen Damen. „Vielleicht tut er nur so."

Die Ladenbesitzerin schüttelte entschieden den Kopf. „Das war keine Schauspielerei. Sie hätten ihn sehen sollen - er sah furchtbar aus."

Die Damen waren nicht überzeugt. Poppy fragte sich, welche Seite wohl recht hatte. Natürlich konnte man Trauer vortäuschen und auf diese Weise seine wahren Gefühle vertuschen. Dennoch konnte sie sich nicht vorstellen, dass sich hinter der Fassade des schüchternen Antiquitätenhändlers ein gefährlicher Psychopath verbarg.

Kapitel 16

Die Szene im Postladen ließ Poppy nicht los. Auf dem Weg nach Duxton House überlegte sie, ob Nell und all die anderen Klatschbasen aus dem Dorf vielleicht doch recht hatten. Könnte Norman Smalle der Mörder sein? Hatte er ein Alibi? Sie hatte ihn zuletzt im Festzelt gesehen, kurz bevor sie losgegangen war, um die Kiste aus seinem Auto zu holen. Ursula hatte ihn überredet, sich im Herrenhaus hinzulegen und sich auszuruhen. War er zur Tatzeit dort gewesen? Er hätte sich mit Ursula ins Festzelt verabreden und im allgemeinen Trubel unbemerkt aus dem Haus schleichen können, um sie zu töten.

Aber warum sollte er die Frau töten, die er liebte? Poppy fand die Theorie vom Stalker, der zum

Psychopathen wurde, nicht besonders überzeugend. Norman schien ein so sanftmütiger Mann zu sein. Und obwohl zwanghaftem, sich wiederholendem Verhalten immer etwas Unheimliches anhaftete, wirkte Normans Vorgehen eher wie das eines schüchternen Liebhabers und nicht wie das eines aggressiven Verrückten, der zu einem brutalen Mord fähig war.

An Duxton House waren die Aufräumarbeiten nach dem Fest in vollem Gange, die Stände und das Festzelt wurden abgebaut. Durch den Mord und die notwendigen Untersuchungen hatte sich alles verzögert, und nun eilten das Personal von Duxton House und angeheuerte Handlanger hin und her, um das Anwesen wieder in seinen ursprünglichen Zustand zu versetzen.

Mittendrin stand Mrs Peabody und leitete die Arbeiten wie ein Feldwebel. Poppy ging zu ihr, um sie zu begrüßen. Außerdem wollte sie sich noch einmal fürs Mutmachen und für ihre praktischen Tipps bedanken und ihr berichten, wie begeistert die Dorfbewohner auf die Idee mit den Blumensträußen reagierten.

„Ah, gut, das ist sehr gut." Mrs Peabody nickte zufrieden. „Ich bin sicher, dass sich das herumspricht. Bald werden Sie sich vor Aufträgen kaum retten können."

„Das wäre fantastisch, aber ich hoffe, dass ich genug Blumen im Garten habe", wandte Poppy besorgt ein. „Schließlich habe ich nur ein begrenztes

Angebot an Schnittblumen und weiß nicht, wie viele Sträuße die Beete realistischerweise hergeben."

„Darüber zerbrechen Sie sich den Kopf, wenn es so weit ist", entgegnete Mrs Peabody ruhig. „Alles ‚Saisonale' ist sehr beliebt – sehen Sie sich nur die Bauernmärkte an. Man weiß nie genau, was von Woche zu Woche angeboten wird, aber das gehört dazu: zu sehen, was gerade frisch ist und wächst."

„Ja, in meinem Fall gilt das ‚Angebot der Woche' wirklich nur für eine Woche, weil ich nicht noch einmal genau die gleichen Blumen im Garten finde", lachte Poppy.

„Ja, so ist es eben in einem Garten. Genau das macht Ihre Sträuße so anders und so reizvoll. Wenn die Leute die üblichen Rosen oder Nelken bestellen wollen, können sie zu den großen Blumenhändlern gehen. Bei Ihnen bekommen sie etwas Interessantes und Einzigartiges."

Poppy war beeindruckt. Mrs Peabody hätte sich als Marketingmanagerin in der Stadt einen Namen machen können!

„Gestern habe ich Ihre Freundin, Mrs Hopkins, im Dorf gesehen", wechselte Mrs Peabody das Thema. „Sie war auf der Suche nach Joe, dem Handwerker … irgendetwas mit Graffiti an der Hauswand?"

Poppy verzog das Gesicht. „Ja, leider hat jemand scheußliche Bilder an die Rückseite des Cottage gesprüht. Wir vermuten, dass es diese Jugendbande war."

„Diese Jungs werden von Tag zu Tag schlimmer",

schimpfte Mrs Peabody. „Wussten Sie, dass an einem Laden in der High Street die Schaufenster mit frischem Schafmist beschmiert waren? Es war ekelhaft. Die ganze Straße stank zum Himmel! Vor allem die Damen im Fremdenverkehrsbüro waren außer sich. Sie geben sich alle Mühe, Bunnington als Ausflugsort anzupreisen – und dann so etwas!"

„Seltsam, dass die Polizei bisher nichts unternommen hat."

„Ich habe die Polizei schon mehrmals angerufen, aber für sie scheint das kein ernsthaftes Problem zu sein." Mrs Peabody war sichtlich verärgert.

„Angesichts von Morden und Überfällen ist es wohl wirklich nicht so schlimm."

„Und was glauben unsere werten Ordnungshüter, woher diese Mörder und Gewaltverbrecher kommen?", fragte Mrs Peabody spitz. „Es sind eben solche Jungs - oh ja, das können Sie mir glauben. Es fängt vielleicht mit dummen Streichen an, aber wenn niemand etwas unternimmt, bleibt es nicht dabei."

„Was ist mit den Eltern? Kann man nicht mit ihnen reden?"

„Sie sind nicht aus dem Dorf. Niemand weiß, wer diese Jungen sind. Ich vermute, sie kommen aus einer der umliegenden Städte. Nachts kommen sie nach Bunnington und schleichen sich auf die Grundstücke. Wir müssen sie auf frischer Tat ertappen! Wie dem auch sei, ich hoffe, Mrs Hopkins konnte Joe finden, damit der Ihr Graffiti beseitigt?"

„Oh ja, er war gestern Nachmittag da und hat die

Schmiererei im Handumdrehen übermalt. Er war furchtbar nett, sagte, es sei nur eine kleine Sache. Er hat sich geweigert, dafür Geld zu nehmen. Nell hat ihm allerdings ein paar Chelsea Buns aufgenötigt."

„Ah, Mrs Hopkins backt, ja?", sagte Mrs Peabody mit widerstrebender Zustimmung.

„Ja, das Backen macht ihr wirklich Spaß. Als wir noch in London wohnten, hatte sie abends meist Büros geputzt, sodass sie tagsüber frei hatte und backen konnte."

„Und wie ich höre, soll sie demnächst für Ihren Cousin Hubert Leach arbeiten und sein Büro sowie alle Mietobjekte putzen, die seine Firma verwaltet?"

Poppy sah sie erstaunt an. Woher wusste sie das alles? „Äh … ja, das stimmt."

Sie fügte nicht hinzu, dass sie sich vor dem Tag fürchtete, an dem Hubert die Gegenleistung zu einem Gefallen einforderte, den er ihr getan hatte. Als Nell ihren Job als Putzfrau in London verloren hatte, war es ihr folgerichtig erschienen, ihren Cousin um Hilfe zu bitten. Und als Hubert ihrer Freundin eine feste Stelle als Reinigungskraft angeboten hatte, die Nell gleich nach ihrem Umzug nach Oxfordshire würde antreten können, hatte sie ohne zu zögern zugestimmt, ihm im Gegenzug eines Tages ebenfalls einen Gefallen zu tun. Hubert hatte sich zwar noch nicht bei ihr gemeldet, aber Poppy fragte sich jetzt schon voller Unbehagen, was da auf sie zukam.

„Wenn sich Ihre Freundin eingelebt hat, könnte

sie vielleicht im Kirchenausschuss mitarbeiten", schlug Mrs Peabody vor. „Wir organisieren oft Benefizveranstaltungen und können immer jemanden gebrauchen, der gut backen kann. Sie könnte sogar -" Sie verstummte, als ihr Blick auf ein paar Männer fiel, die die Wimpel an den Ständen abbauten. „Nein, nein, nein", rief sie gereizt, „Sie müssen die Fähnchen ordentlich übereinanderlegen! Wenn Sie sie einfach auf einen Haufen werfen, dauert es ewig, sie beim nächsten Mal wieder zu entwirren!" Sie entriss den Männern das verhedderte Bündel und sah sich genervt um. „Wo ist Sonia? Sie sollte helfen, diese Männer zu beaufsichtigen!"

„Ich habe sie gerade im Postladen gesehen", antwortete Poppy. „Vielleicht ist sie noch unterwegs?"

„Oh nein, eben war sie noch hier - sie hat wieder von diesem Messer angefangen und irgendetwas gefaselt, dass sie Ursulas wahren Mörder gefunden hat. Ehrlich gesagt höre ich gar nicht mehr hin, wenn sie so redet. Ich hatte sie gebeten, etwas aus meinem Auto zu holen, aber sie hätte schon längst wieder hier sein müssen." Mrs Peabody stieß einen verärgerten Seufzer aus. „Ich habe sie nur gebeten, mir beim Abbauen zu helfen, weil alle anderen Mitglieder des Komitees zu tun haben, aber ich wünschte, ich hätte mir die Mühe erspart! Ich weiß wirklich nicht, was ich mit dieser Frau machen soll. Sie ist so labil. Wussten Sie, dass wir letzten Monat ihretwegen fast eine Ausschusssitzung abgebrochen hätten, weil Greg - das ist der Schatzmeister - versehentlich den Flurspiegel in meinem Haus kaputtgemacht hat? Der Spiegel hing sowieso lose, ich wollte den Haken schon seit Ewigkeiten fest eindrehen. Jedenfalls fing Sonia davon an, dass ein zerbrochener Spiegel sieben Jahre Unglück bedeutet. Und dann hat sie darauf bestanden, dass wir alles stehen und liegen lassen, um die Scherben aufzuheben und den Fluch zu brechen."

„Gibt es eine Möglichkeit, den Fluch zu brechen?", fragte Poppy neugierig, obwohl sie eigentlich nicht an solchen Hokuspokus glaubte.

Mrs Peabody verdrehte die Augen. „Oh, nicht nur eine. Laut Sonia kann man die Stücke im Mondlicht vergraben oder sie in fließendes Wasser werfen oder sie zertrümmern, damit sie nichts mehr spiegeln ... Wenn Sie mich fragen, ist das alles Unsinn! Ich habe mich geweigert, die Sitzung zu unterbrechen, nur um ihrem lächerlichen Aberglauben neue Nahrung zu geben, und dann ist Sonia hinausgestürmt und kam nicht wieder." Sie schürzte empört die Lippen. „Wenn es nach mir gegangen wäre, hätte ich sie nie in den Ausschuss geholt, aber Ursula hatte Mitleid mit ihr, wissen Sie. Sonia ist schon lange arbeitslos und findet keine neue Stelle. Vermutlich war Ursula der Meinung, dass eine offizielle Rolle im Vorstand von SOAR ihr Selbstwertgefühl fördert. Wir arbeiten natürlich alle ehrenamtlich, es ist also unbezahlt, aber es sollte ihr ein Ziel und ein Gefühl von Zugehörigkeit geben."

„Das war wirklich nett von ihr."

„Ja, Ursula war schon immer so fürsorglich." Mrs Peabody presste traurig die Lippen aufeinander. „Ich verstehe einfach nicht, warum jemand sie umgebracht hat!"

Kapitel 17

Schließlich verabschiedete Poppy sich von Mrs Peabody und machte sich auf die Suche nach Muriel. In der Eingangshalle war sie nicht, doch am Ende des Flurs hörte sie Flopsy winseln, also beschloss sie, nachzusehen, ob Muriel und der Pudel vielleicht dort waren. Sie gelangte zu einem Raum, dessen Tür angelehnt war, und wollte gerade klopfen, als plötzlich lautes Kläffen ertönte, gefolgt von einer wütenden Männerstimme, die schreckliche Flüche ausstieß. Poppy beugte sich vor und spähte vorsichtig hinein.

Durch den Spalt sah sie einen Raum, der vermutlich einmal ein elegantes kleines Wohnzimmer gewesen war, inzwischen aber als Hundespielzimmer und -salon zu dienen schien.

Gerahmte Porträts von Flopsy schmückten die Wände und mitten im Zimmer stand ein luxuriöses Hundebett in Form eines ausgestopften Knochens, umgeben von Unmengen von Spielzeug, Gummiknochen, Leckerbällen, Kissen und Decken. Neben dem Fenster befanden sich ein erhöhter Tisch und ein Regal mit Scheren, Bürsten, Klauenscheren, Pflegesprays und sogar einem Haartrockner.

Flopsy stand auf dem Tisch und wurde von Kirby gestriegelt, allerdings sah sie nicht aus, als würde sie die Prozedur genießen. Sie wand sich, zappelte und kläffte, als er ihr mit der Bürste unsanft über den Rücken strich.

„Ach, halt die Klappe!", fauchte Kirby und zerrte noch heftiger an der Bürste.

Flopsy knurrte und drehte rasch den Kopf, als wollte sie nach ihm schnappen, aber Kirby legte ihr eine Hand um den Hals und packte sie im Nacken, schüttelte sie und sagte grinsend: „Mach keine Dummheiten, du kleine Schlampe! Deine ‚Mummy' ist nicht da. Hier sind nur du und ich - und ich werde dir zeigen, wer der Boss ist!" Er schüttelte sie erneut.

Flopsy wand sich winselnd, aber Kirby ließ nicht locker. Er drückte den zappelnden Pudel mit Macht auf den Tisch.

„Hör auf damit! Hör auf, oder ich erteile dir eine Lektion, die du dein Lebtag nicht vergisst!"

Er nahm eine Schere aus dem Regal und Poppy sog erschrocken die Luft ein, als sie das Licht auf den scharfen Kanten glitzern sah. Das Geräusch ließ

Kirby erstarren.

„Wer ist da?“, fragte er schroff.

Im selben Moment, als Poppy den Raum betrat, ließ Kirby die Schere fallen und lockerte seinen eisernen Griff um die arme Flopsy.

„Oh, Sie sind es.“ Er entspannte sich ein wenig, dann lachte er gezwungen. „Wahrscheinlich haben Sie gehört, wie wir uns gestritten haben, Flopsy und ich. Sie muss gestriegelt werden, ihr Fell verfilzt schnell und braucht ständige Pflege. Aber wir beide genießen das, nicht wahr?“

Er bedachte den Pudel mit einem vor Zuneigung triefenden Blick und streckte die Hand aus, um ihn zu streicheln. Flopsy wich zähnefletschend vor ihm zurück.

„Ah … haha … sehen Sie nur, wie sie mit mir spielt.“ Wieder ließ er ein unnatürlich lautes Lachen hören. „Sie ist manchmal ganz schön frech, aber natürlich liebe ich sie und ihre kleinen Streiche.“

Der Pudel bleckte knurrend die winzigen, strahlend weißen Zähne.

Kirby brauchte einen Moment, um sich zu fangen, dann sagte er zu Poppy gewandt: „Kann ich Ihnen behilflich sein?“

„Ich bin auf der Suche nach Muriel“, antwortete sie. „Ich wollte sie fragen, ob sie irgendwelche Anweisungen für mich hat, bevor ich anfange, den alten Steingarten umzugraben.“

„Sie ist in Oxford“, erklärte Kirby knapp.

Poppy war überrascht, dass die alte Dame ihren

geliebten Pudel nicht mitgenommen hatte.

Als hätte Kirby ihre Gedanken erraten, fügte er aalglatt hinzu: „Sie wollte zu ihrem Anwalt und dann mit Freunden in einem Nobelrestaurant zu Mittag essen, aber dort sind Tiere verboten, also hat sie Flopsy zu Hause gelassen. Sie weiß ja, dass ihr Liebling bei mir in guten Händen ist, meinst du nicht auch, Flopsylein?", gurrte er, spitzte die Lippen und schickte dem Pudel einen Luftkuss.

Angewidert von seiner Heuchelei wandte sich Poppy zum Gehen. „Ah, danke. Ich bin dann im Garten", erklärte sie kurz.

Der alte Steingarten lag abseits von dem geschäftigen Treiben an der Vorderseite in einem abgeschiedenen Bereich an einer Seite des Hauses. Poppy holte die Liste mit duftenden Kräutern und Pflanzen hervor, die sie zusammengestellt hatte. Sie war fest entschlossen, nicht denselben Fehler zu begehen wie bei ihrem ersten Auftrag vor ein paar Wochen. Damals hatte sie keinerlei Recherchen angestellt, sondern mit der Naivität und Arroganz des typischen Anfängers angenommen, dass man für einen schönen Garten nur ein paar Löcher graben, Pflanzen setzen und gießen müsse. Dabei hatte sie fast das ganze Beet ruiniert - ganz zu schweigen von ihrem guten Ruf. Diesmal hatte sie sich Mühe gegeben, nicht nur so viel wie möglich über die Pflanzen selbst in Erfahrung zu bringen, sondern auch zu notieren, welche Art von Boden sie bevorzugten und ob sie Sonne oder Schatten brauchten.

Mit diesem Wissen und mit einer guten Portion Selbstvertrauen ausgestattet inspizierte Poppy das Gelände, konsultierte ihre Notizen und platzierte die Pflanzen in Gedanken an verschiedenen Stellen. *Hier verläuft der Kiespfad und am Wegesrand pflanze ich Lavendel, genau wie in Hollyhock Cottage, damit man den herrlichen Duft genießen kann, wenn man die Pflanzen zufällig streift. Und da drüben, wo der Boden abschüssig ist, kommen Muskatellersalbei und Thymian hin, da beide einen durchlässigen Boden mögen. Die kleinen rosafarbenen Blüten des Thymians passen gut zu den violetten Blüten des Muskatellersalbeis.* Poppy lächelte bei der Vorstellung. Sie drehte sich um und betrachtete die andere Seite des Weges. *Und hier, neben den großen Stein, setzte ich ein paar Ringelblumen - ihre leuchtend orangefarbenen und gelben Blüten werden sich von dem Dunkelgrau des Steins abheben. Diese Stelle wäre perfekt für Römische Kamille – nein, Moment, vielleicht ist es zu schattig? Nehme ich besser diesen Bereich? Hier passt der Eibisch hin, er braucht leichten Schatten. Und der Baldrian? Der kann bis zu anderthalb Meter hoch werden, also gehört er eher in den Hintergrund. Neben diesen Steinen dort?*

Sie sah sich erneut um, wobei sie sich fragte, was sie mit den Steinen und Felsbrocken machen sollte, die überall verstreut lagen. Es wäre viel einfacher, sich mit den Gegebenheiten zu arrangieren als große Veränderungen anzuschieben, aber einige Steine mussten auf jeden Fall neu positioniert werden. Für die größeren Exemplare würde sie die Hilfe der Gärtner brauchen, doch viele der kleineren Steine könnte sie wahrscheinlich selbst bewegen. Sie bückte sich und rüttelte versuchsweise an einigen. Die meisten ließen sich leicht bewegen, aber einer schien besonders tief im Boden verankert zu sein, obwohl er gar nicht so groß war. Eigentlich wusste Poppy, dass sie ihn besser den Gärtnern überlassen sollte, aber nachdem sie einmal angefangen hatte, begriff sie es als persönliche Herausforderung, ihn zu lockern und herauszuholen.

Wenn ich ringsum einen Graben aushebe, kann ich den Stein mit einem Spaten hochdrücken, dachte sie, ließ sich auf Knie fallen und begann, die Erde rund um den Brocken wegzukratzen. Zu ihrer Überraschung stellte sie fest, dass sie ziemlich locker war - fast so, als wäre sie erst kürzlich ausgehoben und dann zurückgeschoben worden. Sie hatte kaum begonnen, die Erde abzugraben, als sie auf etwas Hartes stieß.

Poppy hielt inne, dann grub sie etwas langsamer, bis sie einen schmalen Gegenstand ertastete. Nach leichtem Rütteln zog sie ihn unter dem Stein hervor, schüttelte die Erdklumpen ab und brachte einen Griff aus dunkelbraunem Holz zum Vorschein, mit einem Scharnier an einer Seite und einer Metallklinge, die durch einen Schlitz im Holz zu sehen war.

Es ist das Gartenmesser. Das Messer, das in der

Kiste aus Normans Antiquitätenladen gelegen hatte, das Messer, das einen hysterischen Anfall bei Sonia ausgelöst hatte, weil es angeblich Unglück bringen würde. Zuletzt hatte Poppy es in Ursulas Hand gesehen, als sie die aufgeregte Sonia zu beruhigen versuchte, indem sie es vom Tisch mit den Spenden entfernte. In ihren Gedanken hörte Poppy die Stimme von Mrs Peabody: „Oh ja, es ist sehr scharf. Es schneidet durch fast alles ...“

Mit zitternden Fingern drehte Poppy das Messer um und ließ die Klinge hervorschnellen. Dann erstarrte sie. Das Herz schlug ihr bis zum Hals, während sie die Klinge anstarrte. Sie glänzte matt, an der Schneide war ein rostbrauner Fleck.

Die Polizei würde diesen Fleck natürlich untersuchen müssen, aber Poppy wusste auch so, dass es sich um Blut handelte. Das Messer fiel ihr aus den klammen Fingern.

Sie hatte die Mordwaffe gefunden.

Kapitel 18

Poppy starrte auf das Messer und überlegte, was sie tun sollte. Das Naheliegendste war natürlich, ihren Fund der Polizei zu melden. Mit dem Vorliegen neuer Beweise würde Sergeant Lee doch sicher die Möglichkeit in Betracht ziehen, dass der Fall noch nicht gelöst war? Dann erinnerte sie sich daran, wie abschätzig Lee sie behandelt hatte. Irgendwie hatte sie das ungute Gefühl, dass der arrogante Sergeant nicht von seiner ursprünglichen Theorie abweichen würde. Er würde einfach behaupten, dass es dem ehemaligen Räuber vor seiner Verhaftung gelungen war, die Mordwaffe in dem alten Steingarten zu vergraben - oder etwas ähnlich Lächerliches. Poppy hatte schon einmal erlebt, wie der Sergeant Fakten so zurechtrückte, dass sie zu seinen Theorien passten, und nicht umgekehrt.

Ich sollte Lee einfach übergehen und gleich mit Suzanne sprechen, dachte sie. Sie hatte bisher gezögert, diesen Schritt zu unternehmen, weil es ihr gemein vorkam, die Autorität des Sergeanten infrage zu stellen, so als würde sie ihn bei seinen Vorgesetzten anschwärzen. Wenn Suzanne ihrem Sergeanten den Fall anvertraute, hatte Poppy nicht das Recht, ihre Entscheidung zu hinterfragen. Aber er macht es sich zu einfach!, schimpfte sie in Gedanken. Er denkt nur in eine Richtung, verwirft alle Alternativen …

Wieder starrte sie auf das Messer hinunter. Vielleicht sind Fingerabdrücke auf dem Griff, dachte sie. Die Oberfläche sah allerdings rau und porös aus, was gegen brauchbare Fingerabdrücke sprach. Oder vielleicht DNA-Fragmente oder Hinweise. Mit der modernen Technik kann man vieles nachweisen, es reicht, wenn es eine leichte Berührung mit den bloßen Fingern gegeben hat.

Bei dem Gedanken an „Finger" kamen ihr plötzlich schmutzige Fingernägel in den Sinn. Betsy, das Hausmädchen, und der Dreck unter ihren Fingernägeln … Poppy erinnerte sich an das blasse, verängstigte Gesicht des Mädchens und wie nervös und schreckhaft die junge Frau gestern gewirkt hatte. Und dann fiel ihr ein, dass Betsy atemlos in die Küche gelaufen war. Wo war sie gewesen? Im Garten, um die Mordwaffe zu vergraben?

Einem Impuls folgend sprang sie auf und lief mit

dem Messer, das sie sorgfältig in ihre Gartenhandschuhe eingewickelt hatte, zur Hintertür des Herrenhauses. Sie hatte Glück: Das Hausmädchen kam gerade mit einem Korb voller Wäsche aus dem Hauswirtschaftsraum.

„Betsy?"

Das Mädchen wirbelte erschrocken herum. „Ja? Oh, Sie sind es", fügte sie aufatmend hinzu.

Poppy kam ohne Umschweife zur Sache. „Ich habe im alten Steingarten gegraben und etwas Seltsames gefunden." Sie hielt das Messer so, dass das Mädchen es sehen konnte. Betsy wurde kreidebleich und starrte mit weit aufgerissenen Augen darauf.

„Das waren Sie, nicht wahr?" Poppy machte einen Schritt auf sie zu. „Sie haben das Messer unter dem Stein vergraben. Deshalb hatten Sie gestern Erde unter den Fingernägeln. Sie haben versucht, die Mordwaffe loszuwerden."

„NEIN!", rief Betsy entsetzt. „Ich würde niemals ... ich habe Miss Ursula nicht umgebracht! Ich könnte niemanden ermorden!"

„Aber Sie haben das Messer vergraben", beharrte Poppy.

Das Mädchen zögerte einen Moment. Erst sah es aus, als würde sie alles abstreiten, doch dann nickte sie. „Ja, das habe ich, aber ich habe Miss Ursula nicht ermordet - ich war es nicht! Sie müssen mir glauben!"

„Warum haben Sie dann das Messer vergraben?

Warum hatten Sie es überhaupt?"

„Ich habe es einfach gefunden - okay? Jemand hat es unter meine Matratze geschoben. Ich weiß nicht, wie es dahin gekommen ist. Als ich an dem Tag, an dem Miss Ursula ermordet wurde, abends in mein Zimmer kam, stand die Tür offen. Und die Matratze war ein kleines bisschen verrutscht und das Laken hing ein Stückchen raus. Da hab ich nachgesehen, weil mir das komisch vorkam, und entdeckt, dass irgendjemand das Messer unter meiner Matratze versteckt hatte!"

„Wollen Sie damit sagen, dass es Ihnen jemand untergeschoben hat?"

Das Mädchen nickte heftig. „Ja, ich glaube, jemand will mich reinlegen!"

Poppy runzelte die Stirn. „Aber warum?"

„Weil ich leichte Beute bin!", rief Betsy. „Mit mir kann man's ja machen, schließlich bin ich nur das Dienstmädchen. Die Leute verdächtigen immer die Dienstmädchen; sie denken, wir würden stehlen oder so etwas. Außerdem hat Miss Ursula alles geregelt, was mit dem Haushalt zu tun hatte - sie war sozusagen meine Chefin. Bestimmt heißt es dann, dass wir uns gestritten haben und ich einen Groll auf sie hatte." Sie warf Poppy einen vielsagenden Blick zu. „Aber ich kann Ihnen sagen, wer sich wirklich mit Miss Ursula gestritten hat: Henry!"

„Henry Farnsworth? Muriels Großneffe?"

Betsy nickte. „Das war ganz schlimm. Er war wütend und hat sie beschimpft, und dann ist er rausgestürmt und weggefahren.“

„Wann war das?“

„Am Abend vor dem Fest. Er kam erst am nächsten Nachmittag zurück, nachdem … nachdem alles passiert war.“

„Worum ging es bei dem Streit?“

„Ich hab's nur durch die Tür gehört, aber ich habe nicht gelauscht, ehrlich! Sie haben sehr laut gesprochen.“ Betsy überlegte. „Es ging um Geld … Ich habe Miss Ursula sagen hören: ‚Ich war zu nachsichtig mit dir, Henry - ich hätte Muriel schon längst davon erzählen sollen, als ich den Anruf aus London erhalten habe, aber du hast mir leidgetan.‘ Henry hat sie angefleht, nichts zu sagen, aber Miss Ursula bestand darauf, dass Mrs Farnsworth es erfahren müsse, da es ihr Geld sei. Da ist Henry richtig böse geworden, er hat geflucht und sie beschimpft. Zum Schluss hat er Miss Ursula angeschrien, dass sie es bereuen werde, wenn sie ein Wort zu Mrs Farnsworth sagt.“

Poppy starrte sie zweifelnd an. Die Geschichte hörte sich fast zu perfekt an, wie ein Dialog aus einem Filmdrehbuch. Sagte Betsy die Wahrheit? Oder war sie diejenige, die versuchte, jemand anderem etwas anzuhängen – Henry, zum Beispiel? Es wäre nur logisch, dass sie nach dem Auftauchen des Messers den Verdacht so schnell wie möglich auf jemand anderen lenken musste.

„Sie glauben mir nicht, stimmt's?“ Betsy hatte Tränen in den Augen. „Sie meinen, ich lüge! Sie meinen, ich denke mir das alles nur aus!"

„Ich … na ja, Sie müssen zugeben – es klingt ein bisschen zu glatt. So etwas wie ‚Das wirst du noch bereuen' sagen Leute doch nur im Film, oder?"

„Aber das habe ich gehört!", beteuerte Betsy. „Ehrlich! Das habe ich durch die Tür gehört."

„Und warum haben Sie das nicht der Polizei erzählt?"

„Das wollte ich ja! Aber als ich dann das Messer fand, geriet ich in Panik. Verstehen Sie das nicht? Immerhin ist es die Mordwaffe! Und bei den Krimis im Fernsehen, da wird immer derjenige verhaftet, der die Mordwaffe hat. Ich wusste nicht, was ich tun sollte! Als dieser Sergeant gestern Morgen kam, hatte ich solche Angst. Ich dachte, er würde das Haus durchsuchen."

„Sobald Sie ihn in den Salon geführt hatten, haben Sie schnell das Messer geholt und es draußen vergraben", vermutete Poppy. Zwischen Sergeant Lees Auftauchen und Betsys hastiger Rückkehr in die Küche wäre genug Zeit gewesen.

Das Mädchen nickte resigniert. „Ja, ich dachte, ich bringe es besser schnell aus meinem Zimmer. Erst wollte ich es irgendwo verstecken, bis ich mich entschieden hatte, was ich damit machen sollte - ob ich es abgeben … oder … oder irgendwie loswerden sollte …" Die Erinnerung ließ sie erschaudern. „Als sich Mrs Farnsworth über meine schmutzigen Fingernägel beschwert hat, wäre ich fast gestorben! Ich dachte, der Sergeant würde sofort Verdacht schöpfen!"

Schön wär's, dachte Poppy säuerlich, aber in Sergeant Lees Fall eher unwahrscheinlich.

„Ich war so froh, als er nichts gesagt hat. Aber vorsichtshalber bin ich an der Tür stehen geblieben, um zu hören, ob alle über mich reden, und dann sagte der Sergeant, dass die Polizei schon jemanden verhaftet hat - irgendeinen Kerl, der mal ein Krimineller war. Der Fall war also sowieso erledigt und ich dachte ... na ja, ich dachte ... Warum sollte ich mir Ärger einhandeln? Also hab ich beschlossen, niemandem von dem Messer zu erzählen."

„Und Ursulas Mörder davonkommen zu lassen", sagte Poppy vorwurfsvoll.

Betsy warf ihr einen mürrischen Blick zu. „Hören Sie, ich weiß, es war falsch, okay? Aber Sie haben leicht reden! Sie werden schließlich nicht verdächtigt. Sie haben keine Mordwaffe in Ihrem Zimmer gefunden. Ich habe das Messer in die Hand genommen, bevor ich wusste, was es war. Dann habe ich die Klinge geöffnet und die bräunlichen Flecken gesehen ..." Sie erschauderte. „Verstehen Sie? Jetzt sind meine Fingerabdrücke drauf, das reicht, um den Verdacht auf mich zu lenken." Sie umklammerte Poppys Arm. „Bitte, Miss, sagen Sie der Polizei nichts! Es ist egal, ob sie die Mordwaffe hat oder nicht, sie hat den Täter geschnappt."

„Nein, das ist es ja gerade!", rief Poppy. „Sergeant Lee irrt sich. Ich bin mir sicher, dass Ursula nicht von dem Räuber ermordet worden ist, und die

Tatsache, dass Sie das Gartenmesser in Ihrem Schlafzimmer gefunden haben, beweist es."

„Aber ... aber dieser Ex-Knacki könnte es dort hingelegt haben."

„Ach, kommen Sie! Jetzt fangen Sie nicht so an!", erwiderte Poppy verärgert. „Das ist einfach lächerlich. Ein Mann, der wegen guter Führung auf Bewährung draußen ist, beschließt plötzlich, eine beliebige Frau, die er noch nie gesehen hat, auf einem gut besuchten Dorffest brutal anzugreifen - nur wegen eines Handys in einer schicken Hülle? Und dann nimmt er sich die Zeit, ins Herrenhaus zu laufen, das Zimmer des Dienstmädchens zu finden und die Mordwaffe unter ihrer Matratze zu verstecken? Und anschließend mischt er sich unter die Menge und wartet in aller Ruhe, bis die Polizei eintrifft - nur damit sie ihn verhaften kann?"

Betsy senkte den Kopf. Sie sah so unglücklich aus, dass Poppy plötzlich ein schlechtes Gewissen hatte. Vor lauter Eifer, Ursulas Mörder zu finden, hatte sie nicht bedacht, wie schlecht es für das Mädchen aussah. Betsy hatte recht: Es war einfach, die Gerechtigkeitsliebende zu spielen, wenn man nicht persönlich betroffen war.

„Es tut mir leid, Betsy", sagte sie ruhiger, „wir können das nicht vor der Polizei verheimlichen. Die Mordwaffe ist zu wichtig für die Ermittlungen. Aber machen Sie sich keine Sorgen, die Beamten werden bestimmt vernünftig und nachsichtig sein. Ich spreche mit Inspector Suzanne Whittaker - sie ist die

Vorgesetzte von Sergeant Lee und ich weiß, dass sie keine voreiligen Schlüsse ziehen wird. Und ich werde mich für Sie verbürgen. Ich bin überzeugt, dass Sie die Wahrheit sagen."

„Was soll das schon helfen", sagte das Mädchen verbittert.

Kapitel 19

Poppy schluckte ihre Bedenken hinunter und beschloss, Suzanne anzurufen, doch die meldete sich nicht. Sie hinterließ ihr eine Nachricht, bevor sie sich draußen wieder an die Arbeit machte. Mit ihren Notizen in der Hand versuchte sie, sich erneut in die Planung des neuen Gartens zu vertiefen, aber es fiel ihr schwer, sich zu konzentrieren, und so griff sie erleichtert zum Telefon, als es ein paar Minuten später klingelte.

„Hallo, Suzanne?", sagte sie aufgeregt.

Zu ihrem Entsetzen meldete sich eine vertraute nasale Stimme. „Nein, hier ist Sergeant Lee. Sie hatten angerufen."

„Ich wollte gern mit Inspector Whittaker sprechen."

„Tja, Pech gehabt", erwiderte Lee knapp. „Sie ist in London bei Scotland Yard und nimmt da an einer Konferenz teil."

„Kommt sie morgen zurück?"

„Nein, sie ist die ganze Woche weg. Also, worüber wollten Sie mit ihr sprechen? Sagen Sie es mir. Ich bin während ihrer Abwesenheit für alles zuständig", fügte er selbstgefällig hinzu.

Poppy zögerte. Es wäre kleinlich und kindisch – und schlichtweg falsch -, der Polizei nicht von ihrem Fund zu berichten, nur weil Suzanne nicht da war.

„Ich glaube, ich habe die Mordwaffe gefunden", platzte sie heraus. „Die Waffe, mit der Ursula Philips umgebracht wurde."

„Wie bitte?"

Sie erklärte, dass sie im Steingarten von Duxton House gearbeitet und dabei das Messer ausgegraben habe und fügte widerstrebend hinzu, dass sie sich an die schmutzigen Fingernägel des Dienstmädchens erinnert und Betsy daraufhin zur Rede gestellt habe. Zum Glück schien Lee ihren Bericht ernst zu nehmen – er versprach, sofort zu kommen. Kurze Zeit später traf er mit mehreren Polizisten und einem Forensik-Team im Schlepptau ein. Poppy wollte ihn abfangen und ein gutes Wort für Betsy einlegen, bevor er das Hausmädchen vernahm, doch ehe sie etwas sagen konnte, kam ein Gärtner angelaufen.

„Sir! Sir! Gut, dass Sie hier sind! Höchste Zeit, dass die Polizei etwas unternimmt."

„Sergeant Lee sah den Mann verwirrt an.

„Diese Vandalen, Sir – deswegen sind Sie doch hier, oder? Kommen Sie und sehen Sie sich an, was diese kleinen Mistkerle diesmal angerichtet haben!"

Ohne eine Antwort abzuwarten, packte der Mann den Polizisten am Arm und zerrte ihn mit sich. Neugierig folgte Poppy ihnen und hielt entsetzt den Atem an, als sie um die Hausecke bogen. Jemand hatte sich mit einer Gartenschere an den sorgsam gestutzten Formgehölzen zu schaffen gemacht und schonungslos darin gewütet. Elegante, hoch aufragende Kegel waren nur noch halb so groß, in perfekt gerundeten Kuppeln klafften große Löcher und das prachtvolle Mittelstück in Form eines anmutigen Schwans hatte besonders gelitten: Der Kopf des Vogels war abgehackt worden und lag inmitten von abgebrochenen Zweigen und abgerissenen Blättern auf dem Boden. Die Täter mussten auf frischer Tat ertappt worden sein und hatten die Gartenschere auf der Flucht einfach fallen lassen.

„Das sind diese verdammten Jungs! Sie ziehen durch das Dorf, beschmieren Wände und beschädigen Eigentum. Gestern hätte ich sie hinten am Wald fast erwischt. Als ich vor einer Stunde hier vorbeigekommen bin, sah es noch gut aus! Es muss gerade erst passiert sein." Der Gärtner starrte schwer atmend auf die beschädigten Pflanzen. „Wie können sie das tun? Haben sie kein Herz? Ich habe Jahre gebraucht -"

Er schien den Tränen nahe zu sein.

Der Gärtner tat Poppy unendlich leid. Um diese formvollendeten Skulpturen hervorzubringen, bedurfte es jahrelanger liebevoller Pflege, doch es war auch die sinnlose Vernichtung schöner, gesunder Pflanzen, die sie entsetzte. Was hier geschehen war, hatte nichts mehr mit Schabernack zu tun – dies war pure Zerstörungswut.

„Wollen Sie denn gar nichts tun?", forderte der Gärtner Sergeant Lee auf. „Sie müssen diese Jungs finden und sie einsperren!"

„Ich bin von der Kripo - wir befassen uns nicht mit Kleinkriminalität wie Vandalismus." Lee gab sich keine Mühe, seine Geringschätzung zu verbergen. „Aber ich schicke einen Kollegen von der Wache, der Ihre Aussage aufnimmt. Wenn wir die Burschen identifizieren oder auf frischer Tat ertappen können, verhaften wir sie."

„Aber -"

„Wenn Sie mich jetzt entschuldigen wollen, ich muss mich um einen Mordfall kümmern", sagte Sergeant Lee, drehte sich hocherhobenen Hauptes um und marschierte davon.

Mit einem mitfühlenden Lächeln verabschiedete sich Poppy von dem Gärtner und lief hinter dem Sergeanten her. Sie holte ihn auf dem Hof hinter dem Herrenhaus ein.

„Sergeant! Sergeant Lee!", rief sie.

Er drehte sich ungeduldig um. „Ja, Miss Lancaster?"

„Es ist wegen Betsy -" Poppy brach ab, als sie im Hintergrund eine Bewegung wahrnahm.

Auf der einen Seite des Hofs stand ein Nebengebäude, das vom ausladenden Geäst einer alten Eiche überragt wurde. Auf dem Dach des Gebäudes sah sie durch das dichte Laub ein paar Jugendliche hocken, die versuchten, von dort aus über die Hofmauer zu klettern, um auf der anderen Seite herunterspringen und weglaufen zu können.

Sie waren zu dritt auf dem Dach, doch der Jüngste, der gestern auf der Flucht gestolpert und hingefallen war, stand noch unten und hatte offenbar Mühe, das rettende Dach zu erklimmen. So sehr er sich auch reckte und versuchte, den Dachrand zu packen und sich auf den First zu schwingen, wie es die älteren Jungen getan hatten – er war einfach zu klein und seine Mitstreiter halfen ihm nicht. Sie hatten genug damit zu tun, ihre eigene Haut zu retten und so schnell wie möglich die Mauer zu überwinden. Im nächsten Moment waren sie alle auf der anderen Seite und damit aus dem Blickfeld verschwunden.

Der zurückgelassene Junge wirbelte herum, seine Augen weiteten sich vor Schreck, als er Poppy und Sergeant Lee sah. Er stand verängstigt und hilflos da, den Rücken an die Wand des Gebäudes gepresst, die Hände zur Seite gestreckt, als wollte er sich abstützen. Er saß in der Falle; wenn Lee den Kopf in diese Richtung wandte, würde er ihn unweigerlich sehen. Poppy brauchte ihn nur darauf aufmerksam zu machen und auf den Jungen zu zeigen. Die Polizei war vor Ort. Wahrscheinlich war es noch nicht zu spät, die älteren Jungen zu verfolgen und zu schnappen, den Jüngsten konnten sie auf jeden Fall in Gewahrsam nehmen.

Poppy begegnete dem Blick des Jungen, der sie stumm anflehte. Sie zögerte.

„Ja, Miss Lancaster?" Sergeant Lee wurde zusehends ungeduldiger. „Was starren Sie denn so?", fragte er, als er merkte, dass ihre Aufmerksamkeit auf die andere Seite des Hofs gerichtet war. Er machte Anstalten, sich umzudrehen.

„Äh - nichts! Nichts!", antworte Poppy munter, packte ihn am Arm und hielt ihn zurück. „Äh, ich war einen Moment lang in Gedanken. Hören Sie, ich wollte Sie etwas fragen, wegen Betsy. Bei dem Messer handelt es sich eigentlich nur um einen Indizienbeweis, nicht wahr? Ich meine, es muss nicht bedeuten, dass sie schuldig ist. Dass sie zugegeben hat, das Messer vergraben zu haben, spricht sogar für sie, meinen Sie nicht auch?"

Während sie sprach, führte Poppy den Sergeanten zielstrebig den Weg zurück, den sie gekommen waren. Als sie um die Ecke bogen, warf sie einen kurzen Blick über die Schulter zurück und sah, dass der Junge sich erleichtert gegen die Wand des Nebengebäudes sinken ließ. Dann drehte sie hastig den Kopf, damit Lee nichts merkte.

„Eine Verbindung zur Mordwaffe ist immer

verdächtig, und in diesem Fall hat die Person sogar gestanden, dass sie versucht hat, die Waffe zu verstecken. Ich werde sie verhaften und mit aufs Revier nehmen."

„Was?" Poppy starrte ihn fassungslos an. Betsy hatte also recht gehabt, als sie die Reaktion der Polizei vorhersah. „Nein, das können Sie nicht tun!"

„Ich kann tun, was ich will", erwiderte er empört. „Ich habe in diesem Fall die Zügel in der Hand."

„Nein, ich meine ... finden Sie nicht, dass Sie schon wieder voreilige Schlüsse ziehen?"

„Das sind keine voreiligen Schlüsse, wenn die Verdächtige gestanden hat, die Mordwaffe vergraben und auch ihre Fingerabdrücke darauf hinterlassen zu haben."

„Aber jemand könnte sie reingelegt haben!", protestierte Poppy.

„Sie meinen diese Geschichte, dass jemand das Messer unter ihrer Matratze versteckt hat?", spottete Lee. „Tun Sie mir einen Gefallen - nicht einmal ein Kind würde diese Geschichte glauben!"

„Aber sie könnte wahr sein", beharrte Poppy. „Sie müssen ihr einen Vertrauensvorschuss geben und neue Ermittlungen anstellen!"

„Sagen Sie mir nicht, wie ich meinen Job erledigen soll", schnauzte Sergeant Lee.

Er ließ sich nicht umstimmen, und schließlich musste Poppy ihm zurück ins Haus folgen, wo sie gezwungen war mitanzusehen, wie Betsy festgenommen und zum Polizeiauto gebracht wurde.

Poppy hatte ein furchtbar schlechtes Gewissen. War es wirklich die richtige Entscheidung gewesen, die Polizei zu rufen? Hätte sie sich mehr Mühe geben sollen, direkt mit Suzanne zu sprechen? *Vielleicht landet eine unschuldige junge Frau im Gefängnis - und es könnte alles meine Schuld sein.*

Kapitel 20

Die Polizei hatte den größten Teil des Steingartens abgesperrt, was bedeutete, dass Poppy nicht weiter an ihrem neuen Projekt arbeiten konnte. Allerdings war sie sowieso viel zu niedergeschlagen, um sich darauf zu konzentrieren, und war froh über die Zwangspause.

Auf dem Nachhauseweg kam sie an Nick Forrests weitläufigem, eleganten Anwesen vorbei und blickte erwartungsvoll auf das schmiedeeiserne Tor. Oren schaffte es immer, sie aufzuheitern, und so hoffte sie, den frechen, redseligen Kater zu sehen. Oft saß er am Tor, wenn sie nach Hause kam, aber heute war sein Platz leer.

Poppy zögerte kurz, dann stieß sie das Tor auf und ging den Weg zur Haustür hinauf. Nachdem sie geklingelt hatte, dauerte es eine Weile, bis die Tür aufgerissen wurde und ein grimmig dreinblickender Nick Forrest auf der Schwelle stand.

„WAS?", schnauzte er.

Sofort fühlte sich Poppy an ihren ersten Abend in Bunnington zurückversetzt. Damals hatte sie Oren zurückgebracht, der durch ihren Garten gestreunt war, und Nick hatte genau wie heute sehr unwirsch reagiert, als sie mit dem Kater auf dem Arm vor ihm stand. Seitdem hatte sie den Krimiautor viel besser kennengelernt und wusste, dass seine Laune meist mit der Arbeit an seinen Büchern zusammenhing. Wenn er gut vorankam, konnte er der freundlichste und charmanteste Mann der Welt sein - und wenn nicht, war er ungenießbarer als ein T-Rex mit Zahnschmerzen.

„Was wollen Sie?", fuhr er sie an.

„Ich -" Poppy verstummte. Sie war sich selbst nicht sicher, warum sie geklingelt hatte. Vielleicht hatte sie gehofft, jemanden zu finden, mit dem sie reden konnte - jemanden, der ihr schlechtes Gewissen beruhigen würde, das sie nach Betsys Verhaftung plagte. Nun, es sah nicht so aus, als würde sie bei Nick ein offenes Ohr finden.

Sie warf einen Blick auf sein finsteres Gesicht und murmelte dann: „Äh, schon gut. Es ist nichts."

Sie wollte sich abwenden, aber Nick streckte eine Hand aus, um sie aufzuhalten, und sagte gereizt: „He, Moment mal – Sie stören mich bei der Arbeit und zitieren mich an die Tür, nur um mir zu sagen, dass *nichts* ist?“

„Also gut, es ist etwas passiert. Eine junge Frau ist verhaftet worden, eines der Dienstmädchen in Duxton House - und, na ja, es könnte meine Schuld sein“, erklärte Poppy hastig. „Ich meine, natürlich musste ich der Polizei von der Mordwaffe erzählen - das konnte ich nicht verheimlichen, aber ich habe nicht damit gerechnet, dass sie sich so auf Betsy stürzen würden!“

„Was?“ Nick sah noch gereizter aus. „Was reden Sie da für ein Durcheinander?“

Rasch erzählte Poppy ihm, was passiert war. Er hörte zu, dann zuckte er mit den Schultern und meinte: „Sie haben sich richtig verhalten. Natürlich ist das Mädchen in einer unangenehmen Lage, aber wenn an den Vorwürfen nichts dran ist, wird sich das sicher von selbst regeln.“

„Aber was ist, wenn nicht?“, fragte Poppy. „Es passiert so oft, dass Menschen zu Unrecht verurteilt und für ein Verbrechen weggesperrt werden, das sie nicht begangen haben. Was ist, wenn es mit Betsy auch so endet? Das wäre furchtbar. Ich fühle mich jetzt schon schrecklich.“ Sie schüttelte frustriert den Kopf. „Wenn Sergeant Lee wenigstens noch andere Verdächtige in Betracht ziehen würde!“

„Wen zum Beispiel?“

„Zum Beispiel ... zum Beispiel Henry Farnsworth!“, sagte Poppy. „Betsy hat gehört, wie er sich in der Nacht vor Ursulas Tod mit ihr gestritten hat. Er hat sie sogar bedroht. Und er hat gelogen, sein Alibi für die Tatzeit stimmt nicht. Bertie hat ihn im Wald hinter Duxton House gesehen, aber Henry behauptet, er sei den ganzen Tag in Oxford gewesen. Außerdem", fügte sie aufgeregt hinzu, „hat Henry genau zu der Zeit telefoniert, als Ursula einen Anruf erhalten hat!"

„Nun, die Antwort liegt auf der Hand, nicht wahr?", sagte Nick. „Sie müssen herausfinden, ob es Henry war, der Ursula angerufen hat. Wenn Sie das nachweisen können, wird selbst Lee diese neue Spur nicht ignorieren können."

Poppy runzelte die Stirn. „Ursulas Handy ist immer noch verschwunden - die Polizei hat es nicht finden können - also wissen wir nicht, wer ihr letzter Anrufer war."

„Dann müssen Sie die Anrufliste auf Henrys Handy checken", antwortete Nick ungeduldig. „Sehen Sie nach, wen er an jenem Tag um die Tatzeit herum angerufen hat."

Poppy starrte ihn an. „Aber wie soll ich das machen? Ich weiß nicht einmal, wie ich sein Handy zu Gesicht bekommen sollte, von der Anrufliste ganz zu schweigen."

„Nun, eine Möglichkeit wäre, dass Sie seine Einladung zum Abendessen annehmen."

„Was? Mich mit Henry verabreden?"

„Sehen Sie mich nicht so entsetzt an. Ich sage ja nicht, dass Sie mit ihm schlafen sollen."

„So hatte ich Sie auch nicht verstanden", erwiderte Poppy verärgert. „Und außerdem - selbst wenn ich mit ihm essen gehe, weiß ich noch längst nicht, wie ich an sein Handy kommen soll. Die meisten Leute haben ihre Geräte mit einem Passcode oder so etwas gesichert. Wie kann ich den umgehen?"

Nick stieß einen genervten Seufzer aus. „Ich weiß es nicht! Strengen Sie Ihre Fantasie an. Muss ich denn alles für Sie machen? Finden Sie es selbst heraus."

Seine Worte trafen Poppy ins Mark. Sie murmelte ein knappes „Danke" und wollte sich gerade zum Gehen wenden, als Nick leise hinzufügte: „Mein Vater könnte Ihnen weiterhelfen."

Poppy riss erstaunt die Augen auf. Bisher hatte Nick sich geweigert, seinen Vater auch nur ansatzweise zu erwähnen, und sie hätte nie damit gerechnet, dass er sie zu ihm schicken würde.

„Bertie? Kennt er sich mit Handys aus?", fragte sie.

Nick bedachte sie mit einem ironischen Blick. „Er hat vielleicht eine Idee, wie man Henrys Telefon hacken kann. Für ihn wäre das ein Kinderspiel." Nach einer kurzen Pause fügte er hinzu: „Denken Sie daran, dass es kein schlüssiger Beweis ist, wenn Ursulas Nummer nicht in der Anrufliste auftaucht. Henry könnte sie einfach gelöscht haben."

„Das ist eine tolle Idee!", rief Poppy. „Ich gehe ihn gleich fragen." Mit einem zaghaften Lächeln fuhr sie fort: „Ähm ... kommen Sie mit?"

„Was? Nein, ich muss wieder an mein Buch. Ich

habe schon genug Zeit mit Diskussionen über diesen verdammten Mord verschwendet!"

Mit einem weiteren finsteren Blick zog sich Nick ins Haus zurück und knallte die Tür zu. Poppy stand einen Moment sprachlos da, dann drehte sie sich um und ging den Weg zum Tor hinunter. Sie schäumte vor Wut und Empörung über Nicks grobe Art, gleichzeitig war sie dankbar für seine Hilfe und seine Ideen. Zu ihrer Überraschung stellte sie außerdem fest, dass sie sich nach ihrer kurzen Unterhaltung mit Nick viel besser fühlte, auch wenn sie nicht das erhoffte offene Ohr gefunden hatte. Sie konnte Betsy zwar nicht direkt helfen, aber nun hatte sie wenigstens einen Aktionsplan und würde etwas unternehmen, statt hilflos zuzusehen und darauf zu warten, dass die Polizei tätig wurde.

Plötzlich störte lautes Motorengeräusch die Stille. Ein grauer Bentley bog in die Sackgasse ein und hielt neben ihr an. Ein Mann in einer Chauffeuruniform sprang heraus und lief um den Wagen, um die hintere Tür auf der anderen Seite aufzureißen. Gleich darauf tauchte Muriel Farnsworths Kopf auf.

Höflich lächelnd trat Poppy vor, weil sie annahm, dass der Besuch vielleicht ihr galt. Ihr Lächeln verblasste jedoch, als sie sah, was das zappelnde Etwas war, das Mrs Farnsworth am Wickel hatte. Es war Einstein, der sich vergeblich wand und wehrte und entrüstet winselte.

„Oh nein, du bleibst hier", grollte Muriel und drückte ihn noch unerbittlicher an sich. Sie blickte auf den Hund hinunter. „Du dachtest wohl, du könntest dich in Duxton House einschleichen, wenn niemand hinsieht, was? Als wüsste ich nicht, was du im Schilde führst: Du willst Flopsy in deine dreckigen Pfoten bekommen, stimmt's? Nun, das wird dir nicht gelingen, du räudiges kleines Biest!"

„*Wau!*", erwiderte Einstein trotzig. „*Wauwau!*"

Muriel sah auf und erblickte Poppy. „Sehen Sie mal, wen ich erwischt habe, als ich aus Oxford zurückkam! Er hat versucht, sich durch das Haupttor zu schleichen", berichtete sie erbost. „Wo ist der Mann, dem dieser Hund gehört?"

„Oh, Sie meinen Bertie - äh, Dr. Bertram Noble. Er wohnt dort." Poppy zeigte auf das Gartentor ihres Nachbarn.

Gespannt verfolgte sie, wie Muriel zu Berties Tür marschierte und klingelte. Als der Hausherr kurze Zeit später öffnete, war er nur mit ausgebeulten Boxershorts und einer Tauchermaske bekleidet. Muriel stieß einen empörten Schrei aus. Bertie nahm hastig seine Maske ab. „Oh, Verzeihung!", sagte er. „Bitte entschuldigen Sie meine spärliche Bekleidung - ich war gerade dabei, mein Aquarium zu schrubben. Meine Güte! Sie haben Einstein!", rief er aus, als er seinen Hund sah.

Muriel drückte ihm das Tier in die Arme. „Ihr Mischling, Dr. Noble, hat sich unbefugt Zutritt zu Duxton House verschafft."

„Wirklich?" Bertie kratzte sich am Kopf und warf einen Blick zurück in sein Haus. „Aber ... ich hätte schwören können, dass er im Wohnzimmer schläft."

„Er stellt eine Bedrohung dar!", schnauzte Muriel. Sie hob warnend den Finger. „Und wenn Sie ihn nicht unter Kontrolle bekommen, bin ich gezwungen, drastische Maßnahmen zu ergreifen. Ich werde nicht zulassen, dass ein verflohter Köter wie er meiner Flopsy -"

„Oh nein, Einstein hat keine Flöhe", widersprach Bertie strahlend. „Ich gebe ihm jeden Monat eine Dosis von meinem Spezialmittel. Wollen Sie es mal ausprobieren?"

„Ich?" Muriel betrachtete ihn abschätzig. „Wollen Sie damit andeuten, dass ich Flöhe haben könnte?"

„Oh nein, keine Flöhe, aber Sie haben ganz sicher Milben."

„Wie können Sie es wagen?", schnaubte Muriel.

„Das hat nichts mit persönlicher Hygiene zu tun", besänftige Bertie sie. „Ich meine Demodex-Milben. Wir alle haben sie in unseren Wimpern. Sie ernähren sich von abgestorbenen Hautpartikeln - in Ihrem Fall sind es natürlich wesentlich mehr, weil Sie schon so alt sind."

Poppy stöhnte innerlich, als Muriel rot anlief und wütend zu stottern begann. Normalerweise schätzte sie Berties kindliche Offenheit und seine Art, Dinge auszusprechen, die die meisten Leute nicht einmal zu denken wagten, aber es gab Zeiten, in denen sie wünschte, ihr Nachbar würde mit ein wenig Takt und Diplomatie vorgehen.

Sie beeilte sich einzugreifen, als Bertie sich

vorbeugte, Muriels stark geschminktes Gesicht musterte und sagte: „Sie haben wahrscheinlich eine ausgedehntere Milbenpopulation als andere Menschen in Ihrem Alter, weil Sie so viel Mascara benutzen. Milben lieben Wimperntusche, darin vermehren sie sich besonders gut."

„Äh, sollten Sie nicht lieber nach Ihrem Aquarium sehen, Bertie?", unterbrach Poppy ihn hastig und schob sich zwischen ihn und Muriel Farnsworth.

Die alte Dame sah aus, als könnte sie jeden Moment explodieren, sodass Poppy erleichtert war, als Bertie ohne weitere Ausführungen zu Milben oder dergleichen mit Einstein ins Haus zurückkehrte.

„Unfassbar! Ich bin in meinem ganzen Leben noch nie so beleidigt worden!" Muriel kochte vor Wut und ihr Atem ging stoßweise. Wieder erhob sie warnend den Finger. „Von diesem Mann und seinem Hund lasse ich mir nichts gefallen. Wenn ich diesen Köter noch ein einziges Mal in Duxton House antreffe, befehle ich meinen Gärtnern, ihn zu erschießen!"

Kapitel 21

Auch am nächsten Morgen war Poppy wieder früh auf den Beinen. Sie wollte im Garten die Blumen für ihre erste Bestellung pflücken - den Strauß für die Dame, deren Mutter im Pflegeheim lebte -, aber zuerst sah sie nach, wie sich die neuen Pflanzen im Gewächshaus entwickelten. Als sie die Schalen mit den Setzlingen auf dem Pflanztisch betrachtete, kam es ihr seltsam vor, dass diese Winzlinge die Grundlage für ihre künftigen Einkünfte bilden sollten. Obwohl diese Pflänzchen größer waren als die, die sie selbst aus Samen gezogen hatte, sahen sie immer noch so klein und unscheinbar aus. Sie konnte sich kaum vorstellen, dass sie eines Tages groß sein würden und die Leute sie kaufen wollten.

Und doch fühlte sie sich beim Anblick dieser Schalen plötzlich viel erwachsener und professioneller. Ihre selbst ausgesäten Samen hatten sich nicht „echt" angefühlt -, aber nachdem sie in all die kleinen Setzlinge investiert hatte, wurde es ihr wirklich klar: Sie würde eine Gärtnerei eröffnen!

Poppy prüfte jedes Pflänzchen einzeln. Bald würde sie sie in kleine Töpfe umsetzen, damit sie weiterwachsen konnten, aber es bestand keine Eile. Die Fachleute im Großhandel hatten ihr gesagt, sie könne sich damit ein paar Tage Zeit lassen, solange sie die Pflanzen feucht hielt und an einem kühlen, hellen und luftigen Ort aufbewahrte.

Mit einem Finger tastete sie die Erde ab, in der sie wuchsen. Sie hatte sie gestern gleich nach der Anlieferung gegossen, doch nun erschienen sie ihr ein wenig zu trocken, also wässerte sie sie noch einmal und achtete dabei darauf, dass die Blätter nicht nass wurden und das Wasser gut ablaufen konnte. Dann verteilte sie die Schalen so auf dem Pflanztisch, dass die Luft zwischen ihnen zirkulieren konnte, und ging nach draußen, um ihre erste offizielle Bestellung zu bearbeiten.

Einige Minuten lang streifte Poppy mit einem Eimer mit kaltem Wasser und einer Gartenschere durch die Beete und wählte die Blumen aus, die ihr ins Auge fielen. Sie entschied sich für zarte weiße Kosmeen, samtige Löwenmäulchen in Pfirsichrosa und Zitronengelb, pinkfarbene Bartnelken und ein paar Penstemon-Stängel mit lavendelfarbenen glockenförmigen Blüten, die einen schönen Kontrast zu den anderen Farben bildeten. Sie stellte die

Blumen in ihren Eimer und fügte noch etwas Bindegrün und Blattwerk hinzu.

Schließlich war der Eimer gut gefüllt und Poppy machte sich im Gewächshausanbau auf der Rückseite des Cottage ans Arrangieren. Sie wusste, dass man bei einem traditionellen Blumenstrauß die Blumenstiele spiralförmig anordnete, um dem Gebinde eine symmetrische Form zu geben. Zum Schluss wurde alles in dekoratives Seidenpapier oder Zellophan gewickelt. Einen professionell gebundenen Strauß würde sie jedoch kaum hinbekommen. Allerdings sollten sich ihre Sträuße durch ihr natürliches, ungezwungenes Aussehen von den kunstvollen, steifen Arrangements aus dem Blumenladen unterscheiden und so wirken, als seien sie frisch im eigenen Garten geschnitten worden. Außerdem dachte sie, dass ihre Kundin froh wäre, wenn sie die Blumen in einem schlichten Gefäß bekam, das sie gleich im Zimmer ihrer Mutter aufstellen konnte, ohne erst eine Vase suchen zu müssen.

Also beschloss Poppy, ihrem Instinkt zu folgen und stellte die Blumen locker in ein Marmeladenglas, dessen Rand sie mit einer Bastschnur schmückte, um ihm einen rustikalen Charakter zu geben. Zuletzt schnitt sie ein Quadrat aus braunem Papier aus und schrieb auf einer Seite „Hollyhock Cottage Flowers", mit einem feinen Muster aus Blumen und Blättern ringsum. Auf der anderen Seite notierte sie die Adresse und Telefonnummer des Cottage. Dann stanzte sie ein Loch in eine Ecke und befestigte das Etikett an der Schnur um den Glasrand. Als sie fertig war, lehnte sie sich zufrieden zurück und bewunderte ihre Arbeit.

„Das sieht toll aus, Poppy", rief Nell, die gerade ins Gewächshaus kam. „Sehr professionell und doch auch irgendwie einfach und selbstgemacht."

„Meinst du wirklich?", fragte Poppy erfreut. „Hoffentlich hast du recht. Aber ich sollte mich auf den Weg machen und den Strauß meiner ersten Kundin bringen, solange die Blumen frisch sind." Sie nahm das Marmeladenglas in die Hand und lachte. „Meine erste Kundin – das klingt geradezu offiziell!"

„Ich muss zur Arbeit, heute sind ein paar Häuser in Oxford dran. Das wird den ganzen Tag dauern, aber vielleicht sehen wir uns ja vor deinem Dinner heute Abend?"

Poppy nickte. „Ich muss heute Morgen nur diesen Strauß ausliefern und dann noch eine weitere Blumenbestellung für eine Geburtstagsfeier fertigmachen, ansonsten bin ich hier."

„Arbeitest du heute nicht am Duftgarten von Duxton House?"

„Ich weiß nicht, ob die Polizei den Steingarten schon freigegeben hat. Gestern ist er abgesperrt worden und heute sollten, glaube ich, Betsys Zimmer und der Rest des Hauses und des Anwesens durchsucht werden. Aber das macht nichts, weil ich mit Muriel vereinbart habe, dass sie Flopsy um die Mittagszeit vorbeibringt, damit sie hier einige

Duftpflanzen und Kräuter beschnuppern kann. Das betrachte ich auch als Arbeit am Duftgarten."

Zwanzig Minuten später klingelte Poppy am Haus der Dame, die den Blumenstrauß bestellt hatte. Sie war ziemlich nervös, doch ihre Zweifel, ob der Strauß Gefallen finden würde, waren wie weggefegt, als ihre Kundin die Bestellung begeistert in Empfang nahm.

„Oh, der ist wirklich wunderschön!", rief sie. „Und das mit dem Marmeladenglas ist eine gute Idee. So lässt sich der Strauß viel besser transportieren und ich kann ihn meiner Mutter gleich auf den Tisch stellen. Herzlichen Dank!"

„Gern geschehen", sagte Poppy lächelnd. „Ich bin so froh, dass er Ihnen gefällt."

„Wissen Sie, Sie sollten wirklich etwas mehr verlangen, wenn Sie Ihre Blumen mit dem passenden Gefäß ausliefern", überlegte die Dame. „Sonst sind die Materialkosten allzu hoch und es bleibt kaum etwas für Sie übrig."

„Hm, ich dachte, ich nehme einfach Marmeladengläser oder etwas Ähnliches", erklärte Poppy. „Vielleicht könnte ich im Dorf die Gläser einsammeln, die die Leute sonst wegwerfen würden."

„Ja, aber das kostet Sie Zeit und Energie, die Sie Ihren Kunden in Rechnung stellen sollten." Die Frau tätschelte ihr wohlwollend die Hand. „Glauben Sie mir, meine Liebe - die Menschen schätzen nichts, wofür sie nicht bezahlen müssen. Sie bieten ein wunderbares Produkt an, also scheuen Sie sich nicht, dafür einen angemessenen Preis zu verlangen.“

Als sie sich kurze Zeit später mit der Bezahlung für den ersten Auftrag in der Tasche verabschiedete, überlegte Poppy zerknirscht, dass sie noch sehr viel über die Leitung eines Unternehmens lernen musste. Über das Verhältnis von Einsatz und Gewinn hatte sie noch gar nicht nachgedacht, aber die Kundin hatte recht. Wenn sie mit den Sträußen Geld verdienen wollte, konnte sie es sich nicht leisten, diese Dinge weiterhin zu ignorieren.

Auf dem Rückweg durch die High Street fiel ihr das Schaufenster eines Geschäfts auf der anderen Straßenseite auf. Poppy ging hinüber, um es sich genauer anzusehen. In der Auslage stand eine Sammlung alter Gläser und Flaschen in schönen Grün- und Brauntönen. *Was die wohl kosten? Die wären ideal für meine Blumenarrangements!*, überlegte sie.

Ihr Blick wanderte nach oben auf das Ladenschild – und Poppy riss die Augen auf. Es war das Geschäft von Norman Smalle. Sie blinzelte durch das große Schaufenster ins Innere des Ladens und tatsächlich konnte sie zwischen den Regalen mit altem Schnickschnack und Antiquitäten einen Mann mittleren Alters mit schütterem Haar sehen, der an einem Schreibtisch im hinteren Teil des Raumes saß und einen Gegenstand polierte. Im Moment schien er keinerlei Kundschaft zu haben. Poppy zögerte kurz, weil sie sich an die Bemerkungen der Frauen im Postladen erinnerte und sich fragte, ob sie es wagen sollte, allein hineinzugehen. *Sei nicht albern!*, schalt sie sich im Stillen. Erstens war es helllichter Tag und zweitens konnte sie sich schlicht nicht vorstellen, dass Norman Ursula umgebracht hatte, egal, was die Klatschtanten im Dorf sagten.

Sie schob die Tür auf und trat ein. Norman blickte von seiner Arbeit auf, als die Glocke ertönte. Poppy musterte ihn neugierig, während sie auf ihn zuging, und stellte fest, dass er tatsächlich sehr mitgenommen aussah, wie die Besitzerin des Ladens mit der Poststelle gesagt hatte. Er wirkte abgemagert, das Haar war grauer und er ließ traurig die Schultern hängen, sodass Poppy Mitleid mit ihm hatte. Dann fiel ihr ein, dass er vielleicht so angespannt war, weil er sich Sorgen wegen der Ermittlungen der Polizei machte. Schuldgefühle konnten einen genauso um den Schlaf bringen wie Trauer.

„Guten Tag, wie kann ich Ihnen helfen?", fragte Norman höflich.

Poppy begrüßte ihn mit einem knappen. „Ich wollte Sie nach den alten Gläsern und Flaschen im Schaufenster fragen. Sind sie -" Sie verstummte plötzlich, als ihr Blick auf den Gegenstand fiel, den er gerade polierte.

Es war ein Gartenmesser mit einer langen, gebogenen Klinge und einem Griff aus dunklem Holz. Es sah aus wie das Messer, das Norman für die Tombola gespendet und das sie im Steingarten vergraben gefunden hatte – wie das Messer, mit dem Ursula vermutlich getötet worden war.

Kapitel 22

Norman folgte ihrem Blick und errötete, weil er ahnte, in welche Richtung ihre Gedanken gingen. Er versenkte hastig die Klinge im Griff, dann ließ er das Messer auf den Schreibtisch fallen, als hätte er sich die Finger verbrannt.

„Ich … tut mir leid …" Poppy schluckte. „Das sieht genauso aus wie das Gartenmesser, mit dem Ursula …"

„Ja … nun …" Norman räusperte sich. „Sie gehörten beide zu einer Sammlung von Gartengeräten, die ich auf einer Auktion erworben hatte."

Eine peinliche Stille breitete sich zwischen ihnen aus. Schließlich sagte Poppy: „Das mit Ursula tut mir leid. Ich habe gehört, dass sie eine gute Freundin von

Ihnen war."

Norman warf ihr einen gequälten Blick zu. Er öffnete den Mund, als wollte er etwas sagen, schloss ihn wieder und brach dann plötzlich hervor: „Ursula war mehr als nur eine Freundin!"

Poppy schwieg, weil ihr nichts einfiel, was sie darauf hätte antworten können.

Norman sah sie mürrisch an. „Erzählen Sie mir nicht, dass Sie das nicht wussten. Über Ursula und mich zu tratschen gehört von jeher zu den bevorzugten Freizeitbeschäftigungen der Dörfler. Außerdem sind sie überzeugt, dass ich sie ermordet habe, oder etwa nicht? Ich sehe doch, wie sie mich jetzt von der Seite beäugen, wenn ich im Dorf unterwegs bin. Sie halten mich für verrückt oder für einen Psychopathen ..." Er verzog das Gesicht, als würde er im nächsten Moment anfangen zu weinen. „Wie können sie nur denken, dass ich sie umbringen würde? Ursula war meine Sonne, mein Mond, meine Sterne! Wir wollten für den Rest unserer Tage zusammen sein."

„Ich wusste gar nicht, dass Sie ein Paar waren!" Poppy war überrascht.

„Wir waren nicht im herkömmlichen Sinne zusammen", sagte Norman. Auf seinem Schreibtisch lag eine Packung Chips, Geschmacksrichtung Zwiebel mit Sauerrahm, an der er gedankenverloren herumspielte. „Unsere Beziehung war viel reiner als die üblichen schmuddeligen Romanzen", erklärte er, ohne Poppy anzusehen. „Ich habe meine Liebe und

Hingabe mit Gedichten und Geschenken ausgedrückt ..."

„Und Ursula?"

Norman wand sich vor Verlegenheit. „Ursula war eine Dame. Eine Dame zeigt ihre Gefühle nie in der Öffentlichkeit." Plötzlich sah er ihr direkt ins Gesicht. In seinen Augen lag ein seltsamer Glanz. „Aber auch wenn sie es sich nicht anmerken ließ – ich wusste, dass sie mich wirklich liebte. Ich wusste es!"

Poppy musterte ihn verstohlen. Sie hatte den Eindruck, dass er sich das alles zusammenfantasierte.

„Ich kann noch gar nicht fassen, dass sie nicht mehr da ist. Oft ertappe ich mich dabei, dass ich hoffe, aus diesem bösen Traum zu erwachen und Ursula wieder an meinem Laden vorbeilaufen zu sehen", fuhr er mit Wehmut in der Stimme fort. „Sie hat immer so getan, als habe sie es sehr eilig, und ist im Sturmschritt die Straße entlanggehastet." Er lächelte selbstgefällig. „Aber ich wusste, dass sie absichtlich den Weg durch diesen Teil der High Street gewählt hat, nur um einen Blick auf mich zu erhaschen." Er tätschelte seinen fast kahlen Kopf und drapierte die Haarsträhne über der Glatze neu. „Sie war natürlich zu schüchtern, um es offen zu sagen, aber ich glaube, sie fand mich ziemlich attraktiv."

Der Mann hat Wahnvorstellungen, dachte Poppy und betrachtete ihn mit einer Mischung aus Mitleid und Belustigung. Sie konnte sich lebhaft vorstellen, wie aufdringlich und nervtötend er auf Ursula gewirkt haben musste, aber wie so viele Frauen war sie zu gutherzig gewesen, um ihm ins Gesicht zu sagen, dass sie nichts für ihn empfand.

Poppy hielt es für ratsam, das Thema zu wechseln. „Hat die Polizei Sie befragt?"

„Ein Sergeant hat noch auf dem Fest meine Aussage zu Protokoll genommen, aber das war's. Seitdem hat niemand mehr mit mir gesprochen."

Was denkt sich dieser Sergeant Lee eigentlich dabei?, fragte sich Poppy verärgert. *Er hätte zumindest den Gerüchten über Ursula und Norman nachgehen und den Antiquitätenhändler selbst befragen müssen.*

„Wann haben Sie Ursula auf dem Fest das letzte Mal gesehen?", wollte sie wissen.

„Nachdem die Sanitäter wieder weg waren. Sie hat mich ins Herrenhaus gebracht und mich zu einem kleinen Salon im hinteren Teil des Hauses geführt. Dort stand eine Chaiselongue, auf der ich mich ausruhen konnte. Natürlich hat sie insgeheim gehofft, ich würde sie bitten, sich zu mir zu setzen - aber das gehört sich nicht für einen Gentleman", fügte er sittsam hinzu.

„Äh ... ja." Poppy unterdrückte den Drang, die Augen zu verdrehen. „Und dann ist sie allein zum Fest zurückgekehrt?"

„Ja, ich lag eine Weile da und versuchte, die Augen zu schließen und ein wenig zu schlafen, aber ich kam einfach nicht zur Ruhe. Draußen war großes

Geschrei und ich hatte das Gefühl, etwas zu verpassen."

„Das muss das Terrier-Rennen gewesen sein", erklärte Poppy. „Die Zuschauer waren wirklich laut."

„Ja, stimmt! Ich konnte sogar die Ansagen übers Megafon hören. Jedenfalls bin ich schließlich aufgestanden, um zum Fest zu gehen. Und in dem Moment - gerade als ich das Haus verlassen wollte - hörte ich eine Frau schreien. Ich lief los, und dann sah ich die Menschenmenge um das Festzelt." Er ballte die Faust. „Wenn ich doch nur dort gewesen wäre! Ich hätte Ursula beschützen, ihrem Angreifer das Messer abringen und sie retten können!"

Träum weiter, dachte Poppy mit einem verstohlenen Blick auf die schmächtige Gestalt vor sich. *Wahrscheinlich hätte Sonia in dem Fall eher zwei Leichen im Festzelt vorgefunden.*

„Vermutlich haben Sie niemanden gesehen, der als Täter infrage käme?", fragte sie ohne große Hoffnung. „Vom Herrenhaus aus hatten Sie das Festzelt von Weitem im Blick. Ist Ihnen vielleicht jemand aufgefallen, der weggelaufen ist?"

Er schob sich ein Chip in den Mund und kaute nachdenklich. „Nein, als ich aufgestanden bin, habe ich niemanden gesehen. Sogar das Haus schien menschenleer zu sein - das ganze Personal war auf dem Fest beschäftigt, glaube ich. Nein, warten Sie ... ich habe zu einem früheren Zeitpunkt jemanden reinkommen hören, als ich mich hingelegt habe. Ich glaube, es war dieser Hundesitter, Kirby. Ich hörte ihn fluchen. Er hat eine schreckliche Ausdrucksweise." Norman schüttelte sich angewidert.

Poppy dachte unwillkürlich an die saftigen Flüche, die sie gehört hatte, als sie Kirby mit Flopsy überrascht hatte.

„Ja, Kirby ging ins Haus, um ein spezielles Mineralwasser für Flopsy zu holen", erklärte sie. „Er blieb sehr lange weg; ich erinnere mich, dass Muriel sich darüber beschwert hat. Kirby sagte, er habe in den Keller gehen müssen, weil in der Küche kein Perrier mehr war."

Norman runzelte die Stirn. „In den Keller? Nein, ich glaube nicht, dass er da war."

„Was meinen Sie damit?"

„Ich bin mir sicher, dass ich seine Schritte auf der anderen Seite gehört habe, in dem Flügel, in dem früher die Dienstboten untergebracht waren."

Poppy stockte der Atem. „Also dort, wo die Zimmer der Dienstmädchen sind?"

„Heute wohnt nur noch eines der Dienstmädchen im Herrenhaus. Das andere wohnt im Dorf ..."

„Ja, aber Betsy - sie ist das Dienstmädchen, das hier wohnt, nicht wahr? Sie hat ein Zimmer im Herrenhaus?"

Norman nickte. „Ich verstehe allerdings nicht, warum Kirby in ihr Zimmer gegangen sein sollte, es sei denn ..." Seine Miene erhellte sich plötzlich. „Meinen Sie, er könnte in Betsy verliebt sein? Vielleicht leidet er ebenfalls unter einer heimlichen, aussichtslosen Leidenschaft - ich meine, anders als ich -" Er hüstelte affektiert. „Ich habe viel Mitgefühl mit allen, die auf der Suche nach ihren Seelenverwandten sind."

Poppy hörte ihm kaum zu. *Nein, Kirby hegt keine heimliche Leidenschaft für Betsy*, dachte sie grimmig. *Ich kann mir allerdings einen anderen Grund vorstellen, warum er in ihr Zimmer gegangen sein könnte: um die Mordwaffe zu verstecken!*

„Hören Sie, Norman - hat Ursula jemals mit Ihnen über Kirby gesprochen? Mochte sie ihn?"

„Dieser Mann ist eine Schlange", antwortete Norman wütend. „Muriel hätte ihn niemals einstellen dürfen. Eigentlich hätte er die Stelle gar nicht bekommen, wenn Ursula nicht Mitleid mit ihm gehabt und bei Muriel ein gutes Wort für ihn eingelegt hätte. Kirby hat früher in London in einem Hundesalon gearbeitet, aber er wurde gefeuert."

„Warum wurde er gefeuert?", hakte Poppy schnell nach. „Ist er zu grob mit den vierbeinigen Kunden umgegangen?"

Norman zuckte mit den Schultern und aß noch einen Chip. „Ich weiß es nicht", antwortete er mit vollem Mund. „Ich glaube nicht. Er hat Ursula erzählt, der Besitzer des Salons habe etwas gegen ihn."

„Und sie hat ihm geglaubt?" Allmählich gelangte sie zu der Überzeugung, dass Ursulas Neigung, immer das Gute in anderen zu sehen und Mitleid mit allen zu haben, weniger eine Tugend als vielmehr eine Schwäche war.

Norman zuckte wieder mit den Schultern. „Flopsys letzter Hundesitter hatte gerade gekündigt, und Ursula wusste, dass Muriel einen Ersatz suchte, also hat sie Kirby für die Stelle empfohlen." Er sah Poppy entrüstet an. „Aber wissen Sie was? Kaum hatte er sich in Duxton House niedergelassen, fing dieser arrogante Kerl an, die Situation auszunutzen. Er hätte Ursula dankbar sein sollen, dass sie ihm zu einer so guten Stelle verholfen hat, aber er hat ihr immer wieder freche Antworten gegeben und hinter ihrem Rücken beim Personal über sie getratscht. Und vor Muriel hat er gekuscht und geschleimt, aber alle anderen haben eine ganz andere Seite von ihm kennengelernt. Er hat sich mir gegenüber sehr unhöflich benommen, wenn ich im Herrenhaus war."

Poppy dachte an die Szene, die sie durch das Wohnzimmerfenster belauscht hatte, und an ihre Abneigung gegen die sanfte, einschmeichelnde Art des Hundesitters.

„Haben Sie es Ursula gesagt?", fragte sie.

„Dass Kirby unhöflich zu mir war?"

Poppy bemühte sich, geduldig zu bleiben. „Nein, dass er versucht hat, ihre Stellung im Haus zu untergraben und sie vielleicht sogar hinter ihrem Rücken schlechtzumachen."

„Ich wollte meine kostbare Zeit mit Ursula nicht drauf verschwenden, über diesen Kirby zu reden. Wir hatten andere, wichtigere Dinge zu besprechen", erwiderte Norman mürrisch. „Außerdem bezweifle ich, dass sie mir zugehört hätte. Ursula war immer der Meinung, dass viele Leute niemanden hatten, der sie richtig verstand und -" Er brach plötzlich ab und starrte sie an. „Glauben Sie, dass Kirby sie getötet haben könnte?", fragte er leise.

„Was meinen Sie?"

„Es würde mich nicht wundern! Ich habe Ihnen ja gesagt, der Mann ist eine Schlange - er ist ein gieriger, hinterhältiger Lügner, der nur auf seinen Vorteil bedacht ist."

„Aber warum sollte er Ursula umbringen? Profitiert er von ihrem Tod?"

„Nun, wahrscheinlich nicht", räumte Norman widerwillig ein. „Es ist ja nicht so, dass er eine Gehaltserhöhung bekommt, weil Ursula tot ist."

Nein, aber vielleicht hatte er einen dickeren Fisch an der Angel, dachte Poppy. Vielleicht ging es ihm mit seiner einschmeichelnden Art und den vielsagenden Andeutungen Muriel gegenüber nicht um seinen Job, sondern um seine Zukunft. Ursulas Autorität zu untergraben war ein erster Schritt, sie zu verdrängen und ihre Stellung einzunehmen - vor allem in der Gunst einer wohlhabenden alten Dame, die ein großes Vermögen zu vererben hatte.

Kapitel 23

Nach dem Gespräch mit Norman hatte es Poppy eilig, in ihren Garten zu kommen, um den Strauß für das Geburtstagskind zusammenzustellen. Da sich Moira rosafarbene Blumen für ihre Tochter gewünscht hatte, streifte Poppy mit Eimer und Gartenschere erneut durch den Garten und pflückte von Lachsfarben über Zartrosa bis Purpur alles an Rosatönen, was sie finden konnte. Sie freute sich, dass einige Dahlien mit ihren schönen, fast tellergroßen Kugelblüten in Blüte standen, und auch die letzten Wicken mit ihren hübschen zarten Blüten passten gut in den Strauß. Goldlack fügte ein dunkles Lila und Phlox ein leuchtendes Kaugummirosa zu dem Farbenreigen hinzu. Dazwischen setzte sie ein paar zierliche

Gänseblümchen mit hübschen rosa-weißen Blüten und gelber Mitte.

Als sie zu den Rosensträuchern kam, zögerte Poppy. Einige blühten gerade wieder und ihre schalenförmigen gefüllten Blüten sahen wunderschön aus, aber für ein Kinderfest waren sie wohl doch zu stachelig. Auch die hoch aufragenden Fingerhüte mied sie trotz ihrer schönen magentafarbenen Blüten, ebenso die Rittersporne, weil beide Pflanzen giftige Alkaloide enthielten. Die hatten bei einem anderen Mordfall in Bunnington eine unrühmliche Rolle gespielt.

Schließlich trat sie einen Schritt zurück und betrachtete die Blumen, die sie in den Eimer gestellt hatte. Da der Strauß als Tischdekoration gedacht war, wäre ein üppiges Arrangement genau das Richtige. Sie hatte eine Menge verschiedener Blumen, aber irgendwie schien etwas zu fehlen. Nach einigem Grübeln fiel ihr auf, dass abgesehen von den Dahlien nur kleine, zarte Blüten dabei waren. Sie brauchte also etwas Großes und Dramatisches, einen Blickfang, der die ganze Sache abrunden würde. An der Steinmauer wuchsen im Schatten der Bäume mehrere Hortensiensträucher. Ihre riesigen Blütenstände sahen aus wie die Pompons der Cheerleader und verliehen dieser Ecke des Gartens mit ihren romantischen Kugeln in zartem Rosa und Lila einen besonderen Reiz.

Aber natürlich! Sie könnte ein paar Hortensienblüten hinzufügen! Eifrig ging Poppy hinüber, um ein paar Stängel abzuschneiden. Sie fand einige frische Blüten mit kräftigen Farben und andere, bei denen das Rosa bereits in einen zarten Bronzeton überging. Sie waren die perfekte Ergänzung für ihr Gebinde, und nachdem sie im Gewächshaus alles in einem alten metallenen Milchkrug arrangiert hatte, war sie sehr zufrieden mit dem Ergebnis.

Die Auslieferung dauerte diesmal länger, weil der mit Wasser und Blumen gefüllte Krug recht schwer war, und so kam Poppy mit leichter Verspätung an dem großen Tudorhaus an. Ihre Kundin fegte jedoch alle Entschuldigungen vom Tisch.

„Oh, keine Sorge - die Gäste sind gerade erst eingetroffen. Die Party hat also noch gar nicht offiziell begonnen. Meine Güte, das sieht ja fabelhaft aus!", rief Moira begeistert, als sie den Krug entgegennahm. „Und alles in Rosa! Sieh mal, Emma, die nette Dame hat die Blumen extra für dich ausgesucht, denn Rosa ist doch deine Lieblingsfarbe, nicht wahr?"

Das kleine Mädchen drängte sich ängstlich an seine Mutter und beäugte Poppy schüchtern, den Daumen um Mund. Hinter ihr im Flur, der in einen großen Wohnbereich mündete, tummelten sich bereits kreischende Babys und Kleinkinder.

Mit einem Blick auf Poppys entsetzte Miene brach Moira in schallendes Gelächter aus. „Ich weiß, es ist verrückt. Eine Geburtstagsparty für Dreijährige – und die kleinen Geschwister haben wir auch eingeladen. Was habe ich mir nur dabei gedacht!"

Poppy verabschiedete sich bald darauf, nachdem sie einige der anderen Mütter kennengelernt hatte, die beim Anblick des Blumenstraußes allesamt in Begeisterungsschreie ausbrachen und sich Poppys Namen und Telefonnummer notierten. Als sie langsam zum Hollyhock Cottage zurückging, war sie stolz und glücklich. Zum ersten Mal, seit sie ihr altes Leben in London hinter sich gelassen hatte und aufs Land gezogen war, hatte sie das Gefühl, auf dem richtigen Weg zu sein. Sie hatte eine Aufgabe gefunden, die sie liebte, für die sie ein Händchen hatte und die ihr ein zusätzliches Einkommen bescherte!

Es war schon fast Mittag, als sie Hollyhock Cottage erreichte. Im Garten ertönte ein schrilles Kläffen und Poppy überlegte erschrocken, ob Muriel vielleicht schon da war. Es wäre ein furchtbar schlechter Stil, die alte Dame warten zu lassen. Dann stellte sie jedoch zu ihrer Überraschung fest, dass Flopsy nicht in Begleitung ihres Frauchens, sondern mit Kirby gekommen war. Der Hundesitter rauchte und starrte auf sein Handy, ohne sich um den Zwergpudel zu kümmern, der heftig an der Leine zerrte.

Poppy beäugte den Mann skeptisch. Die Unterhaltung mit Norman war ihr noch frisch im Gedächtnis. War Kirby Ursulas Mörder? Er war ihr von Anfang an unsympathisch gewesen, mit seiner unaufrichtigen, doppelzüngigen Art. Seit sie gesehen hatte, wie ruppig er mit Flopsy umging, mochte sie ihn noch weniger. Aber hatte er wirklich ein Motiv für den Mord an Ursula? Der Gedanke, dass er einfach die Gelegenheit beim Schopf ergriffen hatte, in der Hoffnung, in ferner Zukunft in Muriels Testament bedacht zu werden, erschien ihr weit hergeholt, ja geradezu lächerlich.

Allerdings ließ sich nicht von der Hand weisen, was Norman gesagt hatte: Er hatte Kirby im Trakt mit den Dienstbotenzimmern gehört. Was hatte er dort gemacht – wenn er nicht die Mordwaffe unter Betsys Matratze geschoben hatte?

Poppy schüttelte den Kopf, wie um die Gedanken zu vertreiben, und versuchte, sich auf Flopsy und ihren Ausflug in den Cottage-Garten zu konzentrieren.

„Da sind Sie ja endlich", begrüßte Kirby sie ungnädig. „Ich warte schon ewig."

Nach kurzem Zögern setzte Poppy ein höfliches Lächeln auf und ging zu ihm. Ob er etwas mit dem Mord zu tun hatte oder nicht, wusste sie nicht. Jetzt war er jedenfalls in Vertretung einer Kundin hier und sie musste ihn behandeln wie jeden anderen Kunden.

„Wo ist Muriel - ich meine, Mrs Farnsworth?", fragte sie.

„Sie musste unerwartet nach London fahren. Sie kommt erst morgen Abend zurück und hat mich gebeten, Flopsy zu Ihnen zu bringen." Mit einer lässigen Bewegung drückte Kirby seine Zigarette im nächstbesten Blumentopf aus.

„Das ist kein Aschenbecher", wies Poppy ihn gereizt zurecht.

„Na und? Ist doch alles organisch, oder? Die Kippe löst sich früher oder später auf", gab Kirby schnippisch zurück.

Poppy hatte Mühe, ihren Ärger im Zaum zu behalten. Sie holte tief Luft und sagte so kühl wie möglich: „Gehen Sie doch mit Flopsy durch den Garten, damit sie an den Pflanzen schnuppern kann."

Gelangweilt ging Kirby los und zog dabei den widerstrebenden Zwergpudel hinter sich her. Es war offensichtlich, dass Flopsy ihn nicht mochte und nicht mitgehen wollte. Poppy hatte Mitleid mit dem Hund. Missbilligend sah sie zu, wie Kirby einen halbherzigen Versuch unternahm, die Blumenbeete zu umrunden, wobei er den Hund, um den es hier ja gehen sollte, kaum beachtete.

„Hören Sie, Sie sind zu schnell", rief sie. „So hat sie keine Chance, irgendetwas zu erschnüffeln! Sie sollen *ihr* folgen, nicht umgekehrt. Ich will sehen, welche Pflanzen sie von sich aus ansteuert."

Kirby befolgte ihre Anweisungen tief seufzend und mit überdeutlich zur Schau gestelltem Widerwillen, doch Flopsy schien sich allmählich zu entspannen und begann, ihre Aufmerksamkeit den Pflanzen auf den Beeten zuzuwenden. Sie ging zunächst zu einer Gruppe von Schafgarbenstängeln und schnupperte interessiert daran, dann wandte sie sich kurz einer mit Kamille bewachsenen Fläche zu, bevor sie zu einem niedrigen Strauch lief. Sie rieb begeistert die Nase an den haarigen, graugrünen Blättern und wollte gar nicht mehr weg.

Poppy überlegte angestrengt, um welche Pflanze es sich handelte. Sie hatte ein wenig Ähnlichkeit mit Minze, allerdings war sich Poppy sicher, dass es keine Minze war. Sie hatte ein paar Blütenähren in einem schmuddeligen Blassrosa und gehörte definitiv zu den weniger attraktiven Exemplaren. Egal, was es war - Flopsy war offenkundig hingerissen. Poppy eilte ins Haus und schnappte sich eines der Pflanzenbücher ihrer Großmutter - ein handliches Taschenbuch, dessen Gebrauchsspuren darauf hindeuteten, dass auch Mary Lancaster oft darin geblättert hatte. Sie schlug eine Seite nach der anderen um. *Nein, diese war es nicht, die Blätter sahen anders aus. Wie wäre es damit? Ja, schon besser. Die könnte es vielleicht -?*

Poppy blieb wie angewurzelt stehen. Ihr stockte der Atem, als ihr Blick auf ein Foto von blühenden Hortensien fiel. Unter dem Bild befanden sich die üblichen Informationen über die Herkunft der Pflanze, die Anforderungen an den Standort und den Wasserbedarf sowie über andere Dinge, auf die man achten sollte, wie Schädlinge, Krankheiten und Giftigkeit. Es war der letzte Abschnitt, den Poppy mit klopfendem Herzen las:

„Stechapfel oder Tollkirsche sind allgemein als Giftpflanzen bekannt, aber nur wenige wissen, dass die gewöhnliche Hortensie (Hydrangea macrophylla), die in vielen Hausgärten zu finden ist, ebenfalls für Haustiere und Menschen gefährlich werden kann. Alle Teile der Pflanze enthalten cyanogene Glycoside - eine giftige chemische Verbindung, die Übelkeit und Erbrechen, Magenschmerzen, Schweißausbrüche, Durchfall, Lethargie und in schweren Fällen Krämpfe verursacht und zum Koma führen kann."

„OH MEIN GOTT!", rief Poppy entsetzt.

Sie ließ das Buch fallen und rannte an einem verdutzt dreinblickenden Kirby und der aufgeregt kläffenden Flopsy vorbei aus dem Garten ins Dorf, schneller als je zuvor in ihrem Leben. Ihr wurde übel, wenn sie sich die kranken und sterbenden Kinder vorstellte, die sich rings um ihren Blumenstrauß vor Schmerzen wanden, während ihre Mütter vor Verzweiflung die Hände rangen.

Wie konnte ich das nur übersehen? Ich dachte, ich wäre mit allen Blumen, die ich gepflückt hatte, auf der sicheren Seite. Oh Gott, was ist, wenn ein Kind eine der Blumen gegessen hat? Was, wenn sie alle davon probiert haben? Wie soll ich den Müttern gegenübertreten? Wie soll ich damit weiterleben?

Sie kam keuchend bei Moira an und musste sich am Türpfosten abstützen, als sie klingelte. Ihre Brust brannte, und sie hatte das Gefühl, kaum noch Luft zu bekommen, obwohl sie nicht wusste, ob das an dem anstrengenden Lauf oder an der Panik lag, die sie überkam. Moira öffnete die Tür und starrte sie überrascht an.

„Poppy! Was um Himmels willen -"

„Das ... das Blumenarrangement ...", japste Poppy. „Die Hortensien ... kein Kind ... vergiften ..."

„Poppy, nun mal ganz langsam. Ich verstehe nicht, wovon Sie reden", sagte Moira. „Wollen Sie nicht reinkommen und ein Glas Wasser trinken?"

Im Flur ertönte plötzlich ein Schrei, gefolgt vom jämmerlichen Weinen eines Kindes und erschrockenen Rufen.

Poppy schlug das Herz bis zum Hals. Sie stolperte hinter Moira her ins Wohnzimmer - und blieb starr vor Schreck stehen.

Ein kleines Mädchen kauerte zusammengekrümmt auf dem Boden. Sie hatte sich übergeben, der Teppich war mit roten Flecken übersät. Eine Frau beugte sich über sie und versuchte, sie aufzurichten, während sich die anderen Mütter bemühten, die umstehenden Kinder zu beruhigen, die ebenfalls zu weinen begonnen hatten.

„Oh nein!" Poppy eilte zu dem kleinen Mädchen hinüber und packte die Mutter am Arm. „Was ist passiert? Hat sie die Blätter gegessen? Oder die Blüten?"

Die Frau sah sie verständnislos an. „Wie bitte?"

„Die Hortensien!", rief Poppy, außer sich vor Panik. „Welchen Teil hat sie denn gegessen?"

„Hortensien?" Die Frau begriff überhaupt nichts mehr. „Sie hat einfach zu viel Götterspeise gegessen."

„G-Götterspeise?" Poppy ließ ihren Arm los und

starrte sie verblüfft an. „Sie … Sie meinen …“

„Oh je - ist es die Lebensmittelfarbe?“, fragte Moira, die zu ihnen getreten war. „Ich habe extra die mit den wenigsten künstlichen Zutaten genommen, aber -“

„Nein, keine Sorge“, antwortete die Mutter ruhig. „Sarah kann sich bei Götterspeise nicht beherrschen. Sie isst viel zu schnell und viel zu viel und dann wird ihr schlecht. Ich sollte ihr wahrscheinlich nichts davon geben, aber sie liebt Götterspeise und …“

Die Stimmen der Frauen schienen aus weiter Ferne zu kommen. Poppy musste sich unbedingt setzen. Ihre Knie waren weich wie – ja, wie Götterspeise und ihr war ein bisschen übel. Sie ließ sich zitternd auf ein Sofa sinken und holte tief Luft.

Ein kleines Mädchen baute sich vor ihr auf und beäugte sie neugierig an. „Hast du auch zu viel Götterspeise gegessen?“

Poppy wusste nicht, ob sie lachen oder weinen sollte. Bevor sie antworten konnte, tauchte Moira neben ihr auf und musterte sie besorgt.

„Geht es Ihnen nicht gut, Poppy? Sie sehen auch ein bisschen blass um die Nase aus.“

Poppy stand mühsam auf. „Mir … mir geht es gut, ich habe mich nur erschrocken“, antwortete sie mit einem schwachen Lächeln. Sie holte tief Luft und sah sich dann im Zimmer um. „Äh … wo haben Sie den Blumenstrauß hingestellt?“

„Oh, der ist da drüben.“ Moira deutete auf den

großen runden Esstisch auf der anderen Seite des Raumes.

Poppy sah, dass ihre Blumen einen Ehrenplatz in der Tischmitte hatten. Um den Strauß herum waren allerlei Leckereien aufgebaut.

„Ich dachte, ich stelle sie außer Reichweite, damit die Kinder den schönen Strauß nicht zerpflücken", erklärte Moira.

„Oh ... oh, Gott sei Dank!" Poppy stieß einen erleichterten Seufzer aus. „Es tut mir schrecklich leid - ich habe die Blumen so sorgfältig ausgesucht. Erst, als ich wieder zu Hause war, habe ich festgestellt, dass Hortensien giftig sind. Ich hatte Angst, die Kinder könnten davon essen."

Zu ihrer Überraschung brach Moira in Gelächter aus. „Und deswegen sind Sie hierhergerannt? Nun, ich kann Sie beruhigen." Sie zeigte auf die großen Fenstertüren an einer Seite des Wohnzimmers, die auf den Garten hinausgingen. „Wir haben selbst viele Hortensien im Garten! Sehen Sie?"

Tatsächlich zierten mehrere große Hortensienbüsche die Beete. „Aber ... haben Sie denn keine Angst, dass sich Emma vergiftet?"

Moira zuckte mit den Schultern. „Theoretisch könnte sie das, aber als ich klein war, hatten wir ebenfalls Hortensien im Garten, und meine Schwestern und ich haben uns immer ferngehalten, auch von den Narzissen, Schwertlilien und Weihnachtssternen. Wir hatten sogar Fingerhüte, stellen Sie sich das vor!", lachte sie. „Meine Eltern haben uns einfach erklärt, dass Pflanzen giftig sind, und uns eingeschärft, keine Blätter, Blüten oder Beeren zu essen und uns immer die Hände zu waschen, wenn wir im Garten waren. So verfahre ich jetzt auch mit Emma."

Eine andere Mutter, die sich zu ihnen gesellt hatte, fügte hinzu: „Jede Menge Pflanzen sind giftig, wenn man sie isst – wollte man die alle aus dem Garten verbannen, könnte man nur noch Rasen säen."

„Ja, und dann würden sich die Kinder wahrscheinlich im Park vergiften oder wenn sie bei einem Freund zu Besuch sind", wandte eine andere Mutter ein.

Moira nickte. „Man sollte sie auf die Gefahr aufmerksam machen, und das geht am besten im eigenen Garten." Sie lächelte Poppy an. „Aber es ist nett von Ihnen, dass Sie sich solche Sorgen gemacht haben. Tut mir leid, dass Sie sich so erschreckt haben."

„Nein, ist schon gut. Ich bin nur froh, dass es ganz umsonst war." Poppys Herzschlag normalisierte sich langsam wieder.

„Möchten Sie eine Tasse Tee? Oder etwas zu essen?" Moira wies auf den Tisch mit den Leckereien.

„Nein, danke. Ich muss wieder nach Hause. Im Garten von Hollyhock Cottage wartet ein ... Kunde auf mich. Aber vielen Dank für das Angebot", fügte sie erleichtert hinzu.

Auf dem Nachhauseweg war ihr vor lauter

Aufregung immer noch flau zumute und sie beschloss, sich als Erstes einen ordentlichen Tee zu machen, sobald sie zurückkam. *Mit viel Zucker. Und vielleicht einem Schuss Brandy*, dachte sie grinsend.

Als sie am Haus ankam, suchte sie im Garten nach Kirby. Sie mochte den Mann nicht, aber die Höflichkeit gebot es ihr, ihm ebenfalls einen Tee anzubieten, wenn sie sich selbst eine Tasse kochte. Allerdings war er nirgendwo zu sehen. Vielleicht hatte er Flopsy in den hinteren Teil des Grundstücks gebracht?

Sie folgte dem Weg und entdeckte den Hundesitter schließlich. Kirby lag ausgestreckt auf der Steinbank an der Mauer und rauchte eine Zigarette. Er hatte die Augen geschlossen, das Gesicht war der Sonne zugewandt. Wieder einmal verspürte Poppy das inzwischen vertraute Aufflackern von Gereiztheit. Dieser Faulpelz nahm ein Sonnenbad, statt Flopsy durch den Garten zu führen!

Sie wollte ihn gerade zur Rede stellen, als sie merkte, dass Flopsy nicht bei ihm war.

„Kirby - wo ist Flopsy?"

„Hm?" Er öffnete die Augen und blinzelte verschlafen, dann setzte er sich hastig auf. „Oh ... ähm, sie ist da drüben."

Poppy sah in die Richtung, in die er zeigte. „Wo? Ich kann sie nicht sehen." Sie warf ihm einen vorwurfsvollen Blick zu. „Sie sollten doch auf sie aufpassen."

„Oh, keine Sorge, sie kann nicht weglaufen. Ich habe ihre Leine an der Sonnenuhr festgemacht."

Poppy verkniff sich die unfreundliche Bemerkung, die ihr auf der Zunge lag, und ging zur Sonnenuhr hinüber. Doch als sie dort ankam, fuhr ihr der Schreck in die Glieder.

„Sie ist nicht da!", rief sie.

Kirby kam angelaufen. „Wie - sie ist nicht da?", fragte er ärgerlich. „Ich habe Ihnen doch gesagt, dass ich sie -"

Er brach ab und starrte auf die Sonnenuhr. Die Leine war tatsächlich an ihr befestigt, aber sie lag schlaff am Boden. Die gezackten Ränder ließen deutliche Bissspuren erkennen. Kirby stieß einen Fluch aus.

Flopsy war verschwunden.

Kapitel 24

Poppy stand verlegen vor dem Gartentor von Hollyhock Cottage und wartete auf Henry Farnsworth und seinen roten Porsche. Nach einem Tag wie diesem war ein romantisches Abendessen zu zweit das Letzte, worauf sie Lust hatte, aber es wäre zu unhöflich gewesen, in letzter Minute abzusagen. Außerdem musste sie versuchen, an die Anrufliste auf Henrys Handy heranzukommen und herauszufinden, ob er Ursula kurz vor dem Mord angerufen hatte. Es wäre schön, nach den katastrophalen Ereignissen des Tages wenigstens ein paar Fortschritte zu machen.

Sie dachte daran, wie zuversichtlich und zufrieden sie am Morgen von Moira nach Hause gegangen war. Sie hatte das Gefühl gehabt, dass sich endlich alles zum Guten wenden würde – und dann war auf einmal alles ganz anders geworden. Erst dieser furchtbare Schreck mit den Hortensien in ihrem Blumenstrauß – bei dem bloßen Gedanken daran erschauderte sie immer noch – und dann das Entsetzen, als sie feststellen musste, dass Flopsy verschwunden war.

Zusammen mit Kirby hatte sie den ganzen Garten abgesucht, dann die Sackgasse und die umliegenden Gassen, aber von Flopsy fehlte jede Spur. Natürlich wusste Poppy, dass es nicht ihre Schuld war - schließlich war es nicht ihre Aufgabe, auf den kleinen Hund aufzupassen, und sie war nicht einmal in der Nähe gewesen, als Flopsy verschwunden war. Kirby hätte besser auf sie achtgeben sollten. Er war es, der Muriel gegenübertreten musste, wenn die alte Dame morgen aus London zurückkehrte.

Dennoch konnte Poppy ihr schlechtes Gewissen nicht abschütteln, zum einen, weil es auf ihrem Grundstück passiert war, und zum anderen, weil sie zu wissen glaubte, wer Flopsy zur Flucht verholfen hatte. Sie kannte einen kleinen Hund, der schlau genug war, eine Leine durchzukauen. Tatsächlich bestätigte sich ihr schlimmster Verdacht, als sie zu Bertie hinüberging, nachdem sich Kirby verabschiedet hatte, und den alten Erfinder fragte, wo sein Terrier sei.

Bertie blickte zerstreut von einem kunstvollen Arrangement aus Glasröhren auf, die er gerade erhitzte, und sagte: „Einstein? Schläft er nicht im

Wohnzimmer? Er scheint in letzter Zeit nur noch Trübsal zu blasen.“

Aber Einsteins Korb war leer, und Poppy war sich sicher, dass der kleine Terrier irgendwie mitbekommen hatte, dass seine Angebetete in der Nähe war. Er war durch das Loch in der Steinmauer in den Nachbargarten geschlüpft und hatte Flopsy davon überzeugt, ihr luxuriöses Leben gegen ein Leben voller übelriechender Markknochen und ungeahnter Abenteuer einzutauschen.

Bertie hatte sie bei der weiteren Suche in der Umgebung begleitet, aber die beiden Hunde blieben verschwunden. Der alte Erfinder hatte ihr versichert, dass Einstein von selbst nach Hause finden würde (anscheinend war es nicht das erste Mal, dass der kleine Terrier ausgebüxt war), und Poppy hoffte, dass er recht behalten würde.

Nun, mehr kann ich im Moment nicht tun, dachte sie und versuchte, ihre Sorgen zu verdrängen, während sie den Rock ihres Kleides glatt strich. *Ich muss mich auf den bevorstehenden Abend konzentrieren.* Sie sah an sich hinunter und fragte sich, ob sie das richtige Outfit für den Abend gewählt hatte. Sie wollte nicht den Eindruck erwecken, als würde sie sich allzu große Mühe geben, damit sich Henry keine falschen Hoffnungen machte. Gleichzeitig wollte sie nicht unhöflich erscheinen und den Anlass angemessen würdigen. Schließlich hatte sie sich für ein hübsches Baumwollkleid entschieden, mit gerüschten Ärmeln, einem eng anliegenden Oberteil und einem ausgestellten Rock, der ihr bis knapp über die Knie reichte. Sie hatte es vor Jahren bei Marks & Spencer gekauft, aber es hatte sich gut gehalten.

Sie hatte sich ein wenig geschminkt - nur etwas Mascara, um ihre blauen Augen zu betonen, und einen Hauch von rosa Gloss auf den Lippen. Ihr dunkelbraunes, gewelltes Haar ließ sie offen über die Schultern hängen. Nell hatte anerkennend genickt, als sie aus dem Schlafzimmer kam, und gesagt: „Schön, dass du eine Verabredung hast und dich schick machst, Liebes. Es wird Zeit, dass du dich mit einem netten jungen Mann amüsierst."

Wenn Nell wüsste, warum ich Henrys Einladung angenommen habe!, dachte Poppy. Sie hatte beschlossen, dass es einfacher war, ihre alte Freundin nicht einzuweihen. Es war ihr unangenehm, ihre Hintergedanken zu offenbaren. Die Idee, den Lockvogel zu spielen, war ihr glamourös und aufregend erschienen, als Nick ihr das vorgeschlagen hatte, aber inzwischen war ihr bei der ganzen Sache nicht mehr ganz wohl.

Nun, jetzt ist es zu spät, sich darüber Gedanken zu machen, dachte sie grimmig, als ein roter Porsche mit dröhnendem Motor in die Gasse einbog. Sie ließ eine Hand in die Tasche ihres Kleides gleiten und umfasste einen schmalen Gegenstand, den sie von Bertie hatte. Es handelte sich um ein Gerät aus seiner Werkstatt, mit dem sich der Passcode eines Telefons umgehen ließ. Damit würde alles ganz einfach sein.

„Sie müssen es nur so auf das Telefon klemmen, meine Liebe", hatte Bertie ihr gesagt und es gleich vorgemacht. „Dann hackt es sich in das System des Telefons und entsperrt es für Sie. Es sollte nur ein paar Sekunden dauern."

„Es wird doch nicht explodieren oder ein Liedchen trällern oder so?", hatte Poppy vorsichtshalber gefragt. Mittlerweile wusste sie aus eigener Erfahrung, dass Berties Erfindungen nie wie erwartet funktionierten.

„Oh nein! Obwohl, jetzt, wo Sie es sagen ... Die Fähigkeit, gleichzeitig Musik zu spielen, wäre eine interessante -"

„Ach, egal", hatte Poppy hastig gesagt und Bertie das Gerät aus der Hand gerissen.

Jetzt schloss sie noch einmal kurz die Finger um das Gerät, dann zog sie die Hand aus der Tasche und trat auf die Gasse. Henry stieg aus und öffnete ihr schwungvoll die Beifahrertür. Kaum hatte sie sich zurechtgesetzt, schob er sich hinters Steuer, ließ den Motor aufheulen und wendete den Wagen, bevor er ihn geschickt aus der Gasse lenkte.

„Hübsch sehen Sie aus", stellte er fest und musterte Poppy mit unverhohlener Bewunderung. „Heute Abend werden mich alle Kerle im Restaurant beneiden."

„Danke", antwortete Poppy unbeholfen. „Ähm, wohin fahren wir?"

„Zu einem tollen Restaurant in Jericho. Die haben

eine fantastische Weinkarte und das Essen ist auch nicht zu verachten."

„Jericho?", wiederholte Poppy verwundert.

Henry lachte. „Nein, ich entführe Sie nicht in den Nahen Osten. Jericho ist ein Stadtteil von Oxford, nicht weit vom Zentrum. Es ist ziemlich hip und unkonventionell - es gibt ein Programmkino, ein paar Cocktailbars und einige ziemlich gute Restaurants mit abwechslungsreichen Speisekarten."

„Ah, interessant ... hört sich toll an." Poppy versuchte, begeistert zu klingen.

Ihre Gedanken galten jedoch allein den Restauranttoiletten. Sie hoffte, dass sie sehr weit vom Speisesaal entfernt lagen. Sie hatte sich nämlich ausgerechnet, dass sie Henrys Telefon nur ausspionieren konnte, wenn er zur Toilette ging – und dabei sein Handy auf dem Tisch liegen ließ. Als sie im Restaurant ankamen, sah sie sich hektisch nach den Wegweisern zu den Toiletten um, während man sie zu ihrem Tisch führte.

„Ist alles in Ordnung?" Henry warf ihr einen fragenden Blick zu.

„Oh! Ähm ... ja. Tut mir leid ... ich ... äh ... war noch nicht in so vielen schicken Restaurants", erklärte sie mit einer Geste, die den ganzen Raum einschloss. „Es ist alles ... ziemlich aufregend."

Henry sah überrascht aus und blickte sich lässig um. „So schick ist das hier eigentlich auch wieder nicht. Ich meine, es hat keine Michelin-Sterne oder so."

„Wahrscheinlich ist es eines der nobelsten Restaurants, in dem ich je war", bemerkte Poppy lachend. „Meine Mutter hat mich alleine großgezogen und wir hatten nie viel Geld. Wir sind nur zu besonderen Anlässen essen gegangen, etwa an Geburtstagen - und dann waren wir meistens im Pub in unserem Viertel."

„Oh, ich verstehe. Das tut mir leid", sagte Henry mit einem schiefen Lächeln. „Wenn man in einer begüterten Familie aufwächst, vergisst man leicht, dass nicht jeder so privilegiert ist. Also, haben sich Ihre Eltern damals getrennt?"

Poppy erstarrte, wie immer, wenn die Sprache auf ihren Vater kam. „Nein. Ich weiß nicht, wer mein Vater ist. Meine Mutter hat es mir nie gesagt. Als Teenager war sie … ziemlich wild. Sie hat einige Zeit in den Staaten verbracht und ist mit Rockbands durch die Lande gezogen."

„Als Groupie?", fragte Henry neugierig.

Poppy nickte. „Sie kehrte nach England zurück, als sie schwanger wurde."

Er stieß einen Pfiff aus. „Ihr Vater war also Musiker?"

„Ich weiß es nicht. Ja … wahrscheinlich."

„Haben Sie nicht versucht, ihn zu finden?"

„Mum wollte nie über ihn sprechen, als sie noch lebte. Und nach ihrem Tod habe ich ein bisschen gesucht, aber eine Reise nach Amerika kann ich mir nicht leisten, und selbst wenn ich es könnte, wüsste ich gar nicht, wo ich mit der Suche anfangen sollte."

„Was für eine faszinierende Geschichte! Ich wette, Sie sind die Tochter von einem berühmten Mann, einem großen Rockstar oder so. Warum nicht?", fragte Henry, als Poppy den Kopf schüttelte. „Man kann nie wissen! Hey, wie wäre es, wenn wir jetzt eine Wette abschließen?" Er zog einen Zwanzig-Pfund-Schein aus seiner Tasche. „Zwanzig Pfund, dass Ihr Vater ein Megastar ist."

Poppy starrte ihn verwirrt an. „Aber vielleicht erfahre ich nie, wer mein Vater ist", wandte sie stirnrunzelnd ein. „Es wäre doch dumm -"

„Ist egal", unterbrach Henry sie und wedelte ihr mit dem Geldschein vor der Nase herum. „Der Punkt ist: Wenn Sie ihn jemals finden und er jemand wirklich Berühmtes ist, dann gewinne ich die Wette - okay? Dann kann ich allen erzählen, dass ich mit seiner Tochter ausgegangen bin", sagte er grinsend. „Und Sie schulden mir dann zwanzig Pfund."

„Aha, ja ..." Falls sie ihren Vater jemals finden sollte, wusste sie möglicherweise nicht, wo Henry war und umgekehrt.

Henrys Vorschlag kam ihr albern vor, aber der schien die Sache sehr ernst zu nehmen. Sie hatte ihn noch nie so wach und lebhaft erlebt. Die ganze Sache erschien ihr wie eine lächerliche Übung. Seine sonst eher gemächliche Art war verschwunden, seine Augen leuchteten und seine Miene drückte gespannte Aufmerksamkeit aus. *Es ist schon komisch – kaum ist von einem Star die Rede, sind die Leute wie ausgewechselt*, dachte Poppy trocken.

„Und was ist mit Ihrem Vater?", fragte sie in der Hoffnung, seine Aufmerksamkeit von ihrer Familiengeschichte auf ein anderes Thema zu lenken. „Was war er von Beruf?"

„Oh, er war ein ziemlich langweiliger Typ. Er war der Sohn eines wohlhabenden Industriellen. Meinen Großvater habe ich nie kennengelernt und meine Großmutter auch nicht. Sie sind beide vor meiner Geburt gestorben. Meinen Großonkel, Muriels verstorbenen Ehemann, kannte ich dafür umso besser. Als Junge war ich oft in Duxton House."

„Das hat es Ihnen sicher einfacher gemacht, als Sie letztes Jahr hierhergezogen sind", bemerkte Poppy. „Übrigens, das mit Ihren Eltern tut mir wirklich leid. Es muss schwer gewesen sein, sie beide innerhalb so kurzer Zeit zu verlieren, wie Sie gesagt haben."

Henry zuckte mit den Schultern. „Um ehrlich zu sein, stand ich ihnen nie besonders nahe. Ich entspreche wohl dem Klischee der britischen Oberschicht: Ich war noch ziemlich klein, als ich auf ein Internat geschickt wurde und habe da den größten Teil meiner Kindheit und Jugend verbracht. Wenn ich nach Hause kam, schienen meine Eltern nicht so sehr an mir, sondern eher an ihren Gesellschaften und den Wohltätigkeitsorganisationen interessiert zu sein, die sie unterstützt haben – was für mich okay war", fügte er schnell hinzu. „Ich habe immer irgendeinen Zeitvertreib gefunden und musste mir nie Gedanken machen, ob ich es mir leisten konnte." Er bedachte sie mit einem strahlenden Lächeln.

Poppy erwiderte sein Lächeln, obwohl sie sich im Stillen fragte, ob Henry seine einsame Kindheit wirklich so wenig ausmachte, wie er behauptete. Wie unterschiedlich sie aufgewachsen waren! Auch wenn sie keinen luxuriösen Lebensstil genossen hatte wie Henry und ihre Mutter ein nicht immer zuverlässiger Freigeist gewesen war, so hatte sie etwas erlebt, was er nicht hatte: echtes Interesse und Zuneigung von einem Elternteil.

„Aber genug von diesen Familiengeschichten", sagte Henry unvermittelt und schlug die Speisekarte auf. „Als Erstes bestellen wir uns etwas zu trinken. Wie wär's mit einer Flasche Wein? Was ist Ihnen lieber – rot oder weiß? Und was würden Sie gerne essen?"

Poppy schlug die Speisekarte auf und schaute verständnislos auf die Liste der Gerichte mit den zahlreichen französischen Namen.

„Ach, ich weiß nicht ... die Hälfte dieser Gerichte kenne ich gar nicht." Sie klimperte ein wenig mit den Wimpern. „Warum bestellen Sie nicht für mich? Ich habe volles Vertrauen in Sie."

Als Flirtversuch war das ziemlich lahm, aber Henry schien es zu gefallen. Er bestellte den Wein und das Essen in fließendem Französisch, und als der Wein serviert wurde, dozierte er ausführlich über „Bukett", „Körper" und „Abgang", während er ihr dabei zusah, wie sie den teuren Château Batailley probierte, den er geordert hatte. Poppy hörte zu und machte an den richtigen Stellen „oh" und „ah", überlegte insgeheim jedoch hin und her, wie sie das Gespräch auf sein Handy lenken könnte. Endlich sah sie ihre Chance gekommen.

„Übrigens", bemerkte sie beiläufig, „was für ein Telefon haben Sie, Henry? Ich brauche unbedingt ein neues, meins ist schon so alt, aber ich habe keine Ahnung, welches das Beste wäre."

Henry ließ eine Hand in seine Tasche gleiten und zog ein auffallend schlankes Gerät heraus. „Also, ich bin ein iPhone-Fan", grinste er. „Auf Android umzusteigen, kommt für mich nicht infrage. Ich habe das neueste Modell. Hier – Sie können es sich gerne ansehen, wenn Sie wollen."

Er reichte Poppy das Telefon, und sie drehte es hin und her und betrachtete es aufmerksam von allen Seiten, nicht ohne die bewundernden Ausrufe, die er offenbar erwartete. Währenddessen überlegte sie angestrengt, wie sie Henry dazu bringen könnte, vom Tisch aufzustehen und wegzugehen und sei es nur für ein paar Augenblicke. Leider fiel ihr keine Lösung ein, und nachdem sie das Handy ausgiebig bestaunt hatte, gab sie es ihm widerwillig zurück. Zu ihrer Erleichterung steckte er es nicht wieder in seine Tasche, sondern legte es neben seine Autoschlüssel auf den Tisch.

Die Vorspeisen wurden serviert, gefolgt vom Hauptgericht. Beim Essen lauschte sie seinen Anekdoten und wurde gleichzeitig immer nervöser.

Musste Henry nicht irgendwann mal zur Toilette? Er schien jedoch eine Blase von der Größe eines Zeppelins zu haben, denn obwohl er fast die ganze Flasche geleert hatte, blieb er ruhig sitzen.

Poppy rutschte unruhig auf ihrem Stuhl hin und her. Die Zeit verging wie im Flug, und wenn sie nicht bald etwas unternahm, war das Abendessen vorbei und damit auch ihre Chance, Henrys Telefon in die Finger zu bekommen. Der ganze Abend wäre umsonst gewesen.

Schließlich hielt sie es nicht mehr aus. *Auf der Damentoilette kann ich in Ruhe nachdenken. Dann fällt mir vielleicht etwas ein*, dachte sie verzweifelt. Sie entschuldigte sich und wollte gerade den Raum durchqueren, als sie einen älteren Herrn mit einem wilden Schopf grauer Haare bemerkte, der allein an einem Tisch in einer Ecke saß.

Es war Bertie!

Kapitel 25

Poppy warf einen Blick über die Schulter, um sich zu vergewissern, dass Henry sie nicht beobachtete. Zum Glück saß er mit dem Rücken zu diesem Teil des Raumes, außerdem hatte er den Kopf gesenkt und tippte auf seinem Handy herum. Mit raschen Schritten war sie bei ihrem Freund und Nachbarn.

„Bertie!", zischte sie. „Was machen Sie denn hier?"

„Ich bin dem Signal des mobilen Hacking-Geräts gefolgt." Der alte Mann sah sie stolz an. „Es enthält einen Peilsender, der Informationen über seinen Standort aussendet und -"

„Nein, nein, ich meine – warum sind Sie hier? Warum sind Sie dem Peilsender gefolgt?"

„Oh, ich wollte meine Erfindung in Aktion sehen." Bertie strahlte.

„Da werden Sie lange warten müssen", seufzte Poppy. „Ich weiß einfach nicht, wie ich an Henrys Telefon kommen soll – natürlich, ohne dass er es sieht."

„Ah, das war ein weiterer Grund, hierherzukommen", sagte Bertie. „Ich hatte das Gefühl, dass Sie meine Hilfe brauchen. Machen Sie sich keine Sorgen! Ich habe mir eine Methode ausgedacht, wie man Ihren jungen Mann ablenken und ihn für kurze Zeit vom Tisch weglocken kann. Moment ... Hier drin muss es irgendwo sein." Er kramte in der uralten Ledertasche, die er immer bei sich trug. Schließlich zog er ein Glasfläschchen hervor. „Aha! Hier ist es, meine Liebe."

Poppy nahm das Glasfläschchen und betrachtete es neugierig. Es schien mehrere kleine schwarze Bröckchen zu enthalten, jedes etwa so groß wie ein Reiskorn. Zuerst dachte sie, es könnten winzige Steine oder sogar Samen sein, aber dann erkannte sie, dass jedes Bröckchen sechs winzige Beine, einen mehrgliedrigen Körper und zwei Fühler hatte.

„Sie sehen aus wie Ameisen", sagte sie erstaunt, hielt das Fläschchen gegen das Licht und drehte es langsam. Die Tiere, wenn es denn Tiere waren, wirkten seltsam leblos. „Sind sie tot?"

„Oh nein, sie sind einfach inaktiv. Sobald sie durch eine oszillierende Bewegung aktiviert werden, bringt die Ladung, die von dem winzigen rotierenden Magnet in ihrem Körper erzeugt wird, sie zum Laufen."

„Und wie soll mir das helfen?"

„Das ist eine meiner neuesten Erfindungen: die mobile Ameisenstraße."

„Was?" Hatte sie das richtig verstanden. „Eine mobile Ameisenstraße?"

Bertie nickte eifrig. „Garantiert ein Ablenkungsmanöver, das die Person in Bewegung bringt. Man streut die Ameisen einfach in der Nähe aus, und schon finden sie ihren Weg zum Ziel."

„Äh … zum Ziel?"

„Jawohl. Sie sind so programmiert, dass sie von Muskelproteinen angezogen werden und sich daher an der Stelle mit der höchsten Dichte versammeln - und das ist zufällig der Gluteus maximus, der größte Muskel des Körpers." Er beugte sich vor und fügte erklärend hinzu: „Dabei handelt es sich um das menschliche Gesäß."

Poppy starrte ihn ungläubig an. „Sie haben mechanische Ameisen erfunden, die vom Hintern der Menschen angezogen werden?"

Bertie nickte und strahlte. „Ja! Ist das nicht großartig?"

Großartig war nicht das Wort, das ihr als Erstes einfiel. Trotzdem … Poppy warf einen weiteren Blick zu Henry hinüber, der immer noch mit seinem Handy beschäftigt war. Eine bessere Idee hatte sie nicht. Was hatte sie schon zu verlieren? Sie holte tief Luft und sagte: „Okay. Sagen Sie mir, wie sie funktionieren."

„Oh, das ist ganz einfach. Sie schütteln das

Fläschchen kurz und kräftig - dadurch werden die Tierchen aktiviert -, klappen den Deckel ab und schütten sie möglichst auf die Stuhllehne Ihres Begleiters. Die Ameisen steuern sofort ihr Ziel an und erreichen es innerhalb weniger Minuten."

„Und was passiert, wenn sie dort ankommen? Sie beißen doch nicht, oder?"

„Oh nein, sie haben keine Mundwerkzeuge", beteuerte Bertie. „Für künftige Modelle habe ich mir schon etwas in dieser Richtung überlegt, aber ich habe noch keinen Investor für die Entwicklung dieses Prototyps gefunden."

Warum wohl?, dachte Poppy.

„Die Ladung reicht sowieso nur für ein paar Minuten, danach schalten sie sich automatisch ab", fügte Bertie hinzu.

„Aha." Poppy war beruhigt. „Na, wenn das so ist ..." Mit einem schiefen Grinsen fügte sie hinzu: „Drücken Sie mir die Daumen!"

Sie ging langsam zu ihrem Tisch zurück. Als sie auf gleicher Höhe mit Henrys Stuhl war, schüttelte sie das Fläschchen kurz, klappte mit dem Daumen den Deckel ab und legte die Hand wie zufällig auf die Stuhllehne. Mit einer raschen Bewegung entleerte sie den Inhalt auf die Rückenlehne und ging dann weiter zu ihrem Platz.

„Wo waren Sie denn die ganze Zeit", fragte Henry mit gespielter Besorgnis. „Ich wollte schon einen Suchtrupp losschicken."

„Tut mir leid, der Andrang war ziemlich groß",

murmelte Poppy.

„Wie wär's mit einem Dessert? Oder mit einem Likör?", fragte Henry. „Den Brandy und den Cognac kann ich auch empfehlen und -"

Plötzlich trat ein seltsamer Ausdruck in seine Augen und er rutschte unbehaglich auf seinem Stuhl hin und her.

„Äh ... wie ich schon sagte, der Brandy -"

Er zuckte nach rechts. Dann nach links. Seine Hand griff nach hinten, doch im letzten Moment besann er sich und zog sie hastig weg. Schweißperlen traten ihm auf die Stirn.

„Äh ..." Henrys Gesicht wurde immer röter, während er versuchte, nicht auf seinem Stuhl hin und her zu rutschen. „... die Liköre -"

Plötzlich sprang er auf. „Ich ... äh ... entschuldigen Sie mich bitte."

Von seiner üblichen Geschmeidigkeit war nichts mehr zu sehen, als er halb humpelnd, halb hüpfend zu den Toiletten lief und dabei versuchte, sich verstohlen am Hinterteil zu kratzen. Poppy fühlte sich hin- und hergerissen zwischen schlechtem Gewissen und Erheiterung.

Von seinem Tisch aus grinste Bertie sie fröhlich an und reckte den Daumen in die Höhe. Sie konnte sich das Lachen kaum verkneifen. Henry einen so gemeinen Streich zu spielen, war nicht nett, aber er würde keinen bleibenden Schaden davontragen und außerdem bekam sie auf diese Weise, die Zeit, die sie brauchte. *Und wenn Henry wirklich Ursulas Mörder ist, brauche ich sowieso kein Mitleid an ihn zu verschwenden*, dachte sie grimmig.

Sobald Henry aus dem Blickfeld verschwunden war, griff sie hastig nach seinem Telefon, doch sie war so nervös, dass sie es, statt es zu packen, über die Tischkante stieß, sodass es zu Boden fiel.

„Mist!", zischte Poppy.

Sie verfluchte ihre Ungeschicklichkeit, als sie unter den Tisch kroch. Henry würde bald wiederkommen; dass sie nun wertvolle Zeit mit der Suche nach seinem Handy verschwendete, war alles andere als hilfreich. Durch die schwere weiße Tischdecke, die wenig Licht durchließ, und den dunklen gemusterten Teppich konnte sie kaum etwas erkennen. Henrys Telefon blieb verschwunden.

Leise fluchend tastete Poppy verzweifelt umher, doch dann zuckte sie erschrocken zusammen und stieß sich fast den Kopf an der Unterseite des Tisches, als plötzlich eine tiefe Männerstimme neben ihr sagte: „Macht das Spaß?"

Nick Forrests Gesicht war nur wenige Zentimeter von ihrem entfernt. Er hatte sich heruntergebeugt und eine Ecke der Tischdecke angehoben, um darunter zu schauen.

„Sie dürfen mich nicht so erschrecken", fauchte Poppy. „Nein, es macht keinen Spaß! Ich habe nur ein paar Minuten Zeit, um mir Henrys verdammtes Telefon anzusehen, und ich Idiotin habe es fallen lassen. Aaarrghh!"

„Ist es das?" Nick zog etwas unter dem Sockel des Tisches hervor.

„Ja, das ist es!" Poppy atmete erleichtert auf und riss ihm das Telefon aus der Hand.

Sie kroch unter dem Tisch hervor und stand auf, dann holte sie schnell Berties Hacking-Gerät aus ihrer Tasche und versuchte, es an das Telefon zu klemmen. Bei ihm hatte es so einfach ausgesehen, aber ihr gelang es nicht, den Sensor so anzubringen, dass das automatische Dekodierungssystem ausgelöst wurde.

„Verdammt", murmelte sie. „Verdammt, verdammt, verdammt!"

Eine starke männliche Hand schloss sich um ihre zitternden Finger.

„Stopp. Entspannen Sie sich. Tief durchatmen", befahl Nick. „In Panik erreichen Sie nichts. Nehmen Sie sich einen Moment Zeit, um sich zu beruhigen und zu konzentrieren."

Poppy schluckte die empörte Antwort hinunter, die ihr auf der Zunge lag. Nick hatte recht. Sie schloss die Augen und zwang sich, tief Luft zu holen, um alle Gedanken zu vertreiben. Dann öffnete sie die Augen wieder und richtete den Blick erneut auf das Telefon. Sie blendete alles andere rundherum aus: die Gespräche an den anderen Tischen, das Klirren von Besteck, die leise Jazzmusik aus den Lautsprechern, selbst den großen Mann neben ihr. Ihre Welt bestand nur noch aus diesem Telefon in ihren Händen.

Vorsichtig klemmte sie Berties Hacking-Gerät auf das Telefon, und dieses Mal glitt es sofort in die richtige Position. Ein Piepton ertönte, als es sich einschaltete, dann erschien auf dem Handy-Display ein grüner Balken. Er begann auf der linken Seite und dehnte sich allmählich nach rechts aus.

15% ... 27% ... 35% ... 58% ...

Poppys ängstlicher Blick schweifte zur anderen Seite des Restaurants, wo ein Korridor zu den Toiletten führte. Wie lange mochte Henry brauchen? Wie lange hatte sie noch Zeit? Der grüne Balken schob sich mit quälender Langsamkeit über das Display.

61% ... 73% ...

„Komm schon ... komm schon", flehte Poppy leise.

Aus den Augenwinkeln nahm sie eine Bewegung von Nick wahr. Das Herz schlug ihr bis zum Hals.

Henry war gerade von dem Korridor in den Speisesaal getreten und steuerte auf ihren Tisch zu.

Kapitel 26

Oh nein, was soll ich nur tun? Verzweifelt verfolgte Poppy den Fortschritt des grünen Balkens: 92 % - fast geschafft. Sie brauchte nur noch ein paar Minuten!

Sie sah, dass Henry stehen geblieben war, um mit einem der Kellner zu sprechen, aber das würde ihr höchstens ein oder zwei Minuten verschaffen. Und selbst nach dem Entsperren brauchte sie Zeit, um die Telefon-App zu öffnen und Henrys Anrufliste durchzugehen. Sie schaute hilfesuchend zu Berties Tisch, aber sein Platz war leer.

Dann fiel ihr auf, dass auch Nick verschwunden war. Ihr Herz machte einen Satz, als sie den Krimiautor quer durch den Raum auf Henry zugehen sah. Plötzlich blieb Nick wie angewurzelt stehen und klopfte dem jüngeren Mann begeistert auf die Schulter: „Stewart! Na so was! Was machst du denn hier?"

Henry starrte ihn an. „Wie bitte?"

Nick grinste, die Freundlichkeit selbst. „Wir haben uns auf der letzten Konferenz kennengelernt, weißt du noch?"

Henry runzelte die Stirn. „Ich glaube, Sie irren sich."

„Erinnerst du dich nicht an mich? Den Abend an der Bar? Oder sollte ich eher sagen: die halbe Nacht? In dem Hotel gab es verdammt guten Whisky ..."

„Hören Sie, ich glaube, Sie verwechseln mich mit jemand anderem", erwiderte Henry ungeduldig.

„Ach, komm schon! Das kann doch nicht sein, dass du das vergessen hast." Nick hatte ein dümmliches Grinsen aufgesetzt. „Wir haben ein paar getrunken, und dann kam diese flotte kleine Blondine herein - weißt du noch? Du hast versucht, sie anzumachen." Er stieß Henry mit anzüglichem Augenzwinkern an. „Ich fand deine Taktik prima, alter Junge. Die musst du mir mal beibringen."

„Hören Sie, ich sage Ihnen, ich weiß nicht, wovon Sie reden. Sie irren sich!" Henry wirkte inzwischen ernsthaft verärgert. „Ich heiße nicht Stewart und ich habe noch nie mit Ihnen getrunken ..."

Poppy grinste. Nicks spontaner Auftritt war beeindruckend: Er konnte schnell reagieren! Sie lenkte ihre Aufmerksamkeit wieder auf das Telefon und stellte erfreut fest, dass der grüne Balken verschwunden war. Stattdessen waren auf dem Display alle Apps in einer Reihe angeordnet. Sie tippte auf das Telefonsymbol. Die App öffnete sich, Poppy navigierte schnell zur Anrufliste, scrollte durch die Einträge und notierte sich Datum, Uhrzeit und Anrufer-IDs.

Sie runzelte die Stirn. Zur Tatzeit waren mehrere Anrufe gelistet, aber „Ursula" war nicht dabei. Natürlich konnte es sein, dass Henry ihre Nummer nicht in seinen Kontakten gespeichert hatte, obwohl das unwahrscheinlich war - schließlich gehörten die beiden zur selben Familie, lebten im selben Haushalt und hatten in der Vergangenheit wahrscheinlich öfter telefoniert.

Was bedeutete das? War Henry also nicht derjenige gewesen, der Ursula angerufen hatte? Poppy hatte das Gefühl, als hätte ihr jemand einen Schlag in die Magengrube versetzt. Sie war fest überzeugt gewesen, dass sie Beweise für Henrys Verbindung zu dem Mord finden würde, aber jetzt war keine Zeit mehr, darüber nachzudenken. Mittlerweile war der Restaurantmanager zu den streitenden Männern getreten. Schnell schloss sie die App, entfernte Berties Gerät, schaltete den Bildschirm aus und legte das Telefon an Henrys Platz. Im nächsten Moment ließ sich Henry auf seinen Stuhl fallen.

„So ein verdammter Spinner!", sagte er gereizt. „Ich habe ihm immer wieder gesagt, dass ich nicht der bin, für den er mich hält, aber er hat überhaupt nicht zugehört!"

Poppy machte die passenden mitfühlenden Bemerkungen, während sie aus den Augenwinkeln beobachtete, was sich auf der anderen Seite des Restaurants zutrug. Nick wurde gerade von einem genervt wirkenden Manager zu seinem Tisch geführt. Er fing ihren Blick auf und hob eine Augenbraue. Sie beließ es bei einem schwachen Lächeln und einem knappen Nicken und verspürte plötzlich eine kameradschaftliche Verbundenheit, als er ihr Lächeln erwiderte. Es war seltsam: Trotz der Anspannung und Angst amüsierte sie sich auch. Es war, als seien sie und Nick ein Team. Sie musste diese Situation nicht allein bewältigen.

Ein ohrenbetäubender Schrei riss sie aus ihren Gedanken. Am Nachbartisch sprang eine Frau auf, zerrte an ihren Rockfalten und schlug sich immer wieder auf ihr Hinterteil.

„Igitt!", kreischte sie und klatschte noch fester. „Da ist etwas ... in meiner ..."

„VERDAMMT!" Ihr Begleiter sprang ebenfalls von seinem Stuhl auf und blickte fassungslos auf die Sitzfläche.

„Sir? Madam? Ist alles in Ordnung?", fragte ein besorgter Kellner, als das Paar plötzlich zu zucken begann.

„Hey! Was ist denn hier los?", rief der Amerikaner am Nebentisch. Dann sprang auch er auf und hüpfte von einem Fuß auf den anderen. „Heilige Sch- " Er fasste sich ans Hinterteil. „Ich glaube ... ich glaube, ich habe Ameisen in der Hose!"

„Ameisen?", kreischte eine andere Frau. „Ich hasse Ameisen! Ich bekomme davon Ausschlag am ganzen Körper!"

„Wo sind sie? Wo sind sie?", rief ihre Freundin und blickte sich hektisch um.

„Da drüben! Ich sehe eine!", kreischte eine Frau an einem anderen Tisch. Sie deutet mit dem Finger auf einen kleinen schwarzen Fleck, der über das weiße Tischtuch marschierte. „Oh mein Gott - es kommt direkt auf mich zu! HILFE!"

Sie machte einen Schritt rückwärts, stolperte und plumpste auf den Hintern. Auch andere Gäste sprangen von ihren Stühlen auf, stießen aneinander und stürzten. Poppy sah sich entsetzt im Speisesaal um. Es herrschte absolutes Chaos. Die Leute rannten in Panik umher und schlugen auf alle schwarzen Punkte ein, die sie sahen, oder kratzten sich wütend. Poppy stöhnte. Bertie und seine Erfindungen!

Dann erhaschte sie einen Blick auf den alten Erfinder selbst, der plötzlich aus dem Korridor auf der anderen Seite des Speisesaals auftauchte. Wahrscheinlich war er auf der Toilette gewesen und fand nun ein heilloses Durcheinander vor. Er schaute sich kurz um, dann begann er mit den Händen zu fuchteln und versuchte, sich über den Lärm hinweg Gehör zu verschaffen: „Nein, keine Angst, sie tun Ihnen nichts. Sie beißen nicht!"

Poppy hörte, wie der Restaurantmanager einem

Kellner zurief, er solle die Polizei rufen, und ihr sackte das Herz in die Hose. Dann sah sie, wie Bertie zu seinem Tisch rannte und in seiner Ledertasche kramte. Er holte etwas hervor, das an einen riesigen roten hufeisenförmigen Magnet erinnerte, wie man sie oft in Cartoons sieht. Damit wedelte er der ersten Frau, die aufgesprungen war, am Hintern herum.

Urplötzlich verstummte ihr Geschrei. Sie hörte auf zu zucken und sah sich verwirrt um. „Sie sind weg", sagte sie. Sie tätschelte nervös ihr Hinterteil. „Sie sind weg!"

Den Magnet schwingend bahnte sich Bertie einen Weg durch die Menge und allmählich ebbte das Durcheinander ab. Die Leute beruhigten sich und kehrten mit fassungsloser Miene an ihre Tische zurück.

„Was ist passiert?"

„Keine Ahnung - ich habe gespürt, wie etwas meinen Hintern hochkrabbelte, und dann war es plötzlich weg!"

„Ich dachte, es würde mich als Nächstes erwischen!"

„Waren es wirklich Ameisen?"

Schließlich hatten alle wieder ihre Plätze eingenommen, nur Bertie stand da und musste offenbar eine unangenehme Befragung durch den Restaurantmanager und zwei Kellner über sich ergehen lassen. Deren Mienen verhießen nichts Gutes.

„Er war es! Er muss etwas damit zu tun haben!",

rief einer der Kellner und zeigte mit dem Finger auf Bertie. „Als er herumging und sie irgendwie ausgeschaltet hat, war es vorbei!"

„Streng genommen habe ich sie nicht ausgeschaltet, sondern entmagnetisiert", erklärte Bertie wie ein geduldiger Lehrer, einem begriffsstutzigen Schüler. „Sehen Sie, die Ameisen werden durch eine elektrische Ladung angetrieben, die von dem winzigen Magnet in ihrem Körper erzeugt wird. Ich hatte gedacht, sie würden sich innerhalb kurzer Zeit entmagnetisieren, aber aus irgendeinem Grund schienen sie sich selbst aufzuladen - was wirklich erstaunlich ist, wenn man in Betracht zieht, dass -"

„Sir." Der Restaurantleiter verschränkte die Arme und betrachtete Bertie mit strengem Blick. „Halten Sie das für einen lustigen Streich?"

„Oh nein, das war kein Streich", beteuerte Dr. Noble. „Obwohl ich vermute, dass Sie meine Ameisen auch zum Spaß losschicken könnten. Eigentlich gehören sie zu meinem Spionagearsenal, mit dem man verdächtige Subjekte so manipulieren kann, dass sie ihre Handlungsweise den eigenen Erfordernissen anpassen -"

„Sir!", unterbrach der Manager ihn. Sein Atem ging stoßweise und sein Gesicht nahm eine bedenkliche Färbung an. „Dies ist eine ernste Angelegenheit und ich finde es keineswegs amüsant, dass Sie darüber Witze reißen. Sie haben meine Gäste in Unruhe versetzt und in meinem Restaurant ein schreckliches Chaos angerichtet! Ich werde Sie bei der Polizei anzeigen und -"

Oh nein! Poppy überlegte verzweifelt, was sie tun sollte. Sie warf einen Blick auf Henry, der die ganze Szene mit zu Schlitzen verengten Augen beobachtete. Henry durfte auf keinen Fall erfahren, dass sie den exzentrischen alten Mann mit den wandernden Ameisen kannte. Wahrscheinlich würde Henry sie nicht verdächtigen, die Ameisen auf ihn losgelassen zu haben, aber sie wollte auch nicht riskieren, dass er zwei und zwei zusammenzählte und fünf herausbekam.

Als sie jedoch sah, wie die Kellner Bertie am Arm packten, vergaß Poppy ihre Bedenken und sprang auf.

Bevor sie jedoch etwas unternehmen konnte, ertönte eine vertraute tiefe Stimme: „Warten Sie!"

Nick Forrest ging mit großen Schritten auf die Männer zu, blieb vor dem Manager stehen und sagte in versöhnlichem Ton: „Hören Sie, es handelt sich hier wahrscheinlich um ein Missverständnis. Ich glaube nicht, dass es nötig ist, die Polizei einzuschalten. Warum gehen wir nicht einfach irgendwohin, wo wir uns in Ruhe unterhalten können?"

„Sir!" Der Manager warf Nick einen strengen Blick zu. „Kennen Sie diesen Mann?"

Nick zögerte, dann seufzte er müde. „Ja."

„Hallo, mein Junge!", rief Bertie und strahlte. „Ich wusste gar nicht, dass du hier bist! Wie schön. Wir haben uns so lange nicht gesehen." Er schaute Nick prüfend an. „Meine Güte, du wirst langsam grau - nur an den Schläfen, ansonsten hast du immer noch schönes dichtes Haar. Aber keine Sorge, ich habe eine wunderbare Tinktur erfunden, die die Haarfollikel regeneriert." Mit einem Blick auf den Restaurantmanager fügte er hinzu: „Sie werden obenrum ziemlich kahl, meinen Sie nicht auch? Würden Sie gerne etwas von meiner Tinktur ausprobieren?"

Nick atmete tief ein und langsam wieder aus, dann wandte er sich seinem Vater zu. Seine Miene spiegelte eine ganze Bandbreite an Gefühlen. Nach einer kurzen Pause stieß er zwischen zusammengepressten Zähnen hervor: „Hallo, Dad."

***

Poppy atmete erleichtert auf, als der rote Porsche vor dem Hollyhock Cottage hielt. Sie konnte es kaum erwarten, dass Henry ihr die Beifahrertür öffnete. Nach den Aufregungen des Abends fühlte sie sich ausgelaugt und sehnte sich danach, in ihr Zimmer zu gehen und sich auf ihr Bett zu legen.

Henry begleitete sie zum Gartentor und blieb erwartungsvoll stehen.

„Ähm, danke für den schönen -", Poppy brach ab. Die übliche Höflichkeitsfloskel, dass sie sich prächtig amüsiert habe, kam ihr vor wie ein schlechter Scherz. Nach einer unbehaglichen Pause streckte sie ihm die Hand entgegen und sagte: „Äh, also, vielen Dank."

„Sie glauben doch nicht, dass ich mich mit einem Handschlag zufriedengebe", lachte Henry. „Nach einem solchen Abend habe ich mindestens einen Kuss verdient."

Bevor sie etwas erwidern konnte, schlang er einen Arm um ihre Taille, zog sie an sich und presste seine Lippen auf ihre. Poppy erstarrte vor Schreck und Empörung. Sie versuchte, ihn wegzustoßen, aber er war zu stark. Als sie versuchte, den Kopf wegzudrehen, hielt er sie noch fester an sich gepresst, sodass sie sich kaum bewegen konnte und nur wütend knurren konnte, während er sie küsste.

Poppy schlug das Herz vor Angst bis zum Hals. Natürlich war dies keineswegs ihr erster Kuss, aber bisher waren es meist flüchtige Küsse von zaghaften jungen Männern bei einem Date - niemand hatte sich ihr jemals derart aufgedrängt. Sie wehrte sich nach Kräften und überlegte gerade, ob sie es schaffen könnte, ihm einen kräftigen Tritt zu versetzen, als wie aus dem Nichts etwas von oben herabgesaust kam und mit einem markerschütternden Schrei auf Henrys Kopf landete.

„M-I-I-I-I-I-AUUUU!"

Mit einem erschrockenen Aufschrei ließ Henry sie los, taumelte fluchend und mit den Armen wedelnd rückwärts und fiel mit einem dumpfen Aufprall zu Boden. Ein großer rotgetigerter Kater landete neben ihm.

„Was zum Teufel -", keuchte Henry und starrte Oren wütend an. „Verschwinde, sonst erlebst du dein blaues Wunder!"

„*M-AU?*", sagte Oren, pirschte sich an sein Gesicht und beäugte ihn.

Im Bruchteil einer Sekunde entschied sich Henry dagegen, es mit dem Kater aufzunehmen. Er rutschte auf dem Hintern von ihm weg, um so viel Abstand wie möglich zwischen sich und seinen pelzigen Angreifer zu bringen. Poppy hätte beinahe losgelacht, als sie sah, wie er auf allen Vieren zum Auto krabbelte. Seine sorgsam einstudierte Lässigkeit war verschwunden, seine Hose schmutzig, das Haar zerzaust, und er hatte Kratzspuren auf der Stirn. Er richtete sich erst auf, als er sicher auf der anderen Seite des Autos war, während Oren ihn mit aus schmalen gelben Augen beobachtete und sein Schwanz hin und her peitschte.

„Ich werde dieses ... dieses Vieh bei der Tierschutzbehörde melden." Henry zeigte empört mit dem Finger auf den Kater. „Ich werde dafür sorgen, dass man ihn einschläfert!"

Er wollte gerade weitere Drohungen ausstoßen, als Oren laut fauchend einen Schritt auf ihn zumachte. Mit einem Aufschrei sprang Henry ins Auto und brauste davon, sodass Poppy und Oren allein in der Gasse zurückblieben.

„Oh Oren!" Poppy nahm den Kater auf den Arm und vergrub die Nase in seinem weichen Fell.

Er schnupperte laut schnurrend an ihrem

Gesicht, als wollte er sich vergewissern, dass es ihr gutging.

„Danke, Oren … du hast mich gerettet." Sie setzte ihn wieder ab und streichelte ihn liebevoll. „Ich denke, du hast dir eine große Dose Thunfisch verdient."

„Miau?", fragte Oren hoffnungsvoll.

Poppy musste lachen. „Ja, jetzt. Komm mit."

Kapitel 27

Poppy stöhnte, als die Vorhänge in ihrem Schlafzimmer zurückgeschoben wurden. Helles Sonnenlicht flutete herein und Nells Stimme ertönte:

„Zeit aufzustehen, Liebes. Es ist schon nach neun! Ach du meine Güte, Poppy – was für ein Durcheinander!"

Mühsam setzte sich Poppy im Bett auf, gähnte und rieb sich die Augen. Sie sah verschlafen zu, wie Nell Kleidungsstücke von einem unordentlichen Stapel auf dem einzigen Stuhl nahm und ausschüttelte. Das Kleid von gestern Abend lag achtlos hingeworfen neben anderen, die sie anprobiert und beiseitegelegt hatte. Die Handtasche und die Schuhe standen auf dem Boden neben dem Stuhl. Ihr Anblick erinnerte sie an den katastrophalen Abend mit Henry, was sie erneut aufstöhnen ließ.

„Ich habe Pfannkuchen zum Frühstück gemacht, Liebes", verkündete Nell. „Sie sind noch warm; wenn du dich beeilst -"

„Ich habe keinen Hunger", murmelte Poppy und vergrub ihr Gesicht in den Kissen. Sie war zweimal nacheinander sehr früh aufgestanden, hatte gestern einen anstrengenden Tag gehabt und fühlte sich schwach und gereizt.

„Ich will nicht aufstehen."

„Dann muss ich eben allein mit Inspector Whittaker Tee trinken", sagte Nell leichthin.

„Was? Suzanne ist hier?" Wie der Blitz schoss Poppy aus dem Bett. „Warum hast du das nicht gleich gesagt?"

Eine Viertelstunde später, nachdem sie sich hastig gewaschen und angezogen hatte, lief Poppy in die Küche. Nell saß mit Suzanne am Tisch und befragte die elegante Kriminalinspektorin zu ihrem Liebesleben. Suzanne schien ein wenig verwirrt; es passierte sicher nicht oft, dass sie Rede und Antwort stehen musste.

„... so schade, dass Sie und Nick nicht mehr zusammen sind, obwohl Sie anscheinend immer noch gut befreundet sind, nicht wahr?", fragte Nell mit einem vielsagenden Blick.

„Ja, wissen Sie, wir waren früher Kollegen bei der Polizei – und warum sollten ein Mann und eine Frau nicht Freunde bleiben, wenn eine Zweierbeziehung nicht mehr funktioniert?", antwortete Suzanne mit einem Lächeln. „Schließlich sind wir beide erwachsen und können vernünftig mit dieser Situation umgehen."

„Ah, Nick macht es also nichts aus, dass Sie einen neuen Freund haben?", fragte Nell hinterlistig.

„Oh ... ich habe zurzeit keinen Freund."

„Wirklich? Warum nicht?"

„Nell!", rief Poppy entsetzt. Sie warf ihrer alten Freundin einen empörten Blick zu. „So etwas fragt man nicht!"

Suzanne lachte. „Lass nur, es ist eine berechtigte Frage. Ich schätze ... nun, ich arbeite sehr viel, und mein Job lässt sich kaum mit sozialen Kontakten vereinbaren, also ist es nicht einfach, jemanden kennenzulernen. Außerdem finden viele Männer es nicht gerade toll, wenn ihre Frau oder Freundin nur ab und zu ein freies Wochenende hat und die ganze Zeit hinter Mördern und anderen Gaunern herjagt."

„Aber wollen Sie nicht irgendwann heiraten und Kinder haben?", bohrte Nell weiter.

„NELL!" Poppy sah ihre Freundin böse an.

„Schon gut, schon gut ... ich bin eben neugierig", brummte Nell und stand vom Tisch auf. „Ich fahre jetzt zur Arbeit und lasse euch allein, damit ihr euch unterhalten könnt. Die Pfannkuchen sind im Ofen, Liebes." Und damit verließ sie eilig den Raum.

„Tut mir leid, Suzanne", entschuldigte Poppy sich. „Nell ist ein bisschen altmodisch."

Suzanne schmunzelte. „Sie würde sich prima mit

meiner Mutter verstehen. Aber erzähl mal, wie geht es dir? Es tut mir leid, dass ich dich neulich nicht zurückrufen konnte. Bei der Konferenz hatte ich keine ruhige Minute. Im Büro musste ich mich erst einmal erholen", lachte sie. Dann fügte sie ernst hinzu: „Wie ich sehe, hat es wieder einen Mord gegeben. Dein Name taucht in den Berichten auf - du hast die Mordwaffe gefunden?"

Poppy nickte eifrig. „Oh, ich bin so froh, dass du wieder da bist, Suzanne! Dann werden die Ermittlungen jetzt hoffentlich richtig durchgeführt und kommen voran." Schnell erzählte sie Suzanne alles, was sie wusste, und endete mit dem ereignisreichen Abendessen am Abend zuvor.

„Bertie musste doch nicht mit aufs Revier, oder?", fragte Poppy zum Schluss. Sie hatte ihn nicht mehr gesehen, seit er mit Nick im Büro des Restaurantmanagers verschwunden war.

„Er hatte Glück, dass er nicht wegen Hausfriedensbruchs verhaftet wurde", erwiderte Suzanne trocken. „Ich glaube, Nick hat seine alten Beziehungen zur Polizei spielen lassen und die Sache diskret aus der Welt geschafft."

„Ich war wirklich überrascht, als Nick sich eingemischt hat - ich dachte, sein Vater sei ihm völlig egal", sagte Poppy.

Suzanne zuckte mit den Schultern. „Na ja, die Beziehungen zwischen Eltern und Kindern sind manchmal kompliziert, nicht wahr?" Dann fügte sie warnend hinzu: „Diese albernen Ameisen sind eine

Sache, aber dieses Gerät, das Bertie dir zum Hacken von Henrys Telefonen gegeben hat, ist eine andere. Du weißt bestimmt, dass es höchstwahrscheinlich illegal ist? Bertie hat schon genug Ärger, ansonsten würde ich mich verpflichtet fühlen, gegen ihn vorzugehen - und gegen dich auch! Aber so wie es aussieht, werde ich es dieses Mal sein lassen."

„Danke." Poppy senkte den Kopf und sagte kleinlaut. „Es tut mir leid - ich musste einfach herausfinden, ob Henry derjenige war, der Ursula an diesem Tag angerufen hat."

„Aber was du herausgefunden hast, beweist nichts."

„Was meinst du? Es beweist, dass es nicht Henry war, der sie kurz vor ihrem Tod angerufen hat. Ihre Nummer war nicht in seiner Anrufliste aufgeführt."

„Das sagt gar nichts. Er hätte den Anruf einfach aus der Liste löschen können."

„Oh." Poppy kam sich schrecklich dumm vor. Diese Möglichkeit hatte sie überhaupt nicht in Betracht gezogen.

„Mich wundert, dass Nick nicht daran gedacht hat", sagte Suzanne ungeduldig. „Er hätte es besser wissen müssen ..."

„Hat er auch", räumte Poppy ein. „Er hat etwas in dieser Richtung erwähnt, aber ich ... na ja, ich habe nicht richtig zugehört."

Suzanne seufzte. „Jedenfalls war dieser ganze Blödsinn völlig unnötig. Die Polizei kann Ursulas Anrufliste vom Telefonanbieter anfordern und herausfinden, wer sie kurz vor ihrem Tod angerufen hat. Sergeant Lee hat das am Tag nach dem Mord getan und ich habe mir den Bericht heute Morgen angesehen."

„Und?", fragte Poppy eifrig. „Hat sie mit Henry gesprochen?"

„Nein. Sie hat mit einer Personalvermittlungsagentur in London gesprochen."

Poppy starrte sie überrascht an. „Eine Vermittlungsagentur? War Ursula auf der Suche nach einem Job?"

Suzanne runzelte die Stirn. „Ich bin mir nicht sicher. Es sieht aus, als hätte Sergeant Lee nicht mit der Frau gesprochen, die Ursula angerufen hat, sondern nur mit einer Kollegin. Aber sie hat bestätigt, dass es bei dem Anruf um eine Stelle im Vorstand einer großen Wohltätigkeitsorganisation in London ging."

Plötzlich erinnerte sich Poppy an das Gespräch mit Ursula, als sie zusammen im Festzelt standen. Dabei hatte Ursula erwähnt, dass sie zum ersten Mal eine Veranstaltung dieser Größenordnung organisiert habe. „Wohltätigkeitsorganisationen sind auf Spendenaktionen angewiesen, daher ist es wichtig, dass man Erfahrung in diesem Bereich vorweisen kann, wenn man einen permanenten Posten in einem wichtigen Ausschuss anstrebt", hatte sie gesagt.

Damals hatte Poppy angenommen, dass sich Ursula auf ihre Rolle bei der Tierrettung bezog, aber nun war sie sich nicht mehr sicher. Möglicherweise hatte Ursulas Bemerkung eine ganz andere Bedeutung gehabt. Wollte sie damit sagen, dass es sich in ihrem Lebenslauf gut machen würde, wenn sie Erfahrung mit Spendenaktionen vorweisen konnte, weil sie dann bessere Aussichten auf eine Stelle in einer anderen Wohltätigkeitsorganisation hatte? Vielleicht bei einer Organisation in London?

Plötzlich dachte sie an Norman. Hatte er gewusst, dass seine „Seelenverwandte" vorhatte, Bunnington zu verlassen? Bei ihrer gestrigen Unterhaltung hatte er nichts davon gesagt; im Gegenteil: Er hatte nur davon geschwafelt, dass er und Ursula für den Rest ihrer Tage zusammen sein wollten. All seinen Beteuerungen zum Trotz war Poppy sich jedoch ziemlich sicher, dass die vermeintliche Seelenverwandtschaft allein seiner Fantasie entsprang.

Wenn Ursula Normans aufdringliche Zuneigungsbekundungen nicht willkommen geheißen, sondern vielleicht sogar als lästig oder abstoßend empfunden hatte, hätte sie möglicherweise im Stillen Pläne geschmiedet, Bunnington zu verlassen, um ihn loszuwerden. Ein Job in London wäre der erste Schritt gewesen.

„Poppy?"

Suzannes Stimme riss Poppy aus ihren Gedanken. „Tut mir leid", sagte sie mit einem entschuldigenden Lächeln. „Ich ... ähm ... ich habe über Ursulas Ermordung nachgedacht."

„Irgendetwas Bestimmtes?"

Poppy zögerte, ihre Theorie vor Suzanne auszubreiten. Den sanftmütigen Antiquitätenhändler hatte sie nie wirklich als Verdächtigen in Betracht gezogen und sie hatte keinerlei Beweise, dass er etwas mit dem Mord zu tun hatte. Wenn er unschuldig war, dann hatte er schon genug gelitten, und sie sollte sich hüten, sein Elend noch schlimmer zu machen, indem sie der Polizei gegenüber behauptete, er habe die Frau getötet, die er liebte.

„Äh ... nein, eigentlich nicht", antwortete Poppy. „Vermutlich wird Betsy jetzt freigelassen, oder?"

„Ja, obwohl ich sie noch nicht endgültig von meiner Liste der Verdächtigen streiche. Aber bis auf Weiteres bin ich bereit, ihr zu glauben, dass jemand sie reingelegt hat. Das bedeutet, dass der Mörder Zugang zum Herrenhaus hatte und sich dort gut genug auskannte, um Betsys Zimmer finden und das Messer unter ihrer Matratze verstecken zu können."

Wieder kehrten Poppys Gedanken voller Unbehagen zu Norman zurück, aber sie verdrängte sie und sagte: „Suchst du jetzt nach weiteren Verdächtigen?"

„Auf jeden Fall. Als Erstes werde ich mir alle Kontakte von Ursula vornehmen - sowohl auf dem Anwesen als auch im Dorf – und mir ansehen, welche Beziehung sie zu ihnen gehabt hat." Suzanne lächelte grimmig. „Ich weiß, es ist ein Klischee, aber laut Statistik werden die meisten Mordopfer nicht von einem Unbekannten, sondern von jemandem umgebracht, den sie kannten. Ich werde selbst mit Henry Farnsworth sprechen, und auch mit Paul Kirby und natürlich mit Muriel Farnsworth. Sie kann uns vielleicht etwas über das Privatleben ihrer Nichte sagen, was uns wertvolle Hinweise liefern könnte. Die anderen Mitglieder des SOAR-Komitees müssen natürlich auch befragt werden, ebenso wie alle Dorfbewohner, mit denen Ursula häufig zu tun hatte. Die Besitzerin des Ladens mit der Poststelle war sehr hilfreich und hat mir eine Namensliste gegeben."

Suzanne stand seufzend vom Tisch auf. „Ich fürchte, ich muss jetzt los, ich habe noch eine Menge zu tun." Dann verzog sie das Gesicht und fügte hinzu: „Wenigstens muss ich mich nicht mit dieser Bande von Vandalen herumschlagen. Meine uniformierten Kollegen raufen sich da schon die Haare. Dass sie von einer Bande Jugendlicher überlistet werden, setzt ihnen ordentlich zu, aber bis jetzt ist es ihnen nicht gelungen, sie zu schnappen. Und die Liste der Schäden, die die Jungs angerichtet haben, wird immer länger. Heute Morgen gab es eine Flut von Anrufen auf der Wache von wütenden Dorfbewohnern, die Zerstörungen gemeldet haben."

Poppy bekam sofort ein schlechtes Gewissen. Hätte sie vorgestern in Duxton House etwas gesagt, hätte die Polizei die Jungen vielleicht schon geschnappt. Sie musste an die Worte von Mrs Peabody denken, dass es vielleicht mit dummen Streichen anfängt, dass es dabei aber nicht bleibt, wenn niemand etwas unternimmt.

„Was haben sie diesmal getan?", fragte sie besorgt. „Es ist doch hoffentlich niemand verletzt?"

„Nein, es wurde niemand verletzt, aber an mehreren Häusern im Dorf haben sie die vollen Mülltonnen umgeworfen, die für die Müllabfuhr bereitstanden, und den Inhalt in den Gärten und auf der Straße verteilt. Den Dörflern steht eine riesige Aufräumaktion bevor und wahrscheinlich ist der Gestank ziemlich schlimm."

Poppy begleitete Suzanne zum Gartentor. Sie war erleichtert, dass Nell bereits zur Arbeit gefahren war und Suzanne nicht weiter mit Fragen zu ihrem Privatleben löchern konnte. Sie wollte sich gerade von ihr verabschieden, als ihr etwas anderes einfiel.

„Hat die Polizei Ursulas Handy gefunden? Seltsamerweise scheint es seit dem Mord spurlos verschwunden zu sein. Wahrscheinlich dachte Sergeant Lee deshalb, Ursula sei von einem Handydieb umgebracht worden."

„Nun ja, Sergeant Lee hat leider voreilige Schlüsse gezogen." Suzannes Tonfall ließ darauf schließen, dass sie dem Sergeanten ordentlich den Kopf gewaschen hatte.

Poppy empfand eine kindliche Befriedigung bei dem Gedanken, dass der selbstgefällige Sergeant einen Dämpfer bekommen hatte.

„Das Handy? Nein, das ist nicht wieder aufgetaucht, aber wir suchen weiter. Ich habe gehört, dass es eine auffallende Hülle hatte?"

„Ja, Ursula hatte eine ähnliche Hülle für ihr

Tablet", erklärte Poppy. „Die habe ich gesehen, als ich in Duxton House war - sie ist wirklich wunderschön: Roségold mit einem Schnörkelmuster aus Kristallen."

„Nun, das sollte leicht zu identifizieren sein. Am besten starte ich einen Aufruf. Es kann natürlich sein, dass der Mörder es einfach in seine Einzelteile zerlegt hat, dann finden wir es vielleicht nie. Wir setzen die Suche aber auf jeden Fall fort."

Als Suzanne wegfuhr, stand Poppy am Tor und sah ihr nach. Sie war sehr erleichtert, dass der Fall nun in ihren fähigen Händen lag. Jetzt konnte sie die Ermittlungen getrost der Polizei überlassen, während sie sich auf ihr eigenes Leben konzentrierte. Sie hatte genug zu tun: Stecklinge verpflanzen, Blumenarrangements ausliefern, zwei freche Hunde finden ...

Aber was war mit Norman? Entschlossen schob Poppy ihre unruhigen Gedanken in den Hintergrund. Suzanne hatte gesagt, sie würden alle befragen, die regelmäßig mit Ursula zu tun hatten, und dazu gehörte Norman. Sollte sich doch die Polizei darum kümmern.

Sie wollte gerade ins Haus zurückgehen, als sich im Gebüsch rechts von ihr etwas regte. Zu ihrer Überraschung trat ein schlanker Junge mit einem braunen Haarschopf hinter einem Strauch hervor. Sie starrte ihn verblüfft an. Es war der Junge, den sie neulich in Duxton House gesehen hatte - das jüngste Mitglied der Jugendbande.

Kapitel 28

Poppy schaute sich schnell nach den älteren Jungs um, weil sie befürchtete, das nächste Opfer der Bande zu werden, aber außer ihr und dem Jungen war niemand im Garten. Er betrachtete sie misstrauisch, wie ein wildes Tier, das jeden Moment die Flucht ergreifen würde, und sie ertappte sich dabei, dass sie ihn instinktiv anlächelte.

„Hallo."

Nach kurzem Zögern sagte er leise: „Hallo." Er kam einen weiteren Schritt auf sie zu und sagte dann schnell: „Ich … ich wollte mich bedanken."

Poppy sah ihn erstaunt an. Damit hatte sie nun wirklich nicht gerechnet.

„Für vorgestern", fügte er erklärend hinzu. „Als Sie mich im Hof von dem großen Haus gesehen haben und ... und nichts gesagt haben.“

„Oh ... na ja ... gern geschehen“, erwiderte Poppy ein wenig unbeholfen. Sie hatte keine Ahnung, was sie sonst hätte sagen können, und verfiel auf das bewährte britische Allheilmittel für alle Lebenslagen. „Ähm, möchtest du eine Tasse Tee?“

Der Junge schüttelte den Kopf. „Ich muss los“, sagte er, rührte sich aber nicht vom Fleck. Er strich sich verlegen das Haar aus der Stirn und fragte plötzlich: „Warum?“

„Warum was?“, lautete Poppys verwirrte Gegenfrage.

„Warum haben Sie nichts gesagt? Warum haben Sie dem Polizisten nicht gesagt, dass ich da war?“

„Oh, ich weiß nicht ...“ Poppy zuckte unschlüssig mit den Schultern. „Wahrscheinlich wollte ich einfach nicht, dass du Ärger bekommst.“

Ihre Antwort schien ihn zu überraschen. „Aber Sie kennen mich doch gar nicht. Da kann es Ihnen doch egal sein, ob ich Ärger kriege.“

„Man muss jemanden nicht unbedingt kennen, um das Richtige zu tun. Und manchmal ist einem der andere nicht egal, auch wenn man ihn nicht kennt.“

Er schaute sie einen Moment lang mit offenem Mund an. Dann senkte er den Kopf und sagte mit so leiser Stimme, dass Poppy ihn kaum verstand: „Wir haben nicht das Richtige getan.“

„Nein, es ist nicht schön, was ihr im Dorf angestellt habt“, sagte Poppy streng. „Und gestern

Abend wart ihr wieder unterwegs, nicht wahr? Und habt die Mülltonnen umgeworfen?"

Der Junge nickte kläglich. „Ich wollte es nicht tun. Nichts davon!", platzte es plötzlich aus ihm heraus. „Ich wusste, dass es falsch war, Wände beschmieren und Büsche kaputthacken und so."

„Warum hast du dann mitgemacht?"

„Weil es irgendwie aufregend war, wissen Sie. Sich verstecken und herumschleichen und dann weglaufen und fast erwischt werden ... das war cool. Zumindest am Anfang." Er schwieg, dann fuhr er kleinlaut fort. „Dann kriegte ich ein schlechtes Gewissen, wegen dem, was wir getan haben. Ich sagte den anderen, dass wir damit aufhören sollten, aber die großen Jungs haben nur gelacht und gesagt, dass sie ihren Spaß haben wollten. Außerdem haben sie gesagt, wenn ich dabei sein will, wenn ich Bandenmitglied sein will, dann muss ich mitmachen."

Poppy fragte sanft: „Willst du denn wirklich zu so einer Bande gehören?"

Der Junge zuckte mit den Schultern und wich ihrem Blick aus. „Ist besser als zu Hause zu bleiben, mit Mum, die die ganze Zeit weint und so", stammelte er.

„Oh ... wie wär's denn, wenn du stattdessen mit deinen anderen Freunden abhängst?"

Als er nicht antwortete, überlegte Poppy, dass er vielleicht gar keine anderen Freunde hatte. Sie hätte sich ohrfeigen können! Es entstand eine lange, unbehagliche Pause. Umso dankbarer war sie, als eine vertraute, fordernde Stimme die Stille durchbrach:

„Mi-aaau? Miau?"

Oren schlenderte den Gartenweg hinunter auf sie zu. Er sah sehr selbstzufrieden aus (wahrscheinlich hatte er gerade ein zweites Frühstück zu sich genommen, das Nell ihm bereitgestellt hatte!), und sein rothaariges Fell war frisch gestriegelt und glänzte. Er beäugte den Jungen neugierig.

„M-au?", sagte er und zuckte zur Begrüßung mit dem Schwanz.

„Wow, das ist eine coole Katze!" Der Junge starrte Oren bewundernd an. „Gehört die Ihnen?"

„Nein, es ist ein Kater und er gehört meinem Nachbarn. Allerdings scheint er zu glauben, dass er auch bei mir wohnt", lachte Poppy. „Er heißt Oren - möchtest du ihn streicheln?"

Der Junge nickte eifrig und ging in die Hocke. Oren kam ohne Scheu zu ihm und ließ sich widerstandslos über das seidige Fell streichen. In dem Jungen ging eine erstaunliche Verwandlung vor sich. Die misstrauische Art, die mürrische Stimme, die geduckte Haltung – all das war verschwunden. Stattdessen leuchteten seine Augen, sein Gesicht wirkte lebhaft und offen und er entspannte sich, während er Oren unter dem Kinn kraulte.

„Ich wollte immer eine Katze oder einen Hund", bemerkte er, „aber Mum sagt, Haustiere machen so viel Ärger."

„Als Kind hatte ich auch kein Haustier." Poppy hockte sich neben ihn und begann, Oren ebenfalls zu kraulen. „Dann bin ich hierhergezogen und Oren hat mich sozusagen adoptiert", scherzte sie.

„Kann ich ... kann ich ihn mal wieder besuchen?", fragte der Junge.

„Ja, gerne, wann immer du willst. Meist ist er hier im Garten, wenn er nicht gerade nebenan ist." Poppy grinste den Jungen an. „Klopf einfach an, wenn du ihn draußen nicht herumstreunen siehst. Manchmal ist er im Cottage und schläft auf seinem Lieblingsplatz. Und die Einladung zum Tee gilt immer noch, okay?"

„Danke", sagte der Junge mit rauer Stimme. „Sie sind ... Sie sind wirklich nett."

Poppy streckte die Hand aus. „Ich heiße Poppy. Und wie heißt du?"

„Timothy." Er ergriff ihre Hand und schüttelte sie feierlich.

Poppy staunte, wie klein seine Hand war, aber er war ja auch noch ein Kind. Aus der Nähe sah er nicht älter als zehn oder elf Jahre aus, obwohl er die zynische Haltung eines viel älteren Menschen ausstrahlte, der Schmerz und Enttäuschung erlebt hatte.

Sie streichelten Oren noch einen Moment, dann stand Timothy auf und sagte bedauernd: „Ich muss nach Hause. Meine Mutter wartet mit dem Mittagessen."

„Wie bist du hierhergekommen?", fragte Poppy,

die sich ebenfalls erhob.

„Ich habe ein Fahrrad." Er wies in Richtung der Gasse. „Ich habe es unten am Ende der Sackgasse geparkt. Bis nach Hause sind es nur ungefähr zehn Minuten mit dem Rad."

„Fährst du auch mit dem Rad zur Schule?"

Er nickte, doch er schien mit den Gedanken woanders zu sein. Bevor er auf die Gasse trat, blieb er stehen und sah sie an.

„Sie haben vorhin mit dieser Frau gesprochen. Über den Mord."

„Du meinst Suzanne, Inspector Whittaker?"

„Da ging's um dieses Handy in der schicken Hülle."

„Ja, das Telefon der Frau, die ermordet worden ist. Sie hatte eine spezielle Hülle aus Roségold, mit vielen Kristallen drauf. Warum?"

Er zögerte. „Ich glaube, ich habe es gesehen."

„Was? Wo denn?"

„In einem der Häuser, wo wir … Sie wissen schon, als wir letzte Nacht unterwegs waren." Er schwieg verlegen.

„Du meinst, du hast es in einem Haus gesehen?"

„Nein, in einem Müllsack. Wir haben die schwarzen Säcke aus den Mülltonnen geholt, sie aufgerissen und dann den Müll rumgeworfen. Wir hatten grade bei einer Häuserreihe angefangen, dann kam ein Auto mit großen Scheinwerfern die Straße rauf, und da sind wir weggerannt. Wir sind dann nicht wieder zu diesen Häusern zurückgegangen, aber ich hatte einen Sack aufgeschnitten, bevor ich weggelaufen bin. Und da drin hab ich ein Handy gesehen, das so aussah, wie Sie sagen. Es ist mir aufgefallen, weil ich es komisch fand, dass jemand so was wegschmeißt. War bestimmt teuer."

Poppy packte ihn aufgeregt am Arm. „Weißt du noch, welches Haus es war? Kannst du es mir zeigen?"

„Ja. Es liegt auf der anderen Seite vom Dorf, aber ich find es wieder."

Eine Viertelstunde später ging Poppy hinter Timothy her durch eine schmale Gasse. In diesem Teil am Rand des Dorfes war sie noch nie gewesen. Während die Häuser im Bereich der High Street oder in der Nähe von Duxton House oftmals wohlhabenden Städtern gehörten, die sich einen Wohnsitz auf dem Land gekauft, es renoviert und erweitert hatten, waren die Häuser hier klein und schäbig und einige waren sehr reparaturbedürftig. Wahrscheinlich waren es ursprünglich Cottages von Arbeitern gewesen.

Die Gasse führte hinter der Häuserreihe her und bot Zugang zu den Gärten. Dort wurden die Mülltonnen für die wöchentliche Müllabfuhr bereitgestellt. Am Ende der Reihe blieb Timothy stehen und zeigte auf das letzte Haus.

„Das ist es."

Poppy spähte über den Holzzaun in den Garten, der aus einem kargen Stück Rasen, überwucherten Sträuchern und ein paar verwilderten Petunien bestand, die nicht genug Licht bekamen, aber trotzdem tapfer versuchten, zu blühen. Das Haus ähnelte den anderen in der Reihe – es war grau, unscheinbar und musste dringend gestrichen werden.

„Wo hast du das Telefon gesehen?", fragte sie Timothy, der neben ihr stand.

„Da drin – sehen Sie?" Er zeigte auf eine verblichene grüne Mülltonne, die in einer Nische neben der Hintertür stand. „Es war in einem schwarzen Sack in der Tonne. Ich sollte dieses Haus machen, die anderen Jungs haben sich jeweils ein anderes Haus vorgenommen. Aber wie ich schon sagte, kam dieses Auto die Gasse runter und die großen Jungs machten sich aus dem Staub. Ich hatte den Müllsack noch nicht ganz aufgerissen, hab ihn dann aber schnell in die Tonne zurückgeschoben und bin losgerannt."

„Wie bist du in den Garten gekommen?"

„Oh, das ist ganz einfach - das Tor ist nicht verschlossen." Er wies auf ein paar Latten, die sie für einen Teil des Zauns gehalten hatte, bei denen es sich aber um ein Tor zum Garten handelte. Es gab zwar einen Riegel, aber der hing lose an rostigen Schrauben.

Poppy schaute zögernd zum Haus. War jemand da? Von drinnen drang kein Laut nach draußen. Sie warf einen Blick auf ihre Uhr. Es war mitten am Vormittag, und die meisten Leute waren bei der Arbeit. Sie wusste, dass sie Suzanne anrufen und die

Polizei benachrichtigen sollte, aber jetzt, wo sie hier war, konnte sie ihre Neugierde nicht bezähmen. Sie musste einfach herausfinden, ob Ursulas Telefon wirklich in dieset Mülltonne lag.

Sie holte tief Luft, schlüpfte durch das Tor und lief mit Timothy durch den Garten zur Mülltonne. Als sie den Deckel aufklappte, schlug ihr der säuerliche Gestank von verrottendem Müll entgegen. Trotzdem griff sie beherzt nach dem schwarzen Plastiksack darin. Der lange Riss an der Seite war nicht zu übersehen. Leere Milchtüten, Zitronenschalen, zerknüllte Plastikfolie, schmutzige Servietten und eine leere Chipstüte der Geschmacksrichtung Sauerrahm und Zwiebeln quollen hervor. Poppy runzelte die Stirn. Sie konnte nichts entdecken, was einem Telefon ähnelte.

Dann sah sie es. Zwischen einem braun angelaufenen Apfelgehäuse und einem Stück Pappe steckte etwas metallisch Schimmerndes. Sie packte es mit zwei Fingerspitzen und zog es langsam hervor. Zuerst schien es festzustecken und sie fürchtete schon angewidert, sie würde die ganze Hand in den Müll stecken müssen, aber schließlich gelang es ihr, es herauszuziehen. Es war tatsächlich ein Handy - oder zumindest ein Teil davon. Jemand hatte wohl mit einem Hammer so heftig auf das Telefon eingeschlagen, dass die Hülle gesprungen war und sich vom Gerät selbst gelöst hatte. Sie hielt den größten Teil der Hülle in der Hand und nahm an, dass der Rest und das Telefon selbst noch in den

Tiefen des Müllsacks lagen.

Sie hatte allerdings nicht vor, nach den Bruchstücken zu suchen. Für eine eindeutige Identifizierung würde ihr Fund auf jeden Fall reichen. Als sie die zerbrochene, mit funkelnden Kristallen verzierte roségoldene Hülle betrachtete, erinnerte sie sich daran, dass sie das gleiche Design an Ursulas Tablet in Duxton House gesehen hatte. Und die Tatsache, dass es zertrümmert und in einem Müllsack versteckt worden war, um mit dem restlichen Müll entsorgt zu werden, konnte nur eins bedeuten: Derjenige, der dieses Telefon in seinem Besitz gehabt hatte, wollte sicherstellen, dass es endgültig zerstört und nie gefunden wurde.

„Ist das von dem Telefon der toten Frau?", fragte Timothy mit gedämpfter Stimme.

Poppy nickte. Ihre Gedanken rasten. Jemand hatte Ursula das Telefon am Tag des Dorffestes abgenommen, und das konnte nur ihr Mörder gewesen sein. Poppy holte zittrig Luft, als ihr klar wurde, dass ihre Entdeckung nur einen Schluss zuließ.

Wer auch immer in diesem Haus wohnte, hatte Ursula umgebracht.

Kapitel 29

Poppy blickte zu dem großen Fenster hinauf, das auf den Garten hinausging. Die erste Etage des Hauses lag leicht erhöht, was möglicherweise mit der Nähe zum Fluss und der drohenden Überschwemmungsgefahr zusammenhing. Das Fenster war so weit oben angebracht, dass sie nicht in den Raum sehen konnte. Allerdings deuteten einige Gegenstände auf der Fensterbank darauf hin, dass es sich um die Küche handelte: eine Flasche Geschirrspülmittel, ein Keramiktopf mit ein paar Bürsten, das silbern glänzende Rohr eines langen Wasserhahns, eine vertrocknete Pflanze in einem Blumentopf und – ihr stockte der Atem - ein paar alte Glasflaschen in Braun- und Grüntönen.

Poppys Herz begann, wie wild zu klopfen. Solche Glasflaschen hatte sie erst gestern gesehen: in Norman Smalles Laden. Und dann fiel ihr die leere

Chipstüte ein, die sie eben im Müll gesehen hatte: Sauerrahm-und-Zwiebelgeschmack. Sie erinnerte sich, dass Norman während ihres Gesprächs immer wieder in eine Chipstüte gegriffen hatte. Es war die gleiche Geschmacksrichtung gewesen.

All ihr Unbehagen, das sie vorhin so erfolgreich verdrängt hatte, kehrte zurück. Was, wenn sie sich in Norman getäuscht hatte? Er könnte gelogen haben, als er ihr sagte, er sei im Herrenhaus gewesen, habe versucht, sich auszuruhen, während draußen das Terrier-Rennen stattfand, und sei erst wieder auf dem Fest erschienen, nachdem Ursula ermordet und ihre Leiche entdeckt worden war. Hatte er das Haus tatsächlich viel früher verlassen, war ins Festzelt gegangen, während alle beim Terrier-Rennen waren, und hatte Ursulas Telefonat mit ihrem potenziellen Arbeitgeber in London belauscht? Auf seine stille, zwanghafte Art hatte Norman von einem Leben mit Ursula geträumt - aber das Gespräch, das er zufällig mithörte, machte ihm klar, dass sie nicht nur seine Gefühle nicht erwiderte, sondern zu allem Überfluss vorhatte, in eine andere Stadt zu ziehen!

Hatte er sie in seiner Wut erstochen? Hatte ihn das Gefühl, verraten und getäuscht worden zu sein, dazu getrieben?

Poppy kramte in ihren Taschen nach ihrem eigenen Telefon, doch dann fiel ihr ein, dass es noch auf ihrem Nachttisch lag. Sie hatte es so eilig gehabt, mit Suzanne zu reden, dass sie es vergessen hatte -

und dann war Timothy aufgetaucht. Nachdem er von seiner Entdeckung berichtet hatte, war sie sofort mit ihm durch das Dorf geeilt und hatte ihr Telefon im Hollyhock Cottage liegen lassen.

„Timothy – du hast wahrscheinlich kein Handy?", fragte sie.

Er schüttelte den Kopf. „Mum sagt, ich krieg erst eins, wenn ich zwölf bin."

Poppy starrte auf die zerbrochene Handyhülle und überlegte, was sie tun sollte. Sie musste der Polizei sofort Bescheid geben, was sie gefunden hatte. Aber wenn sie die Handyhülle mit auf die Wache nahm, würde sie belastendes Beweismaterial entfernen, und sie wusste nicht, ob es dann noch vor Gericht gelten konnte. Sie warf einen weiteren zweifelnden Blick auf die Mülltonne. Sie könnte die Hülle wieder im Abfall verstecken ... aber was, wenn sie nicht mehr da war, sobald sie mit der Polizei zurückkam? Was, wenn Norman durch eine unglückliche Fügung des Schicksals nach Hause kam und seinen Müll verschwinden ließ? Sie würde alle Beweise verlieren, die ihn mit Ursulas Mord in Verbindung brachten.

„Hör zu, Timothy, ich muss hierbleiben und aufpassen, dass niemand den Müll beseitigt. Kannst du zurück ins Dorf laufen und einen der Erwachsenen bitten, die Polizei zu rufen? Im Pub ist bestimmt jemand, den du fragen kannst, oder auf dem Dorfanger. Da sind immer ein paar Leute unterwegs."

Er trat ängstlich einen Schritt zurück. „Aber ich kenne da niemanden."

„Das ist egal. Sag den Leuten einfach, dass du wichtige Beweise für Ursulas Mord gefunden hast."

„Sie werden mir nicht glauben. Vielleicht erkennt mich jemand und erinnert sich, dass er mich mit den großen Jungs gesehen hat. Und dann denkt er, dass ich ihm einen Streich spielen will."

„Nein, bestimmt nicht. Wenn du es ihnen einfach erklärst ..."

„Mir glaubt niemand!", rief Timothy zornig. „Vielleicht erwischen sie mich und lassen mich nicht mehr gehen!"

Er war so aufgeregt, dass Poppy eilig den Kurs wechselte. „Okay, okay - wie wäre es, wenn du zu meinem Haus zurückläufst? Auf meinem Nachttisch liegt mein Handy ... und die Haustür ist nicht abgeschlossen", fügte sie schuldbewusst hinzu. „Kannst du es holen und mir bringen?"

Er nickte und huschte aus dem Garten. Poppy überlegte, was sie am besten mit der Handyhülle machen sollte. Sie wollte sie nicht wieder in den Müllsack stecken, aber andererseits wollte sie sich auch nicht dem Verdacht aussetzen, Beweise manipuliert oder sogar absichtlich jemandem Beweismatrial untergeschoben zu haben, und das konnte leicht passieren, wenn sie es woanders hinlegte. Sie musste es auf jeden Fall irgendwie verpacken. Voller Abscheu betrachtete sie die schmutzigen Servietten, die aus dem Müllsack ragten. Vielleicht -

Dann erstarrte sie. Waren da Stimmen aus dem Inneren des Hauses zu hören? Poppy kauerte sich instinktiv zusammen und blickte erneut zum Fenster hoch. Sie war sich so sicher gewesen, dass niemand im Haus war; es war alles so still gewesen ...

Ja, da sprach jemand, und zwar im vorderen Teil des Hauses. Vielleicht war Norman gerade heimgekommen? Dann bemerkte Poppy, dass sie die Stimmen überraschend deutlich hörte, deutlicher, als es durch das geschlossene Fenster über ihr der Fall gewesen wäre. Plötzlich sah sie, dass die Hintertür leicht angelehnt war. Sie erinnerte sich, dass Mrs Peabody gesagt hatte, in Bunnington ließen die meisten Leute immer noch ihre Hintertüren unverschlossen. Durch den Spalt konnte sie deutlich Normans Stimme hören. Seine Worte waren nicht zu verstehen, doch sein Tonfall klang eindringlich. Dann sagte er plötzlich „Ursula" und Poppy erstarrte. Im nächsten Moment ertönte eine schrille Frauenstimme: „Sie waren es! Sie haben sie umgebracht!"

Sonia!

Poppy zuckte zusammen. Hatte Sonia irgendwie herausgefunden, wer ihre einzige Freundin getötet hatte, und war gekommen, um ihn zur Rede zu stellen? Dann hörte sie Sonia schreien, und ohne nachzudenken, riss Poppy die Hintertür auf und stürmte ins Haus. Sie stolperte durch die Küche, den Flur hinunter und in das kleine Wohnzimmer an der

Vorderseite, wo Norman und Sonia in der Mitte des Raumes standen. Sie rangen miteinander und hatten nicht einmal bemerkt, dass sie hereingekommen war. Poppy schrie Norman an, doch als sie damit keinen Erfolg hatte, griff sie sich den erstbesten Gegenstand, den sie in die Finger bekam - einen Marienkäfer aus Keramik auf einem Beistelltisch - und warf ihn dem Antiquitätenhändler an den Kopf. Natürlich verfehlte sie ihn. Der Käfer traf ihn an der Schulter und fiel zu Boden. Der Aufprall überraschte ihn jedoch so sehr, dass er Sonia losließ.

„Poppy!" Norman starrte sie an. „Was machen Sie hier?"

„Lassen Sie Sonia in Ruhe! Es nützt nichts, wenn Sie sie zum Schweigen bringen - ich kenne die Wahrheit", sagte Poppy.

„Was reden Sie denn da? Sonia hat mich -"

„Ich spreche von Ursula. Sie haben sie ermordet, nicht wahr?"

„Was? Nein! Wie können Sie so etwas denken? Ich habe Ihnen doch gesagt, ich habe sie geliebt!"

„Kommen Sie mir nicht wieder mit Ihrer rührseligen Geschichte! Lieber Himmel, Sie waren wirklich überzeugend - ich habe Ihnen Ihre Trauer tatsächlich abgenommen. Ich hätte den Leuten aus dem Dorf glauben sollen, die alle sagten, Sie würden Ihre Betroffenheit nur vortäuschen."

„Ich habe nichts vorgetäuscht!", kreischte Norman und wurde ganz rot im Gesicht. Er trat auf sie zu. „Hören Sie -"

„Kommen Sie mir nicht zu nahe!", mahnte Poppy und wich zurück.

In der hintersten Ecke des Wohnzimmers erspähte sie ein Telefon und überlegte, ob sie den Versuch wagen sollte, es zu erreichen und den Notruf zu wählen, bevor Norman sie daran hinderte. Sie warf einen Blick auf Sonia - wenn sie ihn doch nur einen Moment ablenken würde! Die Frau mit den orangefarbenen Haaren schien jedoch in eine Trance verfallen zu sein. Sie rang die Hände und starrte Norman ausdruckslos an.

Poppy schaute sich verstohlen im Zimmer um. Gab es denn hier nichts, was sie als Waffe benutzen könnte? Auf der anderen Seite befand sich ein ganz gewöhnlicher offener Kamin mit Kaminaufsatz und einem Spiegel darüber, aber die Feuerstelle schien eher dekorativen als funktionalen Zwecken zu dienen und sie konnte weder einen Schürhaken noch anderes Kaminbesteck sehen. Hinter ihr befand sich eine schmale Anrichte mit ein paar Büchern und Ornamenten sowie einem unordentlichen Stapel aus geöffneten Briefen. Ein spitz zulaufender Brieföffner war leider nicht dabei. In ihrer Verzweiflung schnappte sie sich eines der Bücher und hielt es wie einen Schutzschild vor sich.

„Bleiben Sie, wo Sie sind", warnte sie Norman.

Er schüttelte den Kopf. „Sie sind verrückt!"

„Oh nein, Sie sind verrückt!", entgegnete Poppy. „Sie sind wie besessen, Sie sind Ursula mit Ihrer zwanghaften Verehrung auf die Nerven gegangen, nicht wahr? Und als sie eine Möglichkeit sah, Ihren unsäglichen Aufmerksamkeiten zu entkommen, sind Sie ausgerastet und haben sie getötet."

„Nein, nein! Ich hätte Ursula nie etwas angetan!"

„Schluss mit den Lügen! Ich kenne die Wahrheit", unterbrach Poppy ihn. Sie griff nach der Handyhülle, die sie kurzerhand in die Tasche gesteckt hatte, als sie ins Haus gerannt war, und hielt sie ihm unter die Nase. „Ich habe das hier gefunden - es ist die Hülle von Ursulas Handy. Was sagen Sie jetzt?"

Sonia stieß einen kleinen Schrei aus und hielt sich am Kaminsims fest. Norman starrte auf die Handyhülle, sein Gesicht war kreidebleich.

„Aber ... aber ... ich verstehe das nicht", stammelte er. „Wie haben Sie -"

„Es lag draußen in der Mülltonne. Sie haben versucht, es zu zertrümmern und loszuwerden, nicht wahr? Wenn die Müllabfuhr den Abfall mitgenommen hätte, wäre das Handy auf Nimmerwiedersehen verschwunden, und genau das war Ihr Plan!"

„Nein, warten Sie - das ist ein schreckliches Missverständnis", rief Norman. „Ich bin nur hierhergekommen, weil ich eine Nachricht von ..."

„Was soll das heißen, Sie sind hierhergekommen?", schnauzte Poppy. „Sie wohnen hier! Das ist Ihr Haus!"

„Nein, ist es nicht." Norman zeigte auf Sonia. „Es ist ihr Haus."

Kapitel 30

Poppy wollte ihm widersprechen, doch dann sah sie sich noch einmal im Raum um und erkannte all die vielsagenden Zeichen - das Hufeisen über der Tür, die Sammlung von Amuletten gegen den Bösen Blick auf der Anrichte, die Kissenbezüge mit aufgestickten vierblättrigen Kleeblättern und die winkende Glückskatze auf dem Kaminsims. Der Titel des Buches in ihren Händen verschaffte ihr endgültige Gewissheit: „Flüche und Omen – was Sie dagegen tun können".

Eine schreckliche Erkenntnis dämmerte ihr. Sie sah zu der Frau am Kamin hinüber, die Norman immer noch mit diesem leeren, unheimlichen Blick anstarrte.

„Oh mein Gott, Sie waren es!", sagte er mit

heiserer Stimme, als er begriff, was passiert war. „Sie haben sie umgebracht!"

„Nein, nein, nein – Sie waren es! Wenn Sie das Messer nicht zum Fest mitgebracht hätten ... es war *Pech*!"

„Nein, es war kein Pech, das Ursula getötet hat, sondern Sie haben das Messer genommen und sie erstochen!", schrie Norman.

„Ich ... ich konnte nicht anders", rief Sonia. Ihr Gesicht bekam hässliche Flecken, als sie zu weinen begann. „Ich war so wütend! Ich konnte nicht mehr klar denken und dann sah ich das Messer ...", schluchzte sie. „Ich dachte, Ursula sei meine Freundin! Sie hat mich nie ausgelacht wie die anderen, sie war immer freundlich. Ich hatte gehofft, sie würde mir helfen, aber es war alles eine Lüge!"

„Was meinen Sie?", fragte Norman. „Ursula *war* Ihre Freundin! Sie war immer nett zu Ihnen und -"

„ICH HABE SIE GEHÖRT!" Sonias Stimme überschlug sich. „Ich habe sie am Telefon gehört. Im Festzelt, als Mrs Peabody mich geschickt hat, sie zu suchen. Als ich näher kam, hörte ich Ursula mit jemandem reden - über mich! Es war die Vermittlungsagentur aus London, die mir den Job versprochen hatte, den ich dringend brauchte, aber Ursula hat ihnen schreckliche Dinge über mich erzählt. Ich sei hysterisch und unzuverlässig und abergläubisch! Wie konnte sie nur! Wie konnte sie mir das antun?" Sie klang immer schriller.

„Was haben Sie denn erwartet?", fragte Norman

wütend. „Sie konnte nicht die Unwahrheit sagen, wenn sie Ihnen eine Referenz ausstellen sollte. Sie hatte mit Ihnen zusammengearbeitet und wusste, wie Sie wirklich sind - jedes andere Mitglied im SOAR-Ausschuss hätte dasselbe gesagt."

„Aber Ursula war doch meine Freundin!", jammerte Sonia. „Sie sollte mir doch helfen - wie konnte sie mich nur so hintergehen?" Sie fasste sich an den Kopf. „Es war alles eine Lüge, alles Lüge! Sie war nie meine Freundin. Ich hatte keine Freunde, ich hatte niemanden! Niemand wollte mir helfen, niemand wollte mir einen Job geben, niemand hat sich um mich gekümmert!"

Sie sah so trostlos, so verzweifelt aus, dass Poppy trotz allem einen Anflug von Mitleid für sie empfand. Sie streckte ihr die Hand entgegen und sagte sanft: „Das ist nicht wahr, Sonia. Ihr Schicksal lag Ursula am Herzen -"

„Nein, das stimmt nicht! Ihr Mitleid war nur vorgetäuscht, und das war viel schlimmer als alles andere", zeterte Sonia, deren Gesichtsausdruck sich plötzlich veränderte. „Sie hat mich glauben lassen, sie sei nett, und dann hat sie mich im Stich gelassen, als ich sie am meisten brauchte! Ich wollte sie schlagen, ihr weh tun, so wie sie mir weh getan hat. Und dann sah ich es - das Messer. Es lag einfach so auf dem Tisch, neben Ursula. Sie stand mit dem Rücken zu mir, ich griff nach dem Messer ... Ich war so wütend!" Sie ballte die Hände, als wollte sie das Messer erneut umklammern. „Und dann ... danach

… hatte ich Angst.“

„Also haben Sie das Messer in Betsys Zimmer versteckt“, vermutete Poppy. „Sie wollten ihr den Mord anhängen, nicht wahr?“

Sonia stammelte: „Ich … ich wusste nicht, was ich tun sollte. Ich dachte, wenn ich das Messer einfach verstecke, erfährt niemand etwas. Und dann war da das Telefon, Ursulas Telefon. Ich musste es loswerden.“

Und dann kam sie schreiend auf die Festwiese gerannt, dachte Poppy. Und natürlich wurde sie nicht verdächtigt, weil niemand es für möglich gehalten hätte, dass die arme, verzweifelte Frau, die die Leiche entdeckt hatte, die Mörderin war.

Aber jetzt wurde Poppy klar, dass vieles darauf hingedeutet hatte: die Nervosität, die Sonia im Postladen an den Tag gelegt hatte, als die Damen sie fragten, wie es war, als sie Ursulas Leiche gefunden hatte, und ihre Bemerkung: „Ja, überall war Blut … ich hätte nie gedacht, dass es so viel Blut sein würde.“ Poppy erinnerte sich, dass sie sich damals über ihre Wortwahl gewundert hatte, aber sie hatte nicht weiter darüber nachgedacht. Niemand hatte Sonia in Verdacht, auch sie nicht.

„Dann habe ich *Sie* gehört!“, rief Norman plötzlich. „Ich hatte angenommen, es sei Kirby, der sich ins Zimmer des Dienstmädchens schleicht, aber Sie waren es, als Sie die Mordwaffe versteckt haben. Sie haben Ursula getötet, Sie herzlose Hexe! Sie haben mein Leben zerstört!“

„Nein, es war Ihre Schuld“, beharrte Sonia düster. „Sie haben das Messer zum Fest mitgebracht. Wenn das Messer nicht da gewesen wäre, hätte ich Ursula nicht umgebracht.“

„Was? Was ist das für eine verrückte Logik?“, entgegnete Norman entrüstet. „Sie haben sie getötet!“

„Nein, das waren Sie!“

Wie bei einem Tennismatch ging Poppys Blick hin und her. Allmählich kam ihr die ganze Sache wie eine Farce vor. Unfassbar, dass Sonia gerade einen grausamen Mord gestanden hatte und sich die beiden nun zankten wie die Kesselflicker. Poppy wollte gerade etwas sagen, als ihr Norman zuvorkam. Er zeigte mit dem Finger auf Sonia und kreischte: „Versuchen Sie nicht, mir die Schuld an diesem Mord zu geben, Sie verrücktes Huhn! Ich gehe jetzt zur Polizei!“

Er wandte sich zur Tür, doch bevor er einen Schritt machen konnte, stürzte sich Sonia mit einem gellenden Schrei auf ihn. Norman taumelte zurück und versuchte, sie wegzustoßen, aber Sonia war wie ein wildes Tier: Sie biss, kratzte und trat um sich, als sei sie besessen. Der Antiquitätenhändler krümmte sich zusammen, hielt schützend die Arme vors Gesicht und wimmerte. Poppy stöhnte genervt. Natürlich wusste sie, dass Norman kein Muskelprotz war, aber das war mehr als erbärmlich. Wahrscheinlich sollte sie ihm zu Hilfe kommen, bevor Sonia ihn k.o. schlug. Sie ging auf die beiden zu, zögerte dann aber: Sie hatte keine Lust, der kreischenden Frau zu nahe zu kommen. Vielleicht könnte sie Sonia etwas an den Kopf werfen und sie auf diese Weise außer Gefecht setzen …

Sie sah sich suchend um, aber obwohl das Haus bis zum Rand mit allen möglichen Talismanen und Glücksbringern vollgestopft zu sein schien, war das Angebot an potenziellen Waffen eher dürftig. Sonia mit einer riesigen Hasenpfote oder einem aufblasbaren Glücksschwein verprügeln zu wollen, war wahrscheinlich nicht zielführend. Dann leuchteten ihre Augen auf, als sie etwas Geeignetes auf dem Beistelltisch entdeckte: eine Schachtel mit zwei chinesischen Meditationskugeln! Sie stürzte sich darauf und wog zufrieden die kleinen Metallkugeln in der Hand. Sie hatten trotz ihrer geringen Größe ein gutes Gewicht. Sie versuchte zu zielen, als Sonia und Norman an ihr vorbeitaumelten – und warf eine der beiden Kugeln, so fest sie konnte.

Sie segelte durch die Luft, an Sonias Kopf vorbei, und traf Norman mitten auf die Stirn. Der Antiquitätenhändler ging ohne einen Laut zu Boden.

OH NEIN! Poppy starrte entsetzt auf den bewusstlosen Mann. Schon wieder! Sie hob ihren Blick zu der keuchenden Frau, die ihr gegenüberstand. Na toll! Nachdem sie nun ihren einzigen Verbündeten ausgeschaltet hatte, war sie mit der verrückten Mörderin allein.

Poppy räusperte sich. „Ähm, Sonia, vielleicht sollten wir uns in Ruhe darüber unterhalten …"

Sonia stieß einen unartikulierten Laut aus und stürzte sich mit ausgestreckten Armen auf sie, die Finger wie Krallen gekrümmt. Poppy wich hastig zurück und rannte um das Sofa herum, sodass es zwischen ihr und der wildgewordenen Frau stand. Dann fiel ihr ein, dass sie noch ein Wurfgeschoss übrig hatte. Sie holte tief Luft und schleuderte die zweite Kugel in dem Moment los, als Sonia sich auf sie werfen wollte.

Daneben!

Mist, warum kann ich nicht treffen? Poppy hätte sich am liebsten selbst geohrfeigt. Im selben Moment zuckte sie zusammen, als erst ein lauter Knall und dann das Geräusch von splitterndem Glas zu hören waren. Der Spiegel über dem Kaminsims zerbarst und fiel als Scherbenregen zu Boden. Die Meditationskugel, die Sonias Kopf verfehlt hatte, war stattdessen in den Spiegel hinter ihr eingeschlagen.

„Nein!" Sonia starrte mit großen Augen auf die Glasscherben. „Nein! Nicht der Spiegel! Ohhh ... was soll ich nur machen? Das bringt sieben Jahre Unglück! Sieben Jahre Unglück!"

Poppy fiel ein, was Mrs Peabody neulich gesagt hatte, und ergriff die Gelegenheit beim Schopfe. „Sie müssen den Fluch sofort brechen", sagte sie schnell. „Wir haben keine Zeit zu verlieren! Sie müssen die Scherben aufsammeln und ... ähm ... was gibt es für Möglichkeiten? Wir haben kein Mondlicht und kein fließendes Gewässer, also müssen Sie die Scherben in ganz kleine Stücke brechen, stimmt's?"

„Ja", sagte Sonia atemlos. „Die Stücke müssen so klein sein, dass sie nichts mehr reflektieren können."

Poppy zog sich so unauffällig wie möglich auf die andere Seite des Raumes zurück, wo das Telefon stand, und nahm den Hörer ab. Sie wählte die Notrufnummer der Polizei, aber eigentlich wusste sie, dass es jetzt nicht mehr eilig war. Sonia hockte vor dem Kamin und sammelte mühsam alle Spiegelscherben zusammen, während sie beständig etwas von Flüchen und Unglück vor sich hinmurmelte. Poppy schüttelte den Kopf. Sie konnte sich nicht beklagen: Ihr hatte der zerborstene Spiegel nur Glück gebracht.

Kapitel 31

„Meine arme Flopsy! Hungrig und müde, kein orthopädisches Bett, kein Federkissen zum Schlafen!" Muriel Farnsworth schnäuzte sich lautstark. „Sie hat seit drei Tagen keine Hundevitamine mehr genommen. Und bestimmt fehlen ihr ihre Doga-Sitzungen!" Sie drehte sich entschlossen um und ging den Gartenweg von Hollyhock Cottage hinunter. „Ich verstehe das nicht. Wie konnte sie spurlos verschwinden?"

Poppy errötete schuldbewusst und warf einen Blick auf die Sonnenuhr, wo der weiße Pudel angebunden gewesen war. Sie wünschte, sie hätte Flopsys Besitzerin eine erfreuliche Nachricht überbringen können.

„Es tut mir wirklich leid. Ich weiß nicht -"

„Was soll das heißen, Sie wissen nicht?" Muriel schnaubte empört. „Sie sollten doch auf sie aufpassen! Sie hätten sie nicht aus den Augen lassen dürfen!"

„Wie bitte?" Poppy sah sie überrascht an. „Ich war nicht -"

„Oh, Kirby hat mir erzählt, was passiert ist. Als er schnell im Cottage auf die Toilette musste, dachte er, es wäre kein Problem, Flopsy für einen Moment bei Ihnen zu lassen. Aber Sie haben sie einfach an der Sonnenuhr festgebunden und sind weggegangen. Wie konnten Sie das nur tun?"

Poppy starrte die alte Dame ungläubig an. Blanke Wut stieg in ihr auf. Dieser Mann war wirklich hinterhältig! Wie konnte er es wagen, ihr die Schuld in die Schuhe zu schieben? Dabei war er derjenige gewesen, der unvorsichtig und unverantwortlich gehandelt hatte! Sie blickte zum Tor, konnte aber Kirby nicht sehen, sondern nur Muriels Chauffeur, der respektvoll neben ihrem Auto stand. Dass der Hundesitter zu feige war, Muriel die Wahrheit zu gestehen, hätte sie sich denken können. Sie wünschte sich plötzlich, Kirby hätte sich als Mörder entpuppt und nicht Sonia. Sie hätte mit dem größten Vergnügen zugesehen, wie die Polizei ihn festnahm!

„Das war ich nicht - es war Kirby, der nicht aufgepasst hat", verteidigte sie sich. „Er hat Flopsy an der Sonnenuhr festgebunden und sich dann zum Sonnenbaden auf die Bank gelegt. Ich war nicht einmal hier, ich habe Blumen ausgeliefert."

„Er hat mich gewarnt, dass Sie alles abstreiten würden", gab Muriel abschätzig zurück. „Er sagte, Sie hätten Angst, Ihren Fehler einzuräumen, während er so ehrenhaft war, die Verantwortung für die ganze Sache zu übernehmen, auch wenn es überhaupt nicht seine Schuld war. Er fühlt sich schrecklich und macht sich Vorwürfe, weil er Flopsy in Ihrer Obhut gelassen hat. Sie würden gut daran tun, sich ein Beispiel an ihm zu nehmen, junge Frau!"

„Das ist doch lächerlich! Ich habe nicht … das ist doch nicht zu fassen!" Poppy war so wütend, dass sie kaum sprechen konnte. „Das ist … das ist einfach nicht wahr! Ich versuche nicht, mich vor der Verantwortung zu drücken! Ich fühle mich auch schrecklich, aber ich schwöre Ihnen, ich war nicht hier, als Flopsy verschwunden ist."

„Wollen Sie damit sagen, dass Kirby mich anlügt?", fragte Muriel mit bebender Stimme und ballte die zitternden Hände zusammen.

„Ich -" Mit einem Blick auf die verzweifelte alte Frau brach Poppy ab.

Muriel hatte vor Kurzem eine Nichte verloren und jetzt war auch noch ihr geliebter Hund verschwunden. Ihr Leben war auf den Kopf gestellt worden, und alle, die ihr nahestanden und auf die sie sich verlassen hatte, waren ihr entrissen worden. Sollte Poppy ihr wirklich die letzte Sicherheit nehmen und den Mann, dem sie vertraute und den sie im letzten Jahr in ihrem Haushalt willkommen geheißen hatte, als doppelzüngigen Lügner hinstellen? Und wozu? Um bei einem albernen Spiel von „er sagte, sie sagte" als Sieger hervorzugehen? Außerdem musste sie einräumen, dass sie sich ein wenig mitverantwortlich fühlte, weil der Hund auf ihrem Grundstück verschwunden war.

Poppy atmete tief ein und aus und sagte dann mit ruhigerer Stimme: „Es tut mir wirklich leid, Mrs Farnsworth. In gewisser Weise sind sowohl Kirby als auch ich schuld, aber das Wichtigste ist jetzt, Flopsy zu finden und sie sicher nach Hause zu bringen."

„Aber was ist, wenn sie nie wieder auftaucht?", jammerte Muriel. „Was ist, wenn sie in der Wildnis verhungert?"

„Von Wildnis kann kaum die Rede sein. Wir sind immerhin in England und nicht in der afrikanischen Wüste. Hier gibt es viele Bauernhöfe, Häuser, Kneipen und Geschäfte. Ich bin sicher, dass sie überall etwas zu fressen findet."

Muriel stieß einen spitzen Schrei aus und schlug sich entsetzt mit der Hand auf die Brust. „Essensreste? Flopsy frisst keine Essensreste, niemals! Bioware ist für sie gerade gut genug. Und sie lässt sich gern mit der Hand füttern. Sie frisst nicht aus einem Napf."

Auch das noch! Poppy kam allmählich zu der Überzeugung, dass ein paar Tage in der „Wildnis" dem verwöhnten Pudel sogar guttun würden! Doch sie behielt ihre Gedanken für sich, setzte ein beruhigendes Lächeln auf und sagte: „Wir haben bereits überall Plakate aufgehängt und Dr. Noble - das ist Einsteins Herrchen - arbeitet rund um die Uhr daran, die Hunde zu finden."

„Das sollte er auch!" Muriel warf ihr einen finsteren Blick zu. „Es war *sein* Hund, der mir Flopsy entführt hat. Räudiges, diebisches, hinterhältiges kleines Biest!"

„Äh ..." Poppy räusperte sich. „Nun, wie ich schon sagte, das Wichtigste ist jetzt, sie so schnell wie möglich zu finden. Ich habe Dr. Noble heute gesehen und er hat mir versichert, dass er kurz vor der Fertigstellung eines speziellen Suchgerätes steht, mit dem er sie ganz bestimmt finden wird. Am besten fahren Sie nach Hause und warten dort. Vermutlich würde Flopsy sowieso am ehesten dorthin zurückkehren."

Plötzlich kam Bertie um die Ecke. Er war wahrscheinlich durch die Lücke in der Steinmauer zwischen ihren Grundstücken geschlüpft, denn an seinem wilden grauen Haarschopf hingen noch Blätter und Ästchen von den Sträuchern, durch die er gekrochen war. In der einen Hand trug er eine braune Papiertüte, in der anderen etwas, das wie ein Megafon aussah, nur dass es statt eines Mundstücks einen seltsamen Sauger hatte. Berties Augen leuchteten auf, als er sie sah, und er kam mit großen Schritten zu ihnen.

„Bertie, haben Sie eine Idee, wie wir die Hunde finden können?", fragte Poppy eifrig.

Er nickte feierlich. „Wenn Sie mir zeigen können,

wo der Pudel zuletzt gesehen wurde ... ich glaube, das wäre der beste Aufstellort."

Poppy führte ihn zu der Sonnenuhr, dann traten sie und Muriel zurück und beobachteten, wie er vorsichtig etwas aus der Papiertüte zog. Es war ein Schinkensandwich.

„Sie haben ein Schinkenbrot erfunden?" Poppy war fassungslos.

„Ah, sehen Sie, meine Liebe, Einstein kann einem Schinkenbrot nie widerstehen! Es ist sein absolutes Lieblingsessen! Sobald er es riecht, kommt er gelaufen - und bringt hoffentlich auch Flopsy mit."

„Aber er muss nicht in der Nähe sein, sondern könnte inzwischen meilenweit weg sein! Wie soll er das Schinkenbrot riechen, wenn er am anderen Ende von Oxfordshire ist?"

„Mithilfe meines Mega-Diffusors." Bertie hielt das seltsame Gerät hoch. „Daran habe ich die letzten zwei Tage gearbeitet. Es kann einen Geruch in einem weiten Radius verbreiten – weiter als normale Luftströme."

Während er sprach, kurbelte Bertie an einer Seite seines „Mega-Diffusors", dann war das Surren eines kleinen Motors zu hören. Als sich das Sauggebläse zu drehen begann, erfüllte ein betörender wunderbarer Duft von heißem, knusprigem Schinken die Luft. Poppy lief fast das Wasser im Mund zusammen. Dann hörte sie zu ihrer Überraschung und Freude aufgeregtes Bellen aus der Ferne.

Ungläubig blickte sie Bertie an. „Nicht zu fassen - es funktioniert wirklich!"

Nun war ein weiteres, schrilleres Bellen zu hören. Muriel schrie auf.

„Das ist Flopsy!" Sie sah sich aufgeregt im Garten um. „Flopsy? Flopsy, wo bist du? Komm zu Mummy! Komm zu Mummy!"

Das Bellen schien aus dem Garten hinter dem Haus zu kommen. Poppy lief dem Geräusch entgegen, gefolgt von Bertie und Muriel. In der hintersten Ecke stand ein verwitterter Schuppen, der fast vollständig von einer großen Kletterrose überwuchert war, und aus dem Gestrüpp dorniger Zweige kamen ihnen nun zwei kleine Hunde entgegen. Der eine war Einstein, doch den anderen erkannte Poppy zunächst nicht. Er hatte schmutzig braunes, verfilztes Fell – und ein mit Kristallen besetztes Halsband! Es war Flopsy.

Sie konnte es kaum fassen! Waren die beiden Hunde die ganze Zeit im Garten von Hollyhock Cottage gewesen? Diese kleinen Racker! Sie mussten sich in dem Hohlraum unter der riesigen Kletterrose versteckt haben, als sie und Kirby alles abgesucht hatten. Da sich niemand an die kräftigen, mit scharfen Dornen bewehrten Ranken wagen wollte, waren sie unentdeckt geblieben.

Jetzt kam Einstein angelaufen, aber Flopsy geriet ihm immer wieder vor die Füße, sprang ihn an, biss ihn ins Ohr, in die Lefzen, in den Nacken und winselte und knurrte dabei pausenlos. Einstein sah sehr müde aus, er versuchte, die Pudeldame abzuwehren, und schien erleichtert, als Muriel sich hinabbeugte und Flopsy auf den Arm nahm.

„Flopsy!", kreischte sie und drückte den Pudel an sich. „Oh, Flopsy, du lebst!" Sie hielt den kleinen Hund hoch, um ihn besser begutachten zu können. „Ohhh, mein armes Baby – wie siehst du bloß aus!" Mit Donnerstimme brüllte sie: „Harrison! HARRISON!"

Sofort kam der Chauffeur den Weg entlang. „Ja, Ma'am?"

„Rufen Sie Diva Dogs an und buchen Sie für Flopsy sofort eine Wellness-Behandlung! Sagen Sie ihnen, dass es ein Notfall ist. Sie braucht die Deluxe Pfotiküre, die Blaubeer-Gesichtsmaske, das Entgiftungsbad mit Pflegespülung, etwas Whitening Spray - oh, und vergessen Sie nicht die Atemfrisch-Behandlung."

„Ja, Ma'am!" Harrison verschwand wieder Richtung Wagen.

„Oh!" Muriel war noch etwas eingefallen und lief ihm nach, den Pudel auf dem Arm. „Flopsy braucht auch dringend einen Termin bei ihrem Hundetherapeuten! Sie muss das Trauma ihrer Zeit in der Wildnis aufarbeiten - oh, hoffentlich hat dieses schreckliche Ereignis ihre Fortschritte bei der Angsttherapie nicht zunichte gemacht. Ach, und dann braucht sie noch ...“

Ihre Stimme wurde allmählich leiser, bis sie schließlich nicht mehr zu hören war. Der Pudel hielt über die Schulter seines Frauchens den Blick auf Einstein gerichtet und kläffte ein paar Mal lautstark. Poppy dachte, dass der Terrier seiner Angebeteten nachjagen würde, aber zu ihrer Überraschung schien er unschlüssig zu sein. Er sah eher erleichtert als traurig aus.

„Komm, Einstein, wir gehen nach Hause und futtern das Schinkenbrot", rief Bertie und ging Richtung Gartenmauer. Er verschwand durch das Loch und bald war auch seine Stimme kaum noch zu verstehen. „Hmm, ja, ein erfolgreicher Versuch, obwohl man nicht mit Sicherheit sagen kann, ob die Parameter des Radius wirklich getestet wurden ..."

Einstein zögerte, dann sah er zu Poppy auf. Sie schmunzelte. Es schien, als hätte der Terrier festgestellt, dass sich romantische Gefühle schnell abnutzen, wenn man es mit einem neurotischen, anspruchsvollen Weibchen zu tun hat.

„Weißt du, gegen ein Junggesellenleben ist eigentlich nichts einzuwenden", sagte Poppy.

Einstein wedelte mit dem Schwanz. Dann streckte er sich, schüttelte sich und verabschiedete sich mit einem herzlichen „*Wau! Wau-wau!*"

Poppy sah ihm nach, wie er zielstrebig hinter Bertie durch das Loch in der Mauer huschte, ohne noch einen Blick in Richtung Flopsy zu werfen.

Kapitel 32

Poppy trat einen Schritt zurück und betrachtete stolz ihr Werk in der späten Nachmittagssonne. Wo noch vor zwei Wochen ein alter Steingarten gewesen war, schlängelten sich jetzt breite Kieswege zwischen kleineren und größeren Steinen, die interessante Akzente in den duftenden Blumen- und Kräuterteppichen setzten.

Und das habe ich geschaffen, dachte Poppy *zufrieden. Ich habe diesen Garten angelegt, ich habe alles gepflanzt - und diesmal habe ich keinen einzigen Fehler gemacht. Nicht eine einzige Pflanze ist eingegangen!* Zumindest noch nicht ... fügte sie leise hinzu und blickte auf die beiden Muskatellersalbei-Pflanzen, von denen eine ein wenig schlaff aussah. Hoffentlich handelte es sich nur um einen vorübergehenden Schock durch das Umtopfen, sodass sich die Pflanze mit ein wenig Zuwendung in ein paar Tagen wieder erholen würde.

Sie hatte gelesen, dass Muskatellersalbei eigentlich im Frühjahr und nicht im Herbst gepflanzt werden sollte, aber Muriel wollte alle Pflanzen so schnell wie möglich in den Beeten haben. Daher hatte Poppy einige größere Exemplare in Töpfen besorgt und in den Garten verpflanzt. Da Muskatellersalbei normalerweise erst im zweiten Jahr blühte, hoffte sie, dass sie sich gut einleben und im nächsten Frühjahr und Sommer Blüten hervorbringen würde. Und in der Zwischenzeit sollten ihre großen aromatischen Blätter ihre heilende Wirkung entfalten. Sie hatte außerdem gelesen, dass Muskatellersalbei „gut für sehr angespannte Tiere" sei – *genau das Richtige für Flopsy*, dachte Poppy lächelnd.

Apropos ... sie sah sich nach dem Ehrengast um, dem Hund, für den sie sich solche Mühe gemacht hatte, aber sie konnte den weißen Zwergpudel nirgends entdecken. Es waren jedoch viele Zweibeiner da - Poppy war überrascht, wie viele es waren. Sie hatte angenommen, dass die offizielle Fertigstellung des Duftgartens mit einer kleinen Feier gewürdigt werden sollte, aber es sah aus, als sei das halbe Dorf nach Duxton House gekommen. Und es waren sogar mehrere Leute mit Hunden da! Sie hatten ihre Lieblinge angeleint und liefen mit ihnen umher, sodass sie Gelegenheit hatten, die

Pflanzen zu beschnuppern. Poppy beäugte sie erstaunt.

„Ich wusste gar nicht, dass Muriel den Duftgarten der Öffentlichkeit zugänglich machen wollte", sagte sie zu Mrs Peabody, die am Buffettisch Tee einschenkte.

„Oh, nicht der Öffentlichkeit", korrigierte die ältere Dame sie, „nur den Kandidaten von SOAR, für die man noch eine Adoptionsstelle sucht. Nicht alle können in Pflegestellen untergebracht werden, und das Leben in Zwingern kann für die Hunde im Tierheim sehr hart sein. Sie sind ständig im Käfig oder in einem Auslauf eingesperrt und viele haben schlechte Erfahrungen gemacht, daher sind sie ohnehin sehr ängstlich und nervös. Also - alles, was sie auf positive Weise stimuliert und ihre Interaktion mit ihrer Umgebung fördert, ist gut." Sie lächelte. „Muriel war sehr großzügig und hat SOAR angeboten, den Hundeduftgarten zu nutzen, wann immer wir wollen. So können wir den Problemfällen hier eine natürliche Therapie ermöglichen."

„Oh!" Poppy schaute hinüber zu der älteren Dame, die auf der anderen Seite des Duftgartens Hof hielt. Mrs Peabodys Erklärung ließ sie ihre Auftraggeberin mit anderen Augen sehen. Wenn es um ihre Hündin ging, war Muriel Farnsworth exzentrisch und neigte zu Übertreibungen, außerdem ließ sie ihre Flopsy nicht mit jedem dahergelaufenen Straßenköter spielen, aber sie schien das Herz am rechten Fleck zu haben.

„Poppy, das hast du fantastisch hinbekommen! Das sieht wunderbar aus. Falls ich jemals so viel Zeit zu Hause verbringe, dass ich meinen Garten wirklich genießen kann, machst du ihn mir auch so schön, ja?"

Poppy strahlte, als sie eine attraktive, dunkelhaarige Frau im eleganten Hosenanzug auf sich zukommen sah. „Suzanne! Ich wusste gar nicht, dass du heute kommst."

„Ich glaube nicht, dass ich auf der offiziellen Einladungsliste stehe", lachte Suzanne und sah Mrs Peabody nach, die gerade zu Muriel ging. „Aber ich bin mit Nick gekommen, und als Gast eines Bestsellerautors genießt man gewisse Vorteile."

Poppy folgte ihrem Blick zu der Gruppe älterer Damen, die sich um Mrs Farnsworth geschart hatte. Dort stand Nick als der sprichwörtliche Hahn im Korb und betrieb höflich Konversation, während Muriels Entourage ihn unverhohlen anhimmelte. Sein Gesichtsausdruck war ein Gedicht!

„Ich dachte immer, Schriftsteller seien introvertiert", meinte Poppy, „aber Nick nimmt an erstaunlich vielen Veranstaltungen im Dorf teil."

„Wenn er ein Buch fertig hat, ist er eigentlich ziemlich gesellig." Suzanne betrachtete ihren Ex-Freund liebevoll. „Wenn er schreibt, kann er ungenießbar sein. Dann sollte man einen großen Bogen um ihn machen, bis er sich wieder wie ein normaler Mensch benimmt. Ich spreche aus Erfahrung." Ihre Miene wurde ernst. „Ich bin wirklich froh, dich zu sehen. Eigentlich wollte ich in Hollyhock Cottage vorbeischauen, hatte aber noch keine Gelegenheit dazu. Ich wollte dir nur sagen, dass die Polizei dank deines kleinen Freundes Timothy endlich alle Jungs dieser Bande identifiziert hat und sie in Untersuchungshaft sitzen."

Poppy hob überrascht die Augenbrauen. „Sind sie dafür nicht zu jung?"

„Nein, in England gilt man mit zehn Jahren als strafmündig und einige der älteren Jungen sind fünfzehn und sechzehn, sie können also durchaus verhaftet und eines Verbrechens angeklagt werden und möglicherweise sogar in einer Jugendstrafanstalt einsitzen. Das hängt zum Teil von der Art der Straftat ab - manchmal kommen sie mit einer Verwarnung davon. Wenn sie Wiederholungstäter sind, werden sie allerdings härter bestraft."

„Timothy könnte also ins Gefängnis kommen?", fragte Poppy besorgt.

Suzanne lächelte beschwichtigend. „Nun, er ist mit seinen elf Jahren noch sehr jung und außerdem hat er uns geholfen, den Rest der Bande zu schnappen. Er ist eher ein Mitläufer, er hat keinen der üblen Streiche angezettelt. Man könnte argumentieren, dass er von den älteren Jungen stark beeinflusst und unter Druck gesetzt wurde. Der Richter hat überdies seine Lebenssituation in Betracht gezogen: Seine Eltern haben sich letztes Jahr getrennt, und er lebt allein mit seiner Mutter, die an Depressionen leidet - es war also eine harte Zeit für Timothy, und er hatte sehr wenig Unterstützung. Ich denke, für ihn bleibt es bei einer mündlichen Verwarnung." Sie seufzte. „Allerdings glaube ich, dass eine Strafe in Form von gemeinnütziger Arbeit gut für ihn gewesen wäre. Bis zum Beginn des neuen Schuljahres ist es noch ungefähr ein Monat, und Timothy würde es guttun, etwas Verantwortung zu übernehmen. Eine regelmäßige Beschäftigung würde seinem Tag Struktur geben, sodass er sich nicht so viel sich selbst überlassen ist. Wenn Kinder zu lange allein sind, geraten sie meist in Schwierigkeiten."

„Hör mal, es ist zwar keine gemeinnützige Arbeit, aber vielleicht könnte Timothy mir im Garten von Hollyhock Cottage helfen?", schlug Poppy spontan vor. „Dann könnten Nell und ich ein Auge auf ihn haben. Allein mit Oren könnte er sich wahrscheinlich stundenlang beschäftigen", fügte sie begeistert hinzu.

Suzanne sah sie anerkennend an. „Das ist eine gute Idee, Poppy. Ich spreche mit Timothys Mutter, mal sehen, was sie dazu meint. Ich könnte mir vorstellen, dass ihr das gefallen würde, und für Timothy wäre es eine tolle Sache. Danke."

„Übrigens wollte ich dich noch etwas fragen", sagte Poppy. „Wegen Henry." Sie schaute sich rasch um; bis jetzt hatte sie ihn nicht gesehen und hoffte inständig, dass er nicht zu Hause war. Trotzdem senkte sie ihre Stimme, bevor sie fortfuhr: „Betsy, das Hausmädchen, hat mir erzählt, dass sie am Abend vor dem Mord einen Streit zwischen Henry und Ursula belauscht hat, und dass Henry Ursula gedroht hat, als sie sagte, sie wolle Muriel etwas über ihn erzählen. Weißt du, worum es dabei ging? Es hatte mit Geld zu tun, nicht wahr?"

„Ja, ich habe Henry letzte Woche selbst befragt, um alle offenen Fragen zu klären. Ursula war hinter sein Geheimnis gekommen: Er ist ein zwanghafter Glücksspieler. Bei seinen Reisen durch Europa hat er mit dem Glücksspiel begonnen, und als er nach England zurückkehrte, hatte es sich zu einer regelrechten Sucht entwickelt."

„Oh! Ja, natürlich, er hat erzählt, dass er am Ende seiner Reise in Monte Carlo gelandet war", erinnerte sich Poppy. „Das ist doch *die* Stadt des Glücksspiels, oder? Und da fällt mir etwas anderes ein. Als wir zusammen im Restaurant waren, wollte er unbedingt diese alberne Wette über die Identität meines Vaters abschließen. Ich werde möglicherweise nie wissen, wer mein Vater war, also ist so ein Vorschlag wirklich lächerlich. Und selbst wenn ich meinen Vater finden sollte, hätte ich keinen Kontakt mehr zu Henry, und könnte die Wette gar nicht einlösen. Aber das schien ihn nicht zu kümmern, es war fast so, als hätte er das zwanghafte Bedürfnis, auf irgendetwas zu wetten. Jetzt ergibt das alles einen Sinn!"

„Ja, ich glaube, es ist mittlerweile zu einem echten Problem geworden und nimmt jetzt Henrys gesamte Zeit und Energie in Anspruch. Er hat es nicht zugegeben, aber ich vermute, dass er in allen möglichen zwielichtigen Spielhöllen in London unterwegs ist, während er sich eigentlich seinem Studium widmen sollte. Und natürlich muss er bei Muriel ständig um mehr Geld betteln, um seine riesigen Verluste zu decken. Ursula hat von seinen Glücksspielen erfahren, als sie versehentlich einen Anruf für Henry von einem Geldverleiher abgefangen hat."

„Und als er sich am Mordtag im Wald versteckt hat? Mit wem hat er da gesprochen? Hatte das auch mit dem Glücksspiel zu tun?"

„Ja, das war ein weiterer Geldverleiher. Ich glaube, Henry steckt bis zum Hals in Schulden. Er hat sich von allen möglichen Leuten Geld geliehen, um seine Sucht zu finanzieren, und jetzt sind sie ihm auf den Fersen, um einen großen Teil davon einzutreiben. Offenbar war er am Tag des Dorffestes auf dem Weg nach Duxton House, um Muriel zu besuchen, erhielt aber unterwegs diesen Anruf und musste anhalten, um seinen Gläubiger zu beschwichtigen. Und danach war er nicht in der Stimmung, um bei Muriel vorzusprechen, also hat er eine Spazierfahrt gemacht. Er musste sich einen Plan zurechtlegen, wie er Muriel noch mehr Geld abluchsen könnte. Natürlich rechnete er nicht damit, am Abend nach Hause zu kommen und einen Tatort vorzufinden."

„Und weiß Muriel Bescheid?", fragte Poppy.

Suzanne seufzte. „Nun, das ist eine schwierige

Frage. Die Polizei soll für Recht und Ordnung sorgen, wir haben nicht die Aufgabe, häusliche Konflikte zu lösen, und Henrys Geldsorgen und seine Spielsucht sind wohl eher seine persönliche Angelegenheit. Wenn er sich entscheidet, seiner Großtante nichts davon zu erzählen, steht es mir nicht zu, mich einzumischen."

„Aber ... aber er belügt sie und knöpft ihr immer mehr Geld ab!", sagte Poppy. „Ich habe zufällig mitgehört, wie er ihr gesagt hat, er brauche das Geld für Bücher für sein Studium!

Suzanne lächelte zynisch. „Er ist wahrscheinlich nicht der Erste, der seine Eltern oder Erziehungsberechtigten so hinters Licht führt - und er wird auch nicht der Letzte sein. Seine Familie zu belügen ist offiziell kein Verbrechen, und wie Muriel ihr Geld verteilt, ist ihre Sache." Sie hielt einen Moment inne. „Leider ist das hier kein Disneyfilm, Poppy, in dem jeder seine gerechte Strafe bekommt und am Ende alles hübsch mit einer Schleife verpackt ist. Dies ist das wirkliche Leben und im wirklichen Leben ... kann man eben nicht immer alles in Ordnung bringen. Es kommt zwangsläufig vor, dass Leute mit Fehlverhalten davonkommen. Solange sie kein Verbrechen begehen, kann die Polizei nicht viel dagegen tun."

Nachdem Suzanne sich verabschiedet hatte, blieb Poppy noch lange sitzen und dachte über das nach, was sie gesagt hatte. Es ärgerte sie, dass Henry seine Großtante weiterhin ungestraft hintergehen würde, aber sie wusste, dass Suzanne recht hatte. Es gab unzählige Arten von Fehlverhalten und Ungerechtigkeiten in der Welt, gegen die sie nichts tun konnte. Und wenn Muriel ihren verwöhnten Großneffen finanzierte, war das vielleicht nichts anderes, als wenn sie ihr Vermögen für ihre verhätschelte Pudeldame ausgab und ihr Wellness-Behandlungen und Doga-Sitzungen bezahlte.

In diesem Moment hörte sie Muriels laute Stimme: „Flopsy? Oh, Kirby macht sie gerade zurecht. Ein Fotograf von der Zeitschrift *Luxury Dogs* ist hier und Flopsylein soll natürlich perfekt aussehen. Kirby müsste jeden Moment mit ihr fertig sein."

Poppy lächelte grimmig. *Es mag Dinge geben, gegen die ich nichts tun kann, aber dieser Mann sollte die Quittung für sein Verhalten bekommen.* Sie ging unbemerkt ins Herrenhaus und steuerte geradewegs Flopsys Spielzimmer und Pflegeraum an. Als sie sich der halb geöffneten Tür näherte, hörte sie eine vertraute, ungeduldige Stimme: „Halt still, du verdammte kleine Ratte, oder ich schneide dir die Nase ab!"

Poppy griff in ihre Tasche und holte den Gegenstand heraus, den sie sich vorsorglich von Bertie geliehen hatte. Vorsichtig entfernte sie die Verpackung und legte ihn auf den Boden vor der Tür. Sie verzog das Gesicht, als ihr der Gestank in die Nase stieg, den der schmierig aussehende braune Haufen verströmte. Es war kaum zu glauben, dass er aus Kunststoff bestand - es sah nicht nur realistisch aus, sondern roch auch so!

Sie schlich auf Zehenspitzen davon, so schnell sie konnte, und mischte sich draußen wieder unter die Menge. Aus ihrem Rucksack, den sie an einen der Gesteinsbrocken im Duftgarten gelehnt hatte, holte sie einen kabellosen Lautsprecher hervor, stellte ihn so auf den Stein, dass er von allen Seiten ungehinderten Empfang hatte, und schaltete ihn ein. Laut knisternd und quietschend suchte der Lautsprecher das Signal des versteckten Senders im Haus. Die Gespräche verstummten und die Gäste sahen sich verwirrt um.

Im nächsten Moment ertönte Kirbys gereizte Stimme laut und deutlich aus dem Lautsprecher.

„Komm schon, komm schon, lass uns rausgehen, bevor die alte Schachtel Muriel wieder anfängt zu meckern. Und wenn sie mich noch einmal wegen deines verdammten Mineralwassers anschnauzt, kann sie mich mal am A*** lecken! Lächerlich, was ich mir hier alles gefallen lassen muss - AAGGGHH! VERD-"

Man hörte ein Stolpern, gefolgt vom Klappen einer Tür, dann ertönte Flopsys schrilles Kläffen. Kirby stieß schreckliche Flüche aus und Poppy sah, wie sich einige der älteren Damen im Garten die Ohren zuhielten."

„Du verdammter Köter! Setzt einen Haufen mitten in den Flur! Und so was nennt sich stubenrein!"

Man hörte einen dumpfen Schlag, dann Flopsys angstvolles Winseln.

„Halt's Maul, du kleines Miststück – du steckst jetzt verdammt noch mal die Nase da rein, bis du kapierst, was du darfst und was nicht."

Muriel, die wie erstarrt dagestanden hatte, stieß einen entsetzten Schrei aus und stürmte ins Haus. Im nächsten Augenblick war ihre vor Zorn bebende Stimme ebenfalls über den Lautsprecher zu hören.

„KIRBY!"

„M-Mrs Farnsworth! Ich … ich habe Sie nicht gesehen … ich meine … äh …" Er lachte nervös. „Entschuldigen Sie die Verspätung, aber wie Sie sehen, ist Flopsy ein kleines Missgeschick passiert, das arme Lämmchen. Vielleicht gehen Sie mit ihr nach draußen, während ich das wegmache?"

„Tun Sie doch nicht so! Ich weiß jetzt, wie schrecklich Sie Flopsy hinter meinem Rücken behandeln!"

„Was … was meinen Sie?" Wieder ein gezwungenes Lachen. „Sie wissen doch, dass ich Flopsylein liebe und sie nie schlecht behandeln würde."

„Sie Lügner! Ich habe alles gehört, was Sie gesagt haben, Kirby, auch wenn ich angeblich eine ‚alte Schachtel' bin."

Kirby gab einen erstickten Laut des Entsetzens von sich. „Aber … aber … wie konnten Sie …?"

„Ich weiß nicht wie und es ist mir auch vollkommen egal. Ich bin nur froh, dass ich endlich weiß, was für ein dreckiger Lügner Sie sind."

„Was? Nein, ich habe nie -"

„Sie sind hiermit fristlos von der lästigen Aufgabe befreit, mir den A... oder irgendeinen anderen Teil meiner Anatomie zu lecken."

„Nein, Ma'am ... Bitte lassen Sie mich erklären -"

„Habe ich mich nicht klar ausgedrückt, Kirby? SIE SIND GEFEUERT."

Kapitel 33

Die Teeparty zur Feier des neuen Duftgartens in Duxton House war ein großer Erfolg, nicht zuletzt wegen des aufregenden Zwischenfalls mit Kirby, der die Dörfler wahrscheinlich wochenlang beschäftigen würde. Als sich der Nachmittag dem Ende zuneigte und sich die Gäste nach und nach verabschiedeten, packte auch Poppy ihre Sachen, um nach Hause zu gehen. Sie brachte ihre Teetasse zurück und war froh, Betsy zu sehen, die das Teegeschirr und die restlichen Scones einsammelte. Es war gut, dass das Hausmädchen wieder ihre angestammte Stelle innehatte.

„Hallo, Betsy", sagte sie zögernd.

Das Mädchen erstarrte und erwiderte dann mit aufgesetzter Höflichkeit: „Guten Tag, Miss."

„Betsy, ich wollte nur sagen, dass es mir wirklich leidtut", beteuerte Poppy. „Ich fühle mich schrecklich wegen der ganzen Sache. Das macht es für Sie nicht besser, das weiß ich, aber ich hätte wirklich nicht gedacht, dass die Polizei Sie verhaften würde. Ich dachte, Sergeant Lee wäre vernünftig und würde keine voreiligen Schlüsse ziehen."

Die Miene des Mädchens wirkte nicht mehr ganz so abweisend. „Vermutlich dachten Sie, Sie würden das Richtige tun."

„Falls Sie noch einmal Probleme mit der Polizei oder mit Muriel haben, lassen Sie es mich bitte wissen, und ich werde versuchen, Ihnen zu helfen, wo ich kann. Ich bürge für Sie, ich beschwöre Ihren tadellosen Charakter vor Gericht, ich -"

„Danke, schon gut." Das Mädchen schien überrascht, aber erfreut. „Eigentlich war Mrs Farnsworth sehr nett zu mir. Sie hat gesagt, sie hätte mich nie verdächtigt, und sie hat mich sogar befördert!" Betsy strahlte. „Sie hat mir gerade gesagt, dass sie mich gerne zu Flopsys nächstem Hundesitter ernennen würde."

„Oh, herzlichen Glückwunsch", meinte Poppy und fragte sich insgeheim, ob Beileidsbekundungen nicht eher angebracht gewesen wären.

„Danke", sagte das Dienstmädchen. Dann richtete sich ihr Blick auf etwas hinter Poppy und sie murmelte: „Oh Gott, nicht der schon wieder!"

Poppy drehte sich um und sah zu ihrer Überraschung, dass Norman langsam auf sie zukam.

Er blieb immer wieder am Duftgarten stehen, um sich zu bücken und eine Blume zu pflücken.

„Hoffentlich sind die Blumen nicht wieder für mich", sagte Betsy mit finsterem Blick.

„Norman hat Ihnen Blumen geschenkt?", fragte Poppy erstaunt.

Betsy nickte, und ihr Gesicht verzog sich vor Ärger. „Ja. Die ganze Woche schon. Er treibt sich ständig auf dem Anwesen herum und kommt sogar in die Küche, um mir irgendein blödes Gedicht vorzulesen - dafür habe ich keine Zeit! Ich habe zu tun!" Sie griff nach dem Tablett mit dem Teegeschirr. „Ich haue ab, bevor er mich sieht." Mit einem weiteren mürrischen Blick in Normans Richtung eilte sie zum Herrenhaus.

Der Antiquitätenhändler kam ein paar Minuten später am Teestand an und sah sich enttäuscht um. „Wo ist Betsy?", fragte er.

„Das weiß ich nicht", antwortete Poppy verschmitzt. Sie warf einen Blick auf den kleinen Blumenstrauß in seiner Hand und sagte scherzhaft: „Wildern Sie etwa in meinem Duftgarten, Norman?"

Er errötete. „Nur ein paar Blümchen. Ich dachte, sie könnten Betsy gefallen - sie ist ganz allein, wissen Sie, und nach ihrer schrecklichen Erfahrung mit der Polizei braucht sie jemanden, der sie beschützt - so wie Sir Lancelot Guinevere beschützt hat ..."

Poppy sah ihn enttäuscht an. Seine Leidenschaft für Ursula war offenbar schon vergessen und nun heftete er sich an die Fersen einer anderen. Dann überlegte sie, dass es sie eigentlich nicht wundern sollte - Normans kitschiges Gerede hatte deutlich genug erkennen lassen, dass er nie wirklich tiefe Gefühle für Ursula gehegt hatte. Als klar war, dass Sonia die Mörderin war, hatte er sie beschuldigt, „sein Leben zerstört" zu haben. Es ging ihm also mehr um seine eigene Befindlichkeit als um echte Trauer. Das Ganze war eher eine oberflächliche Schuljungenschwärmerei gewesen, die ausschließlich in seinen sentimentalen Fantasien existierte. Und nun kreisten diese Fantasien um ein neues Opfer.

Sie überließ ihn seiner Suche nach Betsy, hängte sich den Rucksack über die Schulter und ging Richtung Eingangstor. Dann hielt sie überrascht inne, als ein großer Mann zu ihr trat.

„Ich dachte, Sie seien schon längst weg", sagte sie zu Nick Forrest.

„Suzanne musste schon weg, aber ich wollte noch ein bisschen bleiben." Er griff in seine Tasche und holte einen kleinen, flachen Umschlag heraus. „Hier, das habe ich heute Morgen von meinem Freund zurückbekommen. Ich weiß nicht, ob es Ihnen weiterhilft, aber es sieht schon etwas besser aus als das Original."

„Oh, danke!" Poppy nahm den Umschlag aufgeregt entgegen und zog zwei Fotos heraus. Das eine war die verblasste Originalaufnahme, die sie in der Schatzdose ihrer Mutter gefunden hatte, das andere war eine Kopie - leicht vergrößert und etwas heller und schärfer. Sie betrachtete dieses Bild ganz genau und stieß fast mit der Nase darauf,

aber es war immer noch zu unscharf, um viel erkennen zu können, und keiner der Männer kam ihr irgendwie bekannt vor.

Sie seufzte, ließ das Foto sinken. „Ich weiß nicht, was ich erwartet habe - es ist ja nicht so, als hätte er ein Etikett mit der Aufschrift ‚Poppys Vater' auf der Stirn."

„Aber vielleicht gibt es andere Details, die Ihnen einen Hinweis geben könnten." Nick nahm ihr das Foto ab, kniff die Augen zusammen und zeigte auf eine Ecke des Bildes. „Sehen Sie das Schild im Hintergrund? Das sieht aus wie das Logo einer Bar oder eines Clubs - und die Einrichtung legt den Schluss nahe, dass sie sich in einer Art Nachtclub befinden. Vielleicht ein Ort, an dem Bands gespielt haben. Und auf dieser Seite, hinter der Schulter dieses Mannes ist ein Schwarzes Brett an der Wand, sehen Sie?"

„Ja", sagte Poppy und ging näher heran, „aber ich kann keines der Plakate am Schwarzen Brett entziffern."

Er deutete auf eine der rechteckigen Umrisse im Hintergrund. „Nein, aber das hier sieht aus wie ein U-Bahn-Plan. Von der Londoner U-Bahn", erklärte er, als er Poppys verständnislosen Blick sah. „Ich würde wetten, dass dieser Club in London war. Wenn Sie also den Namen des Lokals herausfinden, könnten Sie sich mit den Leuten in Verbindung setzen. Vielleicht haben sie Aufzeichnungen, welche Bands damals dort gespielt haben." Er zuckte mit den Schultern. „Viel ist es nicht, könnte aber einen Versuch wert sein."

„Nein, das ist eine großartige Idee. Ich fange gleich an, Londoner Nachtclubs und Bars zu recherchieren. Vielleicht finde ich das Logo. Danke!", sagte Poppy aus tiefstem Herzen. „Wissen Sie, Sie geben einen ziemlich guten Detektiv ab - und auch einen guten Schauspieler. Ihre Improvisation mit Henry neulich war beeindruckend. Zum Schluss war ich fast überzeugt, dass er wirklich Stewart heißt."

Nick grinste. „Manchmal laufe ich zur Höchstform auf."

„Ohne Ihre Hilfe hätte ich es nie geschafft, Henrys Telefon zu checken. Es war wirklich nett von Ihnen, dass Sie ins Restaurant gekommen sind", fügte Poppy hinzu und wurde auf einmal ganz verlegen.

„Als Sie am Tag zuvor bei mir zu Hause aufgetaucht sind, war ich nicht so nett", bemerkte Nick mürrisch und fuhr sich mit der Hand durch sein widerspenstiges dunkles Haar. „Da haben Sie mich in einem ungünstigen Moment erwischt: Ich hatte gerade den ersten Entwurf fertig und habe festgestellt, dass das Mordmotiv nicht passte. Also musste ich einiges umschreiben - und mein Lektor sitzt mir bereits im Nacken und will das Manuskript haben." Er verzog das Gesicht. „Wie auch immer – im Restaurant nach Ihnen zu sehen, war das Mindeste, was ich tun konnte."

Poppy verstand, dass Nick sich auf seine Weise für seinen groben Ton entschuldigen wollte, und das rührte sie. Außerdem überraschte es sie, dass er trotz des Termindrucks irgendwie Zeit gefunden hatte, ihr an jenem Abend ins Restaurant zu folgen, um sich zu vergewissern, dass es ihr gutging. Sie warf dem hochgewachsenen Mann neben sich einen raschen Blick zu. Widersprüchlicher als er konnte man kaum sein!

Er fing ihren Blick auf und hob eine Augenbraue. „Was?"

„N-nichts", stotterte Poppy, errötete und schlug hastig die Augen nieder. „Ähm, das war wirklich nett von Ihnen, dass Sie ins Restaurant gekommen sind – und dass Sie sich für Ihren Vater eingesetzt haben", fügte sie hinzu.

Nicks Gesichtsausdruck verfinsterte sich. „Verrückter alter Idiot, ich hätte ihn einsperren lassen sollen. Dann wären wir wenigstens sicher vor ihm. Er ist gemeingefährlich!"

Poppy sagte nichts, sondern lächelte nur stumm in sich hinein. Irgendwie nahm sie Nick seine harschen Worte und seine unversöhnliche Haltung nicht mehr ab. Sicher, er gab sich alle Mühe, es zu verbergen, aber sie war überzeugt, dass ihm Bertie keineswegs egal war. Was auch immer zu dem Bruch zwischen Vater und Sohn geführt hatte – sie wusste in ihrem Innern, dass es einen Weg gab, ihn zu kitten.

Sie setzte ihren Weg zum Tor fort, mit Nick an

ihrer Seite, aber sie waren kaum ein paar Meter gegangen, als er am Wegesrand über etwas stolperte, das unter dem Laub aus dem angrenzenden Blumenbeet verborgen lag. Er bückte sich, um es aufzuheben – es war eine Holzkugel.

„Das muss eine von Ihren sein", sagte er grinsend zu Poppy. „Sie haben sie offenbar so weit geworfen, dass man sie beim Aufräumen nach dem Fest nicht gefunden hat." Er reichte sie ihr und seine dunklen Augen funkelten. „Schade, dass es heute keine Wurfbude gab ... das hätte die Sache wirklich belebt."

„Ach, halten Sie den Mund", wies sie ihn unwirsch an und warf derweil die Kugel achtlos über die Schulter nach hinten.

Hinter ihnen ertönte ein dumpfer Schrei, dann ein lauter Aufprall. Poppy wirbelte herum und wäre am liebsten im Boden versunken. Oh nein! Sie stürzte zu dem Mann, der im Gras lag.

„Oh mein Gott - Norman! Es tut mir so leid ..."

***

Das Tor zum Garten von Hollyhock Cottage öffnete sich mit dem üblichen Knarren und Poppy seufzte glücklich, als sie sich umsah und der vertraute Zauber des Gartens seine Wirkung tat. Es ist schön, zu Hause zu sein. Sie fragte sich, ob Nell zurück war, und wollte schon zum Haus gehen, doch dann verließ sie spontan den Kiesweg und ging durch die Beete zu der Stelle, an der sie nach ihrer Rückkehr vom Dorffest gehockt und Oren gestreichelt hatte. Sie fand die Stelle, ließ sich auf die Knie sinken und genoss das Gefühl, sich in einer Fülle von Formen und Farben zu verlieren. Auch jetzt stand die Sonne tief am Horizont und die Dämmerung breitete sich wie ein hauchdünner grauer Vorhang langsam über den orangefarbenen Himmel und verwandelte ihn in eine Palette aus Lachsrosa und dunklem Purpur.

Als sie sich zurücklehnte, stellte sie fest, dass man so dicht am Boden einen ganz anderen Blick auf seine Umgebung hatte. Die Pflanzen, die ihr sonst bis zur Hüfte reichten, überragten sie nun und ihre Blütentürme zeichneten sich vor dem Abendhimmel ab. Die Sträucher wirkten riesig, die Äste und das dichte Laub traten deutlicher hervor, sodass sie jede Ader, jede Knospe, jede Furche in der ledrigen Rinde wahrnahm.

Sie nahm auch das Leben wahr, das um sie herum nur so wimmelte: eine Ameisenkolonne, die zielstrebig über den nahen Weg marschierte, ein Ohrwurm, der auf welken Blättern unterwegs war, eine zierliche Spinne, die ihr zartes Netz zwischen zwei Blumenstängel gespannt hatte und auf ihr Abendessen wartete, und eine kleine Schnecke, die an einem Halm emporkroch. Sie kam sich vor wie jemand, der zu seinen Füßen eine Welt entdeckt, von deren Existenz er nichts wusste.

Poppy schloss die Augen und lauschte dem leisen

Rauschen der hohen Gräser im Abendwind. Dann atmete sie tief ein und sog den wohltuenden Duft des Englischen Lavendels ein, der immer noch im Garten zu spüren war (trotz der zerhackten Sträucher!) und sich mit den herben, holzigen Aromen von Rosmarin und Thymian vermischte.

Sie stieß einen weiteren glücklichen Seufzer aus. Ihre Stecklinge waren umgetopft und gediehen prächtig, die Sache mit den Blumensträußen hatte sich herumgesprochen und sie konnte sich vor Aufträgen kaum retten und heute Morgen hatte sie zu ihrer großen Freude gesehen, dass an den kahlen Lavendelzweigen, die sie so übel zugerichtet hatte, frische grüne Triebe wuchsen. Nach dem Irrsinn der letzten Zeit war die Aussicht auf ein ganz normales Leben verführerisch.

Die Ruhe wurde von einem markerschütternden Schrei gestört. Poppy riss erschrocken die Augen auf, als ein großer roter Kater um die Hausecke geschossen kam, dicht gefolgt von einem schwarzen Terrier. Oren schlängelte sich mit vergnügtem Maunzen zwischen den Pflanzen hindurch, gerade nah genug, um dem aufgebrachten Hund provozierend mit dem Schwanz vor der Nase herumzuwedeln, aber schnell genug, um außer Reichweite zu bleiben. Einsteins wütendes Kläffen ließ erahnen, was er mit dem Kater anstellen würde, wenn er ihn erwischte.

Die beiden Tiere jagten durch die Blumenbeete auf die Steinmauer zu, die Hollyhock Cottage von

Nicks Grundstück trennte. Oren sprang flink auf die Mauer, während Einstein am Fuß der Mauer vor Ärger knurrend auf und ab hüpfte. Der getigerte Kater warf dem Terrier einen triumphierenden Blick zu, dann drehte er sich um und sprang anmutig auf die Fensterbank des offenen Fensters in dem Haus auf der anderen Seite der Mauer. Ein letztes selbstgefälliges Schwanzzucken, dann war er im Haus verschwunden.

Im nächsten Moment hörte sie ein Scheppern und ein Klirren, als würde eine Porzellantasse zerbrechen.

„DU VERDAMMTER KATER! Ich bringe dich um!"

Poppy grinste. Oh ja, es war alles wieder ganz normal.

Über die Autorin

Die *USA-Today*-Bestsellerautorin H. Y. Hanna schreibt britische Cosy Mystery voller Humor, schrulliger Charaktere, spannender Mordfälle und charakterstarker Katzen! Mehrere ihrer Bücher, wie zum Beispiel die Oxford-Tearoom-Krimis, die Serie „Bewitched by Chocolate" und die English-Cottage-Garden-Mysterys, spielen in Oxford und den wunderschönen Cotswolds. Nach ihrem Abschluss an der Oxford University hat H. Y. Hanna eine Reihe von Jobs ausgeübt: Sie war in der Werbung tätig, Model, Englischlehrerin, Hundetrainerin, Marketingmanagerin, Vertreterin für Bücher im Bildungsbereich ... bevor sie sich wieder ihrer ersten großen Liebe zuwandte: dem Schreiben. Seit einigen Jahren arbeitet sie als freiberufliche Autorin und hat mit ihren Romanen, Gedichten, Kurzgeschichten und journalistischen Beiträgen mehrere Preise gewonnen.

Als Weltenbummlerin hat H. Y. Hanna in verschiedenen Kulturen gelebt. Ihre Reisen führten sie von Dubai bis nach Auckland, von London bis nach New Jersey, doch inzwischen wohnt sie mit ihrem Ehemann und ihrer Katze Muesli glücklich in Perth (Westaustralien). Mehr über H. Y. Hannas Bücher erfährst du unter **www.hyhanna.com**.

Trage dich für meinen Newsletter ein, dann bist du immer über Neuerscheinungen auf Deutsch, Buchverlosungen und andere Neuigkeiten zu meinen Büchern informiert!

http://www.hyhanna.com/german-newsletter